DENTES DE CROCODILO

MAURÍCIO TORRES ASSUMPÇÃO

DENTES DE CROCODILO

Copyright © 2024 Maurício Torres Assumpção
© 2024 Casa dos Mundos/LeYa Brasil

Todos os direitos reservados e protegidos pela Lei 9.610, de 19.2.1998.
É proibida a reprodução total ou parcial sem a expressa anuência da editora.

Dentes de crocodilo é uma obra de ficção que cita fatos verídicos da vida do compositor
Heitor Villa-Lobos e da cantora Elsie Houston, na década de 1920. Os indígenas
mencionados nesta obra são inteiramente fantasiosos, caricatos, fruto da imaginação e
irreverência de Villa-Lobos, o Índio de Casaca.

Editora executiva
Izabel Aleixo

Produção editorial
a_teia

Diagramação e projeto gráfico
Alfredo Loureiro

Capa
Kelson Spalato

Dados Internacionais de Catalogação na Publicação (CIP)
Angélica Ilacqua CRB-8/7057

Assumpção, Maurício Torres
    Dentes de crocodilo / Maurício Torres Assumpção. - São Paulo: LeYa Brasil, 2024.
    320 p.

ISBN 978-65-5643-327-1

1. Ficção brasileira I. Título

24-1495   CDD B869.3

Índices para catálogo sistemático:
1. Ficção brasileira

LeYa Brasil é um selo editorial da empresa Casa dos Mundos.

Todos os direitos reservados à
Casa dos Mundos Produção Editorial e Games Ltda.
Rua Frei Caneca, 91 | Sala 11 – Consolação
01307-001 – São Paulo – SP
www.leyabrasil.com.br

Para o Marcelo

É preciso ir ao fundo do ser humano. Ele tem uma face linda e outra hedionda. O ser humano só se salvará se, ao passar a mão no rosto, reconhecer a própria hediondez.

Nelson Rodrigues

1

Deve ter sido num sábado de janeiro que Wagner Krause fez sua reentrada na minha vida de maneira, a princípio, promissora, mas, finalmente, trágica. Acho que foi um sábado porque era o dia em que eu ia à piscina, e eu me recordo de, naquele dia, ter voltado para casa e aberto a caixa de correspondência na portaria do edifício, antes de subir pelas escadas sentindo o cansaço relaxante que só o sexo ou a natação podem proporcionar. Curioso, abri a correspondência, um único envelope, de tamanho grande, já adivinhando o seu conteúdo: a agenda cultural da embaixada para o mês de fevereiro. Parando para retomar o fôlego no terceiro andar, folheei a revista, passando os olhos em diagonal pelo resumo. Um concerto de piano, uma sessão de *Cidade de Deus* no cineclube, o lançamento de um livro sobre a história da Bahia e, depois de uma infinidade de eventos menores, na seção acadêmica, uma conferência sobre "A influência do modernismo francês na obra de Villa-Lobos, apresentada pelo prof. dr. Wagner S. Krause (docente do King's College, Londres, pós-doutorando na Sorbonne, em Paris)".

Professor doutor Wagner S. Krause? Villa-Lobos? Só podia ser o Waguinho, filho de dona Lúcia e de seu Jorge, o mecânico. Waguinho, o menino ruivo, de cabelos crespos, que, de ano a ano na escola, sofrera uma série de apelidos mais ou menos pejorativos, que evocavam suas sardas, a cabeleira quase vermelha, os lábios carnudos: Fanta, Cenoura, Ferrugem. Nada, contudo, que pudesse lhe tirar do rosto o sorriso escancarado, cheio de dentes brancos e sadios, que seduzia alunas e cativava professoras na escola municipal Conde de Agrolongo. Nada que lhe tirasse a elegância natural do andar, do falar com serenidade, sem atropelos ou hesitações. Nada, até o dia em que, adiando uma visita ao barbeiro, foi chamado de mico-leão-dourado. A reação, porém, não foi imediata. Sentado entre colegas na quadra da escola, Wagner deixou que o eco dos risos se dissipasse sem nada dizer. Levou na esportiva, julguei, quando o vi levantando-se do banco, voltando para a sala de aula sem olhar para trás. Só uma semana depois, quando jogávamos futebol, percebi que me enganava. Numa dividida de bola com o garoto que o chamara de mico, Wagner quebrou-lhe o nariz com uma violenta cabeçada. Não, Wagner não havia esquecido a ofensa. Mesmo que o apelido grosseiro não se houvesse espalhado pela escola, mesmo que ninguém ousasse chamá-lo novamente de mico-leão-dourado, Wagner Silveira Krause não levaria aquela para casa. Reações destemperadas, no entanto, não faziam parte do seu caráter. Bem articulado, extrovertido, sempre cortês, Wagner carecia da presença de espírito para as respostas rápidas. Se ofendido, absorvia a agressão com um sorriso, simulando um ar de dignidade inabalável, ocultando a mágoa e o rancor que lhe corroíam a alma.

Waguinho. Meu amigo, meu herói ocasional, pensei, retomando a subida das escadas. Ainda que nossa diferença de idade fosse mínima – ele era seis meses mais velho –, Waguinho era bem mais alto e mais forte do que eu. Dele, eu herdei o amor pela natação, como outros adoram correr ou praticar ioga. Wagner nadava no Olaria Atlético Clube e, embora só muito mais tarde tenha me revelado o verdadeiro motivo ("porque gosto", desconversava, encolhendo os ombros), eu já supunha que fosse por alguma razão médica. Sua disciplina, considerando-se a pouca idade, deixava-me boquiaberto. Nós tínhamos doze anos, cursávamos a sexta série da época, e Waguinho nadava todos os dias, salvo às segundas-feiras, das seis às sete horas da manhã, mesmo no inverno, quando a água da piscina gelava a dezesseis graus. Até hoje, quando nado, sem jamais conseguir fazer a virada na borda, lembro-me dele, tentando me explicar sua técnica em plena sala de aula, quando a professora nos dava as costas para escrever uma fórmula no quadro.

– Antes de chegar à borda da piscina, você já começa a afundar a cabeça – sussurrava da carteira ao meu lado, imitando o gesto com a cabeça e a mão direita. – Mas não precisa dar uma cambalhota! Você começa a virada e vai logo saindo de lado, entendeu?

Na teoria, eu até entendia, mas, na prática, só conseguia executar cambalhotas desastradas, que me deixavam nauseado, quando não inalava água. Quase quarenta anos depois, ainda me agarro à borda da piscina, recupero o fôlego, lembro-me de Waguinho e volto a nadar, repetindo a operação do outro lado.

No quinto andar, abri a porta de casa, joguei a mochila da natação no chão, recordando-me de que não era só no esporte que Waguinho me impressionava. Se atos de violência física, como a cabeçada desferida por ele, eram raros na Conde de Agrolongo, zoadas e rusgas faziam parte da rotina dos alunos no recreio. Franzino, de estatura abaixo da média, dentuço e usando óculos, eu me tornei, no decorrer dos anos, um dos alvos prediletos dos meninos mais agitados. Ainda na sexta série, Sandro e Leandro, irmãos gêmeos, elegeram-me o Judas do ano letivo, sabe Deus por quê. Eu os evitava a todo custo, sabendo que bastava um olhar recíproco para despertar estranhos desejos na dupla.

– Manga é bom! Faz crescer! – dizia Sandro, espremendo uma manga podre na minha cabeça.

– Pena que a escola não tem galinheiro. Titica de galinha é melhor ainda! – emendava Leandro, procurando outra fruta caída sob a sombra da mangueira.

A sessão de sadismo só era interrompida com a chegada de Waguinho. Não que ele fosse capaz de agredir um colega em defesa de outro. Não precisava. Seu porte físico intimidava os mais covardes. Depois de nadar, ajudava o pai na oficina mecânica até a hora do almoço. Desde os nove anos, limpava radiadores, recarregava baterias, trocava o óleo dos carros. Com a natação e o trabalho na oficina, desenvolvera músculos desproporcionais à sua idade, dando-lhe um ar levemente ridículo quando vestia o uniforme da escola. À tarde, no recreio, quando finalmente voltava a ser criança, Waguinho impunha, involuntariamente, um respeito que radiava da camisa apertada, dos bíceps salientes, das costas sempre eretas. Apartando brigas entre colegas, intervindo em bate-bocas, estabelecia ao redor de si uma espécie de Pax Wagneriana, baseada em estudos filosóficos obscuros, que ele só me revelava em meias palavras, gestos codificados, alegando a necessidade de sigilo absoluto. Talvez fosse maçom, rosa-cruz, não sei ao certo. Pena que, mais tarde, quando voltei a encontrá-lo nunca me lembrei de lhe perguntar a respeito.

Tomando banho, lavei o calção e os óculos de natação, esfregando-os bem para eliminar todo o cloro da piscina. Pendurei o calção retorcido no aquecedor do banheiro, sequei-me com o secador de cabelos, observando, sob o ruído do aparelho, o homem dez anos mais velho que surgia no espelho. Culpa do cloro e do frio que ressecam a minha pele, deixando mais visível as marcas do tempo. Fiz a barba, passei um creme hidratante no rosto e, ouvindo o toque do meu celular, sai do banheiro nu para me vestir no quarto.

Mensagem de Florence: *Saindo de casa*.

Bom, teria uns trinta minutos para organizar o jantar. Vestindo jeans, camisa de malha, um suéter e meias pretas, deixei o quarto para arrumar a sala. Recolhi peças de roupa abandonadas, livros semilidos, revistas empilhadas, levando tudo para o escritório, de onde tudo, misteriosamente, voltaria para a sala no decorrer da semana. Depois, liguei o aparelho de som e, sem hesitar diante da coleção de CDs, escolhi algo de Villa-Lobos. Coloquei o CD no aparelho, sentei-me no sofá, fechei os olhos e relaxei. O pouco que eu conhecia sobre a vida e a obra do maior compositor brasileiro, eu devia a Waguinho. Nascido e criado na Penha, um subúrbio carioca tão quente quanto culturalmente árido, eu tive pouco ou nenhum contato com música erudita na infância. Fora a coleção de *Clássicos eternos* de meu pai, tão intocada quanto os *Clássicos da literatura universal* que ninguém lá em casa leu, o repertório mais sofisticado da minha infância limitava-se ao "Danúbio azul" nos bailes de debutantes. Em contrapartida, minhas irmãs e eu tínhamos acesso irrestrito à música popular, fosse através de uma vizinha, que varria o quintal cantando todo o repertório de Odair José, ou de outra que, equipada com uma nova rádio-vitrola, irradiava o último disco de Roberto Carlos para toda a vizinhança. De resto, absorvíamos por osmose tudo o que o rádio da cozinha tocava, sintonizado no programa do Big Boy na rádio Mundial. Não era ruim, mas não chegava a expandir os horizontes auditivos de uma criança.

Quando a faixa de abertura do CD chegou ao fim, levantei-me do sofá, aumentei o volume da música e fui para a cozinha preparar o jantar. Lavei as mãos, vesti o avental e abri a geladeira. Escolhi dois pratos congelados, colocando-os no forno de micro-ondas. No reflexo da janela da cozinha, percebi que o avental me caía bem. Pena que meu talento culinário fosse tão limitado, para não dizer tão "tardio". Só começava depois do jantar, na sobremesa, uma especialidade que eu herdara de minha mãe. Eu fazia, e ainda faço, bolos de todos os tipos. Cenoura, banana, chocolate. Nada, entretanto, que agrade ao paladar de Florence, francesa, com papilas gustativas mimadas desde a infância, mas hoje disciplinadas por uma dieta radicalmente vegana, que elimina meus bolos cheios de ovos, leite e manteiga. Que pena. Chuparia uma laranja como sobremesa.

Mudanças profundas na minha constelação familiar fizeram com que eu, minhas irmãs e minha mãe nos mudássemos da Penha para a Tijuca quando me faltava apenas um ano para terminar o primeiro grau. Assim, no fim da sétima série, despedi-me de Wagner e dos companheiros da Conde de Agrolongo, consolado pela "Canção da América", que, na voz de Milton Nascimento, impregnava todas as rádios. Mal podia supor que, pelo menos quanto a Waguinho, "o tempo e a distância" logo diriam "sim". Poucos anos depois, quando já cursava o primeiro ano da faculdade, avistei, na barca que cruza a baía de Guanabara ligando o Rio de Janeiro a Niterói, uma cabeleira ruiva entre os passageiros sentados na popa, onde viajava a maioria dos estudantes da universidade. Levantei-me da cadeira, avancei pelo corredor em direção à proa e, antes mesmo de ver seu rosto, reconheci Waguinho, usando fones de ouvido, sentado entre estudantes e operários que dividiam a barca a todas as horas do dia. O sorriso franco, os olhos brilhantes e a gargalhada só confirmaram a nossa surpresa. Waguinho se levantou, pedindo licença, driblando joelhos e sacolas, agarrando-se à bolsa tiracolo, cruzada sobre uma camisa de mangas compridas, enfiada nas calças de sarja, apesar do calor.

– Nando, quanto tempo! Você está na UFF também? – perguntou, segurando-me pelos ombros, antes de me abraçar, dando-me fortes tapas nas costas.

A partir daquele dia, viajamos juntos na barca sempre que possível, sempre que o horário de suas aulas na faculdade de engenharia coincidia com os meus na faculdade de comunicação. Atravessando a baía de Guanabara, não perdíamos tempo relembrando histórias da Conde de Agrolongo. Nossa amizade retomava o seu curso, como se houvesse sido interrompida por um breve hiato que cobrira apenas os três anos do segundo grau. Waguinho ainda morava na Penha, continuava a ajudar o pai na oficina mecânica, mesmo que, então, dedicasse mais tempo aos estudos. Engenharia, na verdade, não fora sua primeira escolha. Cursava a faculdade sob pressão do pai. Sua paixão era a música clássica, que tocava no violão ou escutava no *walkman* quando pegava a barca sozinho. Senão, passávamos os trinta minutos da travessia apoiados na mureta do convés, sentindo no rosto a brisa marinha, conversando sobre futebol, cinema e, principalmente, música. Era nesses momentos que o entusiasmo de Wagner me embevecia, deixando-me mudo, atento a tudo o que ele falava.

– Cada sinfonia conta uma história, narra uma grande aventura. Você só precisa educar os seus ouvidos! Mas tem que escutar a sinfonia inteira, na ordem original. Porque cada movimento representa um capítulo da história que está sendo contada – dizia Wagner, enquanto a barca aproximava-se lentamente do cais de Niterói.

Com o tempo, aprendi que os *Clássicos eternos* de meu pai eram uma gota de clichês num mar de músicas a ser explorado. Waguinho me ensinou a escutar o lado B da música clássica, revelando-me não só obras menos executadas dos grandes compositores, mas também músicos menos celebrados cujo legado era protegido pela confraria dos melômanos. Depois, fuçando os sebos de discos no centro da cidade, descobri, por conta própria, a música erudita brasileira, do barroco ao clássico, incluindo as óperas de Carlos Gomes.

– Tudo pastiche, Nando! Pastiche! Música europeia composta por tupiniquins – condenava Wagner, abrindo as mãos como se segurasse um cesto de coisas repugnantes. – A música erudita brasileira começa com Heitor Villa-Lobos. Ponto. Villa-Lobos é o marco zero da música genuinamente nacional – sentenciava, com a convicção dos dezenove anos, sem poder prever que sua opinião seria abrandada pelo tempo; suas ideias, relativizadas pelo estudo e pela maturidade.

Florence chegou às nove horas em ponto, quando eu punha a mesa para o jantar. Deu-me um beijo estalado, tirou o casaco, o cachecol, o gorro, exibindo um novo corte de cabelo, *à la garçonne*, muito curto na nuca, bem penteado e repartido ao lado, como o de um menino bem-comportado.

– Gostou? Isabella Rossellini! – disse, sorrindo, inclinando a cabeça.

– Rossellini não usa óculos – provoquei.

– Nem tem o charme das francesas! – rebateu, colocando sobre a bancada da cozinha a garrafa de vinho que trouxera para completar o jantar.

Aos quarenta anos, Florence trabalhava numa das maiores multinacionais de cosméticos do mundo, ocupando um cargo de direção na área de marketing. Passava boa parte do ano viajando, participando de reuniões da empresa em dezenas de países. Voando sempre em classe executiva, com acesso irrestrito ao que havia de mais caro e avançado em cremes antirrugas, hidratantes e uma miríade de potes e pincéis de maquiagem, Florence despertava sentimentos menos nobres entre as amigas, que, quando mais sutis, rotulavam sua carreira como "o trabalho dos sonhos de toda mulher".

– Só se for o sonho delas! – dizia-me, contorcendo a boca e levantando uma sobrancelha.

Com o rosto pálido, os lábios secos, os olhos apagados pela falta de lápis, Florence vestia calças jeans, botas e uma camiseta vintage que, garantia ela, datava "realmente dos anos oitenta". Aquela simplicidade de modos e roupas revelava, para um seleto grupo de amigos, uma faceta desconhecida pelos colegas na empresa.

DENTES DE CROCODILO 17

– Maquiagem para mim é trabalho. Minha vida vai muito além disso – explicava para os amigos, que não entendiam o seu veganismo, mas admiravam sua obsessão por botânica e jardinagem. Tendo o privilégio de morar numa casa em Paris, Florence passava as horas de folga no jardim, ora o cultivando para a floração da primavera, ora o preparando para a rudeza do inverno. Dentro de casa, como numa estufa, colecionava cactos e orquídeas, que chamava de "minhas filhas". Viajando a trabalho, costumava escapar entre uma reunião e outra para visitar um jardim botânico ou uma estufa de plantas tropicais. Na volta, trazia, na mala, sementes de plantas exóticas, que gostava de cultivar e estudar.

– O seu cafeeiro está anêmico. Está precisando de fósforo – disse ela, já na sala, acariciando as folhas do pequeno pé de café que me dera de presente.

Mesmo que a botânica não fosse o meu forte, eu me voluntariava para regar suas plantas quando, no verão, Florence fazia uma viagem mais longa que o habitual. Mas, definitivamente, não foi através das plantas que nos conhecemos. Foi o cinema que nos aproximou. Num festival de cinema brasileiro, eu bebia uma caipirinha intragável no bufê, quando nossos olhares se encontraram (e nisso ninguém supera as francesas, como Wagner um dia me explicaria: "Em Londres, eu me sinto invisível. As inglesas não olham para ninguém"). Cinema é um termo vago e abrangente, que pode incluir tudo e qualquer coisa projetada sobre uma tela numa sala escura, do *Rei Leão* ao *Império dos sentidos*, sem esquecer os documentários de nove horas de duração a respeito do Holocausto. Em pouco tempo, Florence e eu descobrimos que a nossa afinidade nas telas era, na verdade, muito limitada. Apesar da graduação e do mestrado (incompleto) em cinema, eu tinha o inconsciente colonizado por Hollywood. Ainda que tenha estudado o cinema europeu, e até escrito uma tese sobre um filme italiano, eu sempre tive um gosto menos sofisticado que o de Florence. Eu venerava os grandes clássicos americanos; narrativas tradicionais com início, meio e fim – não necessariamente nessa ordem. Ela preferia filmes franceses intimistas, experimentais, nos quais "o protagonista passava boa parte do tempo na janela, fumando um cigarro e refletindo sobre a condição humana", implicava eu, fazendo-a rir.

– Você acredita que um amigo meu de infância vai fazer uma palestra na embaixada? – perguntei-lhe, trazendo a garrafa e duas taças de vinho para a sala.

– Ele mora aqui, em Paris?

– Acho que não – respondi, entregando-lhe a taça. – Pelo que entendi da agenda cultural, ele mora em Londres. Dá aula numa universidade por lá, mas agora está fazendo um pós-doutorado na Sorbonne.

– Há quanto tempo vocês não se veem? – indagou, levantando a taça de vinho para o brinde.

– Vinte e cinco anos, pelo menos – respondi, tocando a minha taça na dela. – Desde que ele saiu do Brasil. Há um quarto de século... – comentei, impressionando a mim mesmo com a expressão.

Depois do jantar, abri outra garrafa de vinho, troquei o CD de Villa-Lobos por um de Cartola antes de me sentar no sofá ao lado de Florence. Ela me fez um breve relato da sua semana no trabalho, o mais sucinto possível, pois o assunto pouco lhe interessava. Do lançamento de um novo creme anticelulite passou rapidamente para a botânica, lembrando-me da feira de plantas de Orléans, que aconteceria em fevereiro. Ofereci-me para acompanhá-la, se eu pudesse, já me arrependendo da ideia de andar quilômetros entre estandes de plantas, num evento que atraia milhares de famílias de classe média, em busca de mudas, sementes e fertilizantes, além de pás, luvas e ancinhos, uma infinidade de produtos, relançados no meio do inverno, prenunciando a chegada da primavera.

– E você vai à palestra do seu amigo? – perguntou-me, acendendo um cigarro para mim e outro para ela.

– Com certeza – respondi antes de dar a primeira tragada. – O Wagner é um cara realmente especial. Quer dizer, é dessas pessoas únicas, que projetam uma certa influência sobre os outros, sem fazer nenhum esforço. Ele tinha uma espécie de aura, que fazia diferença entre os garotos da nossa idade. Pelo menos, é assim que eu me lembro dele, tanto na faculdade como na nossa infância.

Nós morávamos num bairro onde quase todas as famílias, como a minha, eram portuguesas. Menos a do Wagner. Naquele mar lusitano, a família de Waguinho formava uma ilha germânica. Fazia parte da última leva de imigrantes alemães que chegou ao Brasil no início dos anos trinta. Acho que fugiam da miséria na República de Weimar, pouco antes de Hitler chegar ao poder. Agora, por que os Krauses foram parar na Penha, eu não tenho a menor ideia. Naquela época, porém, os imigrantes já não se assentavam somente no sul do país. Não eram como os camponeses do século XIX. Muitos já eram artesãos, operários, e preferiam se acomodar nas grandes cidades como o Rio ou São Paulo. Talvez fosse o caso do avô de Wagner, que eu não conheci. Mas conheci o pai dele, o seu Jorge, o mecânico, que consertava o táxi do meu pai. Muito ruivo, seu Jorge era bem mais branco que Wagner. Quando queimado de sol e sujo de graxa, parecia a bandeira do Flamengo. Todo preto e vermelho. Era um ótimo mecânico, respeitado em todo o bairro, não só pela competência, mas, sobretudo, pela honestidade. Não ludibriava ninguém trocando o "cabeçote da bobina" ou qualquer outra peça inexistente. Explicava tudo direitinho, mesmo para os motoristas mais aparvalhados. Chegava ao ponto de mandar os clientes para casa dizendo que o carro não tinha problema algum. E entre eles, o meu pai, que sempre percebia um barulhinho diferente no motor, no freio, na caixa de marchas. "Motorista hipocondríaco", diagnosticava seu Jorge, pregando na parede mais um calendário de mulheres nuas, entre o pôster do América, campeão da Taça Guanabara, e uma gravura do descabelado Ludwig van Beethoven. Foi de seu Jorge que Waguinho herdou a paixão pela música. Além de batizar o filho com o nome Wagner (de Richard Wagner), o pai o iniciou na música clássica durante o trabalho na oficina. Mas seu Jorge não ouvia discos, nem sequer rádio, durante o trabalho. Ele assoviava! Limpava um carburador, assoviando a *Quinta sinfonia* de Beethoven. Trocava uma pastilha de freio, assoviando *A Valquíria* de Wagner. Ritmava a batida do martelo de borracha, assoviando *Carmen* de Bizet. E tudo isso sem perder o fôlego, nem o ritmo! Conseguia, com o movimento delicado, quase imperceptível dos lábios, alcançar as notas mais agudas e mais graves. da escala musical. Parecia um canário, solto na oficina, suavizando a rotina do trabalho pesado entre motores, ferramentas e latas de óleo. Nos fins de semana, em casa, encarnava o seu segundo papel. Era marceneiro, amador. Lia revistas de decoração, como a *Casa & Jardim*, para se inspirar no mobiliário moderno. Depois, comprava madeira de lei e, agora sim, ouvindo discos de música clássica, serrava a madeira no quintal, antes de a colocar no torno, dando-lhe formas inusitadas. Envernizava as peças e, enquanto elas secavam, começava a cortar o couro comprado no Curtume Carioca. Era o maior curtume da cidade do Rio de Janeiro e ficava bem ali, na Penha, emanando aqueles miasmas pestilentos que cobriam todo o bairro. Para seu Jorge, contudo, era uma vantagem. Tinha couro da melhor qualidade, pertinho de casa, na esquina da rua Quito com a Montevidéu. Costurava bolsas enormes de couro para fazer almofadões, recheados com flocos de espuma ou milhões de pequenitas esferas de isopor. No fim de semana seguinte, montava as peças envernizadas, fazendo o esqueleto de um sofá ou poltrona com um suporte de tiras de couro, bem esticadas, onde se encaixavam os almofadões. Ninguém em toda a Penha tinha sofás mais bonitos que os de dona Lúcia, a mãe de Wagner. Entre tantas outras casas, marcadas pelo mobiliário modesto, a dos Krauses destacava-se como se fosse obra de um decorador profissional, que, fazendo uma concessão ao gosto do cliente, permitia que as reproduções de palhaços tristes e paisagens bucólicas enfeitassem as paredes da sala, mobiliada com modernas poltronas de couro.

Quando o vinho acabou, Florence e eu fomos para o quarto, onde nos despimos com a calma e a intimidade de quem já se conhecia havia anos. Na cama, cobrimos nossa nudez com o edredom, antes que eu a abraçasse, sentindo seu perfume, enquanto ela colocava seus pés gelados entre os meus.

Às três horas da manhã despertei, ouvindo o leve ressonar de Florence, que agora dormia virada para o outro lado. Sem sono, levantei-me, vesti um roupão e saí do quarto, fechando a porta suavemente, pisando na ponta dos pés para não a incomodar.

Na cozinha, preparei um chá, levando a caneca fumegante para a sala. Apoiei a testa no vidro da janela, observando a rua deserta na quietude da madrugada. Se estivéssemos no verão, haveria um ou dois boêmios voltando de uma festa, indo para uma ou outra balada. Haveria, seguramente, gente transitando pela rua até o amanhecer de domingo. Mas, então, no inverno, com previsão de neve para os próximos dias, a rua mergulhava no silêncio de portas e janelas fechadas, quebrado apenas por um carro ruidoso, parado no sinal, com o silenciador provavelmente perfurado. Seu Jorge daria um jeito nisso, pensei.

A palestra de Wagner na embaixada aconteceria dentro de duas semanas. Eu tinha muito tempo para tentar contatá-lo pela internet antes do evento. Mas a ideia da surpresa me atraía. Tanto para ele quanto para mim. Afinal, o funcionário público que, havia tantos anos, eu vira partir do Brasil, abandonando tudo por causa de uma mulher, tornou-se um "professor doutor" em história da música, lecionando numa universidade de prestígio na Inglaterra. Por quais caminhos teria chegado lá? O que teria acontecido ao Waguinho que chegou a cursar engenharia por imposição do pai? O mesmo pai que o iniciara na paixão pela música. O que teria acontecido ao Waguinho que passou num concurso público para ter o "futuro garantido"? Teria Wagner mantido o corpo atlético, como o pai, ou estaria gordo? Calvo, ou completamente grisalho como eu? Para que lados o senhor Tempo o teria levado? Como teria moldado o seu corpo e a sua alma?

Pensamentos triviais, excitações quase infantis, que me tomavam naquele instante, quando eu sentia o calor da xícara de chá entre as mãos, no conforto de um apartamento, achando-me protegido da solidão fria da noite, amado pela mulher que dormia no quarto ao lado. Agora, depois de tudo que aconteceu, pergunto-me se o pior não poderia ter sido evitado. Se não teria cabido a mim, seu amigo de infância, seu único amigo em Paris, uma intervenção mais audaciosa, menos cerimoniosa em suas decisões. Uma intervenção que, talvez, somente talvez, no emaranhado caleidoscópico de incidentes e acidentes que formam o destino, pudesse ter evitado a tragédia de Wagner Silveira Krause.

2

– Seu nome? – perguntou a recepcionista, consultando uma lista sobre a mesa.

– Mourão. Fernando Mourão – respondi, antes de lhe soletrar o meu nome. – Mas pode estar como "Santos" também. Fernando dos Santos Mourão.

– Achei – respondeu, sorrindo, passando-me um crachá de visitante, pedindo que eu apanhasse o elevador, saltasse no terceiro andar e lá seguisse as placas indicativas até chegar à seção brasileira.

Naquela segunda-feira, depois de me despedir de Florence na esquina da Simon-Bolivar, desci a avenida principal para pegar o metrô na praça do Colonel Fabien. Tinha pressa. Estava um pouco atrasado, prevendo uma longa viagem até Issy-les-Moulineaux, um município periférico que, do outro lado da cidade, tornara-se uma espécie de polo de mídia de Paris, reunindo várias estações de rádio e emissoras de televisão.

Não era a primeira vez que eu participava de um programa de rádio nos estúdios da RFI, a Radio France Internationale. A seção brasileira, que transmitia em português para o Brasil, volta e meia me convocava quando o assunto em pauta era o festival de Cannes ou o cinema brasileiro. Não me pagavam um centavo. Mas, na vida de um profissional freelance, há sempre o período da colheita e o do plantio. Trabalhos não remunerados são sementes que, plantadas, podem eventualmente render bons frutos no futuro. A participação no programa da rádio encaixava-se nessa estratégia, além, claro, de me dar o prazer de falar de cinema, a paixão de menino que virou o meu ganha-pão. Não como diretor, roteirista ou produtor, mas como crítico, colunista, palestrante, quando não jurado num ou noutro festival na França ou no Brasil.

Nesse aspecto, acho que tive mais sorte que Wagner. Meu pai, o mais velho de quatro filhos, herdara a licença de taxista do meu avô, o velho Mourão, português, que garantia ter sido o primeiro chofer de praça na história da Penha. Seu filho, depois de abandonar o ginasial contra a vontade da família, fez bicos aqui e ali, trabalhando em padarias e açougues, até ter idade suficiente para frequentar a escola de motoristas. Aos dezoito anos, passou no exame de condução do Serviço de Trânsito e, depois de provar ao velho que sabia dirigir, começou a trabalhar com o táxi da família, um Chevrolet, o primeiro carro de praça dos sete que teria até o fim da vida. Trabalhando de segunda a sábado, almoçando a marmita que minha mãe lhe preparava, dizia-se apaixonado pelo volante, pela flexibilidade dos horários, pela conversa fiada com os passageiros.

– O táxi é o confessionário do ateu. Você ouve de tudo da boca de um passageiro anônimo. Só não gosto quando falam de política! Aí, eu desconverso. Nesses tempos bicudos, você nunca sabe com quem está falando – contava, cercado por parentes no quintal cimentado, quando se celebrava o aniversário de um dos filhos com bolo e doces feitos por minha mãe.

Em momentos menos festivos, porém, meu pai admitia seu arrependimento por ter abandonado a escola tão cedo. Por isso, insistia que, embora se sentisse realizado profissionalmente, não queria ter uma terceira geração de taxistas na família.

– A corrida desse táxi termina aqui! Enquanto eu for vivo e tiver saúde para trabalhar, vocês podem estudar à vontade – disse, pouco antes de sofrer uma parada cardíaca, deixando minha mãe sozinha com três filhos.

Por isso, nos mudamos para a Tijuca quando eu tinha treze anos. Deixamos de pagar aluguel na Penha para nos abrigar na casa da minha avó materna, que morava sozinha num sobrado de três quartos na rua Alfredo Pinto. Apesar do sufoco financeiro, minha mãe, que passou a fazer e vender bolos para festas, não mudou a política educacional da família. Fazia questão que eu e minhas irmãs ingressássemos na faculdade, desde que fosse pública, pois dinheiro não haveria para pagar a mensalidade de uma universidade particular. Assim, isento do tipo de pressão sofrida por Wagner, pude prestar o exame vestibular para o curso que eu escolhera. E eu queria estudar cinema.

– Cinema? Você vai estudar pra trabalhar no cinema? Vai ser baleiro ou lanterninha? – perguntava minha avó, que ainda sonhava ter um neto médico que cuidasse de sua artrite, de suas varizes, de sua pressão arterial.

– Ele vai ser feliz! E não vai morrer com cinquenta anos, dirigindo um táxi! – respondia minha mãe, suada, com um lenço na cabeça, agitando uma espátula suja de massa de bolo.

Talvez minha avó tivesse um pouco de razão. Pelo menos esse foi o pensamento que me passou pela cabeça quando a minha estreia no mercado de trabalho coincidiu com o terremoto do governo Collor, que, entre outros danos, extinguiu a Embrafilme, demolindo a precária indústria do cinema nacional. Na época, eu trabalhava como continuísta em produções de pequeno porte, garantindo que o cigarro das personagens queimasse de modo coerente, mesmo que a cena fosse filmada durante toda uma manhã, muitas vezes fora da ordem cronológica do roteiro. Com o maço na mão, apagando e reacendo cigarros durante todo o dia, acabei tragando uma, duas, três vezes até fumar um maço inteiro por semana, como faço ainda hoje.

Quando a indústria nacional de cinema fechou suas portas, tentei abrir outras com a ajuda de velhos conhecidos. Um ex-colega da faculdade trabalhava então como programador do Estação Botafogo, um cineclube na Voluntários da Pátria, que, no fundo de uma galeria de pequenas lojas, substituíra o falido Cine Capri, onde eu comemorara meus dezoito anos assistindo a uma pornochanchada com Adele Fátima no papel principal.

– A gente está precisando de um pipoqueiro. Você topa? – sugeriu-me, sem convicção, o antigo colega, antes que eu aceitasse a oferta, esboçando um sorriso resignado, pensando na praga da minha avó.

Foi vendendo pipocas doces e salgadas, pequenas, médias e grandes, que eu continuei a ver Waguinho com frequência, mesmo depois de formado. Uma vez por semana, pelo menos, Wagner ia ao cineclube com as entradas gratuitas que eu lhe oferecia. De vez em quando, aparecia com um amigo ou outro, mas na maior parte das vezes estava sozinho, portando a mesma bolsa tiracolo dos tempos da faculdade, sempre cruzada sobre a camisa de manga comprida, agora dobrada até os cotovelos. Mantendo o porte atlético da adolescência, Wagner ainda nadava todos os dias apesar do novo emprego. Engenheiro? Não. Antes de começar o segundo período do curso de engenharia, Wagner já havia se matriculado num cursinho para prestar novo exame vestibular.

– Quer ser advogado? Vai defender bandido? – questionou-o seu Jorge, limpando as mãos no macacão, quando tocaram no assunto pela primeira vez.

Wagner tentava se explicar, dizendo que advogados não defendiam somente criminosos, que havia advogados para mediar todo tipo de conflito entre cidadãos honestos. Além do mais, ainda não sabia em que ramo da advocacia gostaria de trabalhar. Criminal, cível, família, enfim, um diploma de direito poderia lhe oferecer um vasto leque de opções. Essa era a grande vantagem, até porque, como Waguinho só a mim confessava, ele mesmo não sabia o que queria. Certeza, só tinha uma: não gostava do curso de engenharia, que frequentava para agradar ao pai. A negociação com seu Jorge foi dividida em várias partes, sendo amortecida pela revelação gradual do seu desencanto pela engenharia, da sua vontade de fazer algo diferente.

– Que tal música? – perguntei-lhe uma vez, no auge da crise entre pai e filho.

– Música, não! Música é hobby – respondia. – Quero um emprego que me dê dinheiro, estabilidade financeira, a possibilidade de uma carreira.

Estudando cinema, ciente de que fizera uma escolha pouco promissora, faltava-me confiança para aconselhar Waguinho. Mas eu tinha a leve suspeita, ainda não suficientemente investigada, de que Wagner estava confundindo os fins com os meios. Filho de um mecânico autodidata, competente e bem-sucedido, Wagner poderia ter abraçado a carreira do pai, dando continuidade ao negócio da família. Seria o seguimento lógico do trabalho que já fazia desde que frequentava a escola primária. Mas essa não era a intenção de seu Jorge. Por um lado, manter o filho ocupado, trabalhando e estudando era, na sua visão, uma maneira de manter o garoto longe de problemas e más influências.

– Moleque que não trabalha vira veado, maconheiro ou vagabundo! – explicava-me o mecânico, quando eu passava a manhã na oficina, deixando-me preocupado com o meu futuro e a minha sexualidade.

Por outro lado, o trabalho de Wagner, debruçado sobre motores ou deitado sob o chassi dos automóveis, fazia parte de um plano vislumbrado pelo pai para a futura carreira do filho. Seu Jorge queria vê-lo formado, com anel de grau no dedo, algo inédito na história daquela família de imigrantes alemães. Wagner, o caçula, seria o primeiro dos Krauses a ter um diploma universitário, superando até mesmo as dificuldades impostas pelo próprio pai, cuja estratégia educacional beirava o absurdo, raspando no sadismo.

— Vai ser difícil fazer um bom vestibular, trabalhando e estudando ao mesmo tempo – argumentava Waguinho, quando almoçavam pai e filho em casa.

— Se você quiser, você passa! Só depende de você – respondia seu Jorge, cortando um naco de carne, sem levantar os olhos do prato de comida.

Quanto à carreira, o pai não tinha dúvidas. Depois de passar parte da infância e toda a adolescência na oficina mecânica, Wagner já tinha a experiência necessária para se tornar engenheiro de automóveis. Só lhe faltava a teoria e o diploma, acreditava seu Jorge. Ainda que discordasse do pai quanto aos meios (preferia sair da oficina para ter mais tempo para estudar), Wagner sentia que o objetivo do pai, a longo prazo, dava-lhe sentido à vida. Ele mesmo, aos dezessete anos, ignorava completamente o que faria de seus dias, uma vez que houvesse terminado o segundo grau. Se, na infância, convencera-se de que seria frentista antes de considerar a hipótese de ser bombeiro ou astronauta, agora flutuava no espaço sideral da adolescência, sem gravidade, sem poder agarrar-se a uma ideia única, sólida, como a de alguns colegas de sala de aula: a Mônica, que seria enfermeira; o Cláudio, que tomaria conta da papelaria do pai; o Sérgio, que seria "empresário". Que inveja esquisita, mal definida, ele sentia daqueles colegas, tão seguros do que fariam no futuro, tão decididos, quiçá inconscientemente, a não perder a oportunidade que a vida lhes dava – estudar, trabalhar, ser um "cidadão de bem", como lhe catequizava seu Jorge.

Nada sabendo de engenharia, Wagner escutava o pai, tentando visualizar o que as palavras "engenharia mecânica" lhe sugeriam: via-se trabalhando em São Paulo, numa montadora de automóveis no ABC, projetando motores, coordenando projetos, inspecionando a linha de montagem. Era isso que um engenheiro fazia? Via-se ganhando bem, dirigindo um Escort, morando numa casa com jardim, como aquelas que se veem em filmes americanos. O futuro lhe sorria. Sim, a engenharia, pensava, poderia concretizar seus sonhos. Depois se casaria (e já via a mulher a seu lado, no carro, ainda que não conseguisse distinguir o seu rosto), teria dois filhos (como seus pais) e um cachorro (um cocker spaniel). Teria, enfim, tempo e dinheiro para assistir a concertos de música clássica, para os quais levaria os filhos, passando para os pequenos o gosto do avô. Uma nova geração dos Krauses, sem graxa nas unhas, começaria a partir dele. Seria um pai de família, o cidadão de bem.

Convencido, construindo sonhos sobre os alicerces lançados pelo pai, Wagner continuou a nadar, trabalhar e estudar, evitando toda e qualquer distração à noite e nos fins de semana. Chegava da escola, tirava o uniforme e, sem camisa, voltava aos livros, isolando-se em seu quarto até a hora do jantar, quando dona Lúcia, cansada de gritar, vinha buscá-lo pessoalmente para levá-lo à mesa.

– Acenda essa luz, filho! Vai fazer mal à vista – dizia quando o via debruçado sobre os compêndios de matemática, física e química. – Ande, venha jantar.

Apesar do esforço e da boa vontade, Wagner não alcançou pontos o suficiente no vestibular para garantir uma vaga na Universidade Federal do Rio de Janeiro, que, além de ter a escola de maior prestígio, ficava perto da sua casa, a trinta minutos de ônibus, na Ilha do Fundão. Decepcionado, não chegou a comemorar a vaga na Federal de Niterói, a UFF, que lhe ofereciam como "segunda opção", mas aceitou o abraço lacrimoso da mãe, o tapa nas costas do pai, que repetia para a mulher: "Uma federal! Uma federal!".

Numa quarta-feira de chuva e mar agitado, Wagner tomou pela primeira vez a barca para fazer a matrícula do outro lado da baía de Guanabara, aproveitando para cronometrar o tempo total da viagem entre a porta de sua casa e a escola de engenharia – uma hora e trinta minutos, sem contar o trânsito, que poderia estar lento, dependendo do horário.

Poucas semanas depois, numa aula de cálculo diferencial e integral, transpirando no calor de março, observando a gota de suor que escorria da nuca do colega sentado à sua frente, Wagner chegou à conclusão de que a equação da sua vida não tinha solução. Definitivamente não herdara do pai o interesse pela mecânica, nem sentia em si mesmo o talento para resolver complicadas fórmulas matemáticas. Provara ao pai que era capaz de passar no vestibular de engenharia, para uma federal (!), mas, então, dava-se conta do automatismo de suas ações. Descobria, observando o mar de números no quadro à sua frente, que não teria ânimo para passar os próximos cinco anos à deriva, estudando algo que, realmente, não lhe interessava. Precisava, urgentemente, repensar seus planos, encontrar um novo projeto de profissão.

– Direito! – disse-me um dia na barca, quando ainda respondia a chamada nas últimas aulas de engenharia. – Um diploma que tem muitas vantagens. Posso até passar num concurso público. Posso ser juiz, promotor… Imagine: emprego garantido para o resto da vida!

Foi naquele momento que senti que Waguinho, talvez, estivesse confundindo os fins com os meios. E só não consegui exprimir meus pensamentos de maneira clara porque eu mesmo ainda não compreendia o significado da palavra "trabalho". *Tripalium*, dizem alguns. O instrumento de suplício, tortura, castigo. Trabalhar para sobreviver.

A punição que Deus aplicara a Adão e Eva por terem comido uma maçã. "Maldita é a terra por tua causa; em fadigas obterás dela o sustento durante os dias de tua vida", sentenciou Deus, despejando os inquilinos do Paraíso. Só muito mais tarde, eu compreenderia a sabedoria inata e herética de meu pai. O trabalho, fosse ele qual fosse, não deveria ser, necessariamente, uma sentença. Embora inevitável, o trabalho poderia se tornar, em deboche a Deus, uma fonte de prazer. Ou, melhor ainda: que do prazer surgisse o trabalho! Que as inclinações naturais de um adolescente se desenvolvessem na sua atividade profissional, como uma continuação da infância na vida adulta. Waguinho, apaixonado por música, nunca investira tempo e energia no violão, que tocava "por hobby" nos fins de semana, quando lhe sobrava algum tempo, depois de tudo que fazia por automação. Engenharia ou direito, a meu ver, pouca diferença faria. Wagner, vivendo à sombra da autoridade paterna, não conseguia enxergar a sua própria luz. Perdera contato com o seu "eu" mais íntimo, mais verdadeiro. Pena que muitos anos se passariam antes que eu pudesse chegar a essa conclusão. Ali, na barca, ouvindo a algazarra dos meninos que sobreviviam vendendo balas, caramelos e biscoitos, eu me sentia consternado com as atribulações do meu amigo, sem poder, contudo, ajudá-lo.

Livre da engenharia, Waguinho não conseguiu se livrar de Niterói. Novamente, passou no vestibular com dificuldade, garantindo uma vaga em "terceira opção". Na UFF, outra vez. Assim continuamos a atravessar a baía de Guanabara juntos, sempre que possível, quando ele, então, ia para a faculdade de direito no Ingá, a poucas quadras de onde eu aprendia a história do cinema e a técnica de produção cinematográfica. Se não chegou a se empolgar com a teoria do Estado ou com os fundamentos do direito privado, Wagner conseguiu manter um relativo interesse pelo curso até a cerimônia de formatura cinco anos mais tarde.

Depois de formado, quando eu já trabalhava como continuísta, Wagner comprava a *Folha Dirigida*, o *Jornal dos Concursos*, em busca de editais que lhe pudessem interessar. Participou de vários concursos públicos, sem jamais levar em conta a satisfação profissional, um conceito abstrato demais para alguém que trabalhava desde a infância para não "virar veado, maconheiro ou vagabundo". Wagner almejava tão somente um emprego, de preferência estável e bem remunerado, com o qual pudesse dar alguma satisfação ao pai. Depois de alguns exames mais ou menos bem-sucedidos, conseguiu uma vaga de técnico judiciário no fórum central do Rio de Janeiro. Sem ter escolha, foi alocado no cartório de uma vara de família. Um cartório de justiça gratuita que atendia casais modestos em litígio por adultério, pela guarda dos filhos, por pensão alimentar. A função era bem paga e, começando o expediente às dez horas da manhã, Wagner tinha tempo de sobra para nadar antes do trabalho. No cartório, arquivava papéis, atendia o balcão, atualizava fichas, milhares delas, uma para cada processo, registrando o périplo dos volumes nas diferentes fases processuais. No intervalo, saía do cartório, sempre sozinho, atravessava a avenida Presidente Antônio Carlos para almoçar num restaurante popular no edifício Menezes Cortes. No final do expediente, às seis da tarde, apanhava o ônibus de volta para casa ou tomava o metrô na direção contrária para assistir a um filme no Estação Botafogo.

– Então? Que temos para hoje? – perguntava-me, debruçando-se sobre a balcão.

– Pipoca ou filme?

– Os dois – respondeu, apertando a minha mão.

– Daqui a pouco começa *Meu tio*, do Jacques Tati. Vale a pena – sugeri, pensando como Wagner interpretaria a comédia francesa que ironizava a sociedade de consumo e seus cidadãos autômatos.

Tati era um dos poucos cineastas franceses que eu realmente admirava. Amor de infância, que começara quando Tonico, um primo mais velho, me levava ao cinema São Pedro, na Penha, mais tarde transformado em templo evangélico, antes de ser demolido para dar lugar a um banco. Ali, nas tardes de sábado, fugindo da luz refletida pela calçada, do calor que deixava o asfalto pastoso, Tonico e eu escapávamos para um mundo de aventura e glamour, refrescado pelo ar-condicionado. No Cine São Pedro, começou, aos sete anos, a minha carreira como crítico de cinema, quando disse para o primo que havia gostado mais de *Astérix* que de *Sansão e Dalila*; que preferia *As férias do sr. Hulot* a *Os dez mandamentos*.

Depois de fechar o balcão de pipocas, esperei por Wagner do lado de fora do cinema, já quase vazio naquela última sessão de sexta-feira. Dali fomos tomar uma cerveja no botequim que ficava na entrada da galeria, sentando-nos ao balcão, comentando o filme, que fizera Wagner gargalhar com as trapalhadas da personagem de Tati no mundo artificial, ordenado e rígido de seus parentes. Com uma caneta atrás da orelha e um pano de prato no ombro, o empregado do botequim abriu uma garrafa de Antarctica, enquanto eu e Wagner pedíamos algo para comer, apontando para os quibes e esfirras expostas no balcão de vidro engordurado.

– Como estão as coisas lá no fórum? – perguntei, apanhando um quibe com o guardanapo.

– Tudo bem – respondeu, levantando os ombros. – Não chega a ser um trabalho excitante, mas é o que eu queria. Ganho bem, e tenho certeza de que não vou ser demitido. Ainda mais agora que esse Plano Collor está indo pro beleléu.

– Às vezes, eu penso em sair fora.

– Sair fora para onde? – perguntou, com a boca cheia de esfirra.

– Sei lá! Estados Unidos, Europa... O Brasil collorido está indo de mal a pior.

– Tá maluco?! Vai largar tudo aqui para lavar louça para gringo?

– Para quem já vende pipoca, não faz muita diferença...

Wagner comentou que tinha passaporte alemão. Coisas do pai, que gostava de manter as tradições da família. Mas ele mesmo nunca tinha pensado em viajar. Não só pela falta de grana, mas também pela falta de interesse. Sabia que tinha uns primos na Alemanha. No final do ano, sempre mandavam um cartão de Natal para o pai. Moravam num lugarejo perdido, sabia Deus onde. Depois, botou o copo de cerveja no balcão e, abrindo a bolsa tiracolo, tirou dela um toca-CDs portátil.

– Olha só para essa belezinha – disse, entregando-me o aparelho. – Comprei dois. Um para mim e outro de presente pro velho.

– Está ouvindo o quê? Villa-Lobos?

– Não! Música barroca! – disse, colocando os fones na minha cabeça antes de apertar um botão, fazendo meus ouvidos serem invadidos com o som imaculado da leitura digital. Uma música com cravo, violas e violinos, que soava desarmônica no ambiente do botequim decorado com pôsteres de mulheres seminuas e jogadores do Vasco da Gama pregados à parede de azulejos encardidos, retratando paisagens campestres de Portugal.

Curioso como, afinal, Wagner saiu do Brasil muito antes de mim, pensei, enquanto aguardava a hora de entrar no estúdio da RFI para gravar a minha participação no programa. À medida que a vida dele avançava, de maneira inesperada, a minha andava uma casa para trás. Ganhando um salário mínimo como pipoqueiro no cineclube, sem esperanças de que o cinema nacional pudesse renascer das cinzas, decidi voltar a estudar. Pedi reingresso à universidade e, sem a companhia de Waguinho, atravessei a baía de Guanabara por mais dois anos para ter o diploma de jornalista. Se a indústria do cinema nacional falira, ainda havia emissoras de televisão produzindo reportagens, documentários, que poderiam me interessar. Esse era o plano. Cumprir a obrigatoriedade do diploma para poder trabalhar como jornalista na televisão. Mas o primeiro convite de trabalho acabou vindo de uma redação de jornal. Um outro ex-colega de faculdade, jornalista, indicou-me para uma vaga no caderno de cultura do *Jornal do Brasil*. Ali, no bairro do Caju, comecei escrevendo artigos, resenhas de filmes, até conquistar a minha primeira página do caderno com uma reportagem sobre os setenta anos da Semana de Arte Moderna. A matéria me tomou um bom tempo de pesquisa. Quando cheguei à participação de Villa-Lobos no evento, não tive dúvidas de quem seria a minha melhor fonte.

– Você tem que entender que, na Semana de Arte Moderna, o Villa-Lobos ainda não era Villa-Lobos – explicou-me Wagner, empilhando nossas bolachas de chopp no Amarelinho da Cinelândia. – A música que ele apresentou ainda era muito influenciada pela música francesa. Como todo o resto que foi apresentado na Semana de 22, a música do Villa era cópia do que já se fazia há muito tempo em Paris.

No Theatro Municipal de São Paulo, contou-me Wagner, a apresentação de Villa-Lobos começou mal antes que uma nota sequer houvesse sido ouvida. Vestindo casaca e gravata, Villa-Lobos subiu ao palco calçando sandálias de dedo porque sofria de uma crise de gota. Mas a plateia paulistana, conservadora e avessa às modernidades musicais, interpretou as sandálias como uma espécie de provocação do irreverente compositor carioca. Quando Lucília Guimarães, mulher de Villa-Lobos, tocou ao piano os primeiros acordes de uma sonata, alguém na plateia começou a cacarejar. Daí em diante, as coisas só pioraram. Terminada a apresentação, Villa saiu do palco sob um coro de vaias e assovios que, segundo ele mesmo, reconhecia "a genialidade da sua obra".

– Agora, o que o Villa não sabia era que as vaias tinham sido organizadas pelo Oswald de Andrade! O Oswald, amigo dele, que dizia: "arte moderna que não é vaiada não é moderna"! – arrematou Wagner, rindo, antes de se levantar para ir ao banheiro.

Sozinho à mesa, eu pedi mais dois chopes ao garçom, acendi um cigarro, imaginando por que o meu amigo, tão culto, desperdiçava seus dias num cartório, sendo profundo conhecedor de música, especialista na obra de Villa-Lobos. Não poderia dar aulas? Escrever sobre música? Quais mecanismos do inconsciente deixavam Wagner tão inseguro, a ponto de pressentir a vida como uma constante ameaça, em vez de enfrentá-la como um eterno desafio? Por que afogava sua própria alma num trabalho repetitivo, protocolar e burocrático, em troca da suposta garantia de uma vida segura? Como se a vida pudesse ser planejada, como se o destino pudesse ser dominado, moldado de acordo com nossos desejos. Foi no meio dessa reflexão que Wagner me surpreendeu quando voltou do banheiro.

– Estou indo embora, Nando – disse, antes de se sentar.

– Já?

– Não! Quer dizer, estou indo embora do Brasil.

Acuado pela minha curiosidade, Wagner tentou desconversar, dizendo que era só um plano, uma ideia que lhe passou pela cabeça, a situação no Brasil não dava sinais de melhora, o trabalho no cartório começava a entediá-lo, enfim, todos os argumentos que eu mesmo teria usado se estivesse no lugar dele. O problema era que nada soava muito convincente. Era como se ele tivesse pedido emprestado o meu discurso de eterno insatisfeito, que nada fazia de concreto para mudar a vida. Havia algo mais, uma outra razão, um outro elemento naquela história que eu ainda não tinha percebido.

– Estou saindo com uma mulher maravilhosa. A gente está pensando em ir de vez para a Europa – revelou, finalmente, olhando para o lado, dando um toque casual à informação, como se não fosse a razão primeira daquela decisão tão inesperada, tão descabida na figura de Wagner, o filho de seu Jorge Krause.

A minha entrevista na rádio durou precisamente sete minutos. Parece pouco, mas, em rádio, é um tempo considerável. Pena que eu levei uma hora para chegar aos estúdios, sabendo que ainda perderia outra hora na volta para casa. Na entrevista, falamos de Sônia Braga, da sua carreira cinematográfica e, no que dizia respeito à política, lamentamos como, então, o governo brasileiro tratava a cultura de um povo como produto comercial, sujeito às concorrências desleais do mercado. Mais do que nunca precisávamos de um ministério da Cultura forte, que incentivasse e promovesse o cinema nacional. Aliás, não só um ministério da Cultura atuante e resistente, mas da Educação também, que, por exemplo, jamais suprimisse as aulas de filosofia no ensino médio, volta e meia ameaçadas. Filosofia que fizera muita falta à minha geração, educada sob a tutela do regime militar. Quem sabe, se houvéssemos estudado Platão, Aristóteles e Kant na escola, as coisas não teriam sido mais claras na vida de Wagner?

3

Florence e eu raramente nos vemos durante a semana. Ela tem seus compromissos de trabalho, suas viagens, suas plantas. Eu tenho artigos a escrever, reuniões de pauta por Skype e um blog sobre cinema que atualizo todos os dias. Depois, sobrando-me algum tempo, volto ao romance que, há seis anos, estou escrevendo. Senão, abandono tudo para ver meu filho, que vem a Paris uma vez por semana para participar de um programa de estágio ligado à sua faculdade.

Antoine mora com a mãe em Compiègne, cidade histórica, a cinquenta minutos de Paris em trem regional. É fruto de uma relação tão ardente quanto tempestuosa, que começou e acabou no meu primeiro ano na França. Conheci sua mãe, Melanie, na Sorbonne, quando eu fazia o mestrado em cinema, sem bolsa de estudos, e tentava pagar o aluguel de um conjugado escrevendo para vários jornais, quando não gravava um ou outro flash para rádios brasileiras. Melanie cursava o último ano de psicologia e, de vez em quando, sentava-se à minha mesa na cantina da universidade. Nas bandejas, tínhamos tudo o que se pode querer da gastronomia francesa: entrada, prato principal, salada, pão, queijo e sobremesa. Só faltava a qualidade. Foi um *cassoulet* aguado que nos uniu, quando me queixei em voz alta, enquanto ela tentava partir com as mãos um pedaço de pão borrachudo. Da primeira troca de impressões à primeira sessão de cinema, tudo se passou como nos melhores filmes românticos de Hollywood. Matando uma aula minha ou dela, passeávamos no Jardim de Luxemburgo, caminhando sobre um mar de folhas mortas, que estalavam sob nossas botas. Curiosa, perguntava-me sobre o Brasil e, quando eu respondia, ria de meus erros de francês, corrigia a minha pronúncia, dizendo-se apaixonada pela minha fala inventiva e original, como a de um menino de sete anos. Depois me falava dela mesma, de sua infância no interior, focando no perfil dos pais, Albert e Nicole, que haviam apedrejado a polícia nas manifestações do Maio de 68; que tentaram fundar uma comunidade alternativa nos anos setenta; que ainda comiam e vendiam o que colhiam da horta caseira. Se o assunto fosse cinema, não havia diretor, ator ou atriz, europeu ou americano, que Melanie não conhecesse ou, pelo menos, já não tivesse ouvido falar. E quando uma rajada de vento levantava as folhas caídas, ameaçando uma virada de tempo, Melanie saltava sobre um banco do parque, encenando *Cantando na chuva*, imitando, como ninguém, as caras e trejeitos de Debbie Reynolds. Salvo um momento ou outro de melancolia espontânea, Melanie me transmitia uma carga de energia, uma disposição diante da vida, chovesse ou fizesse sol, que, às vezes, fazia com que eu me julgasse alguém naturalmente retraído, inseguro, pessimista. Diante de toda aquela luz, eu me sentia uma lâmpada queimada.

Três semanas depois do primeiro beijo, Melanie se mudou para o meu conjugado, onde dividíamos vinte metros quadrados, incluindo o banheiro e a cozinha. Ali, naquele ninho de livros e lençóis amarrotados, o bebê foi concebido num momento de tesão e distração regado a vinho, defumado a baseado.

A gravidez de Melanie, no entanto, não nos surpreendeu. Morando juntos havia poucos meses, ainda entorpecidos pela química da paixão, seduzidos por planos de felicidade duradoura (eu daria aulas na Sorbonne, ela clinicaria em casa, nosso filho seria bilíngue, seria músico, não, não, seria escritor, cineasta, tudo, menos jornalista), decidimos, com o aval de seus pais, manter a gravidez, acreditando que nada poderia nos acordar daquele sonho de futuro promissor. Até que Antoine nasceu.

Ainda na maternidade, Melanie entrou em depressão, sofreu uma crise psicótica e rejeitou o bebê. Não podia suportar a ideia daquela criatura, toda molenga, repugnante, sugando-lhe o bico do seio. Que o levassem embora. Que a deixassem em paz. Sofria delírios e surtos de paranoia, acusando as enfermeiras de quererem matá-la. Meses se passariam, com internações psiquiátricas, sessões de psicoterapia e altas doses de antidepressivos, antes que Melanie, aos poucos, recuperasse seu equilíbrio, ainda de forma precária, aceitando com amor, e muita culpa, seu próprio filho.

Nossa relação, porém, nunca mais seria a mesma. A alegria natural de Melanie deu lugar a um comportamento imprevisível, ora eufórico, ora melancólico, quando não injustificavelmente agressivo. Quando Antoine completou um ano, crescendo no nosso conjugado de estudante, Melanie tomou sua decisão.

– Vou morar na casa dos meus pais – avisou, enrolando a fralda suja do bebê, que, deitado, agitava as pernas enquanto mordia uma girafa de borracha. – Vai ser melhor para o Antoine. Vamos ter mais conforto e uma vida mais saudável no interior. Meu pai vai nos ajudar, eu vou ter mais tempo para me tratar, e o Antoine não vai precisar ficar na fila para ter um lugar na creche.

Eu ainda protestei, mas, hoje reconheço, meus argumentos foram fracos, débeis, quase insinceros. Encurralado num conjugado, tentando estudar e trabalhar, dividindo meu espaço com um bebê que só chorava depois das duas horas da manhã, eu sentia, na partida de Melanie e Antoine, algo que eu não queria reconhecer, algo que eu não podia aceitar em mim mesmo: alívio. Ao mesmo tempo, conhecendo os pais de Melanie, que pagavam parte de nossas contas, eu conseguia ver, sem culpa, o lado positivo da sua partida: amor e conforto não lhes faltariam na casa de Albert e Nicole. Até então, eu não interpretava a sua partida como uma separação. Seria apenas uma solução a curto ou médio prazo, até que ela melhorasse de vez e pudesse voltar a Paris.

O tempo, contudo, passou, as semanas se tornaram meses, e os meses, anos. Eu visitava Antoine com frequência, conversava com Melanie, mas ela não estava mais lá. Não a Melanie que eu conhecera. Tornara-se arredia, reticente, quando não simplesmente apática. Hoje, censuro-me por minha fraqueza, por não ter conseguido convencê-la a voltar para casa, quando, finalmente, eu pude alugar um apartamento um pouco maior. Censuro-me, sobretudo, pela minha falta de caráter. Faltou-me hombridade para assumir a doença da minha mulher com todo o amor e o apoio que ela merecia. Consola-me, somente, o fato de saber que mãe e filho não estavam sós. E ainda não estão. Moram até hoje na casa onde Melanie nasceu, a casa dos avós de Antoine, que ouvem Amy Winehouse, praticam ioga e acham que eu tenho opiniões de velho.

– Ah, Fernando, você é tão conservador... – reclama frequentemente minha ex-sogra, enrolando a seda do seu baseado.

Por coincidência, Antoine vinha a Paris no mesmo dia da palestra de Wagner na embaixada do Brasil. Propus então que, no final da tarde, nos encontrássemos lá. Com certeza, ele ainda teria tempo de pegar o último trem de volta para Compiègne depois da palestra. Pouco antes das seis, Antoine apareceu vestindo calças de veludo, um gorro andino que lhe cobria as orelhas e uma japona de nylon vermelha, grossa, pronto para esquiar nos Alpes. Aos vinte anos, parecia-se cada vez mais com a mãe, o mesmo nariz romano, o mesmo sorriso inocente, as mesmas covas no canto dos lábios. Só nos olhos puxara à minha família. Os olhos castanhos do meu pai, com longos cílios e sobrancelhas grossas. Também devia ter algo de mim, com certeza, mas até hoje não consigo identificá-lo. Que não seja o temperamento, eu espero. Que Deus lhe dê mais sabedoria.

A sede da embaixada brasileira em Paris fica num palacete do século XIX, tombado pelo patrimônio histórico, às margens do rio Sena, com vista para a torre Eiffel. Não obstante a opulência do edifício, a entrada dos visitantes se faz pelo portão da garagem, que dá acesso, lá nos fundos, à sala de conferência, um anexo do edifício principal. Ali, Antoine e eu deixamos nossos casacos no guarda-volumes, antes de entrar na sala, que já começava a encher, quando ainda faltavam quinze minutos para o início da palestra. Apontei-lhe com os olhos uma fileira vazia ao fundo, onde nos sentamos nas cadeiras mais próximas do corredor lateral. Preferia que Wagner não me visse tão cedo. Receava que, caso me reconhecesse, pudesse perder a concentração na sua palestra. Já sentado, cochichei para Antoine o nome e a profissão de algumas pessoas que chegavam à sala, gente que eu conhecia de outros eventos da comunidade brasileira. O bigodudo, presidente da Câmara de Comércio Brasil-França; a mulher com a echarpe verde, professora de história do Brasil na Sorbonne; a loura sorridente, dona de uma adega de vinhos; o rapaz pálido, de gravata…

Um ruído surdo, um tapinha de dedos no microfone, me interrompeu. Uma representante da embaixada, possivelmente diplomata, vestindo um *tailleur* cinza e camisa branca, deu as boas-vindas, pediu desculpas pela ausência do embaixador, que estava em missão fora de Paris, e, antes que falasse algo mais, fez uma careta de pavor, encolhendo os ombros, quando as caixas de som entraram em microfonia, ensurdecendo a plateia por dois segundos. A mulher se afastou das caixas, pediu novas desculpas, apresentou o programa cultural da embaixada para o resto do mês de fevereiro, incluindo aquela série de palestras sobre música brasileira, antes de introduzir, finalmente, o convidado daquela noite: o professor Wagner Krause, carioca, pós--doutorando na Sorbonne, que nos apresentaria o seu estudo sobre a influência do modernismo francês na obra de Heitor Villa-Lobos.

Alguém na primeira fileira bateu palmas, a plateia seguiu a claque, enquanto um homem alto surgia na porta da sala, sem que eu pudesse, na luz fraca, identificá-lo imediatamente. Só quando se postou na frente da audiência, sob a luz dos *spots*, pude reconhecer Wagner Silveira Krause, o Waguinho, tanto tempo depois. Um arrepio correu--me pela nuca, contraindo os músculos do meu rosto, impondo-me um sorriso involuntário acompanhado pela umidade que embaciou meus olhos. De repente, tive vontade de me levantar e gritar, para quem quisesse ouvir, "Esse aí é o Waguinho, filho do seu Jorge, o mecânico, que nadava, trabalhava, estudava numa escola pública lá no Rio de Janeiro. Waguinho, meu amigo há, pelo menos, quarenta anos…"

– Pai, pai! – cutucou-me Antoine para que eu deixasse um retardatário passar para se sentar nas cadeiras mais centrais.

Wagner, vestindo um paletó de *tweed* sobre um pulôver preto de gola alta, recebeu o microfone das mãos da diplomata, deu o boa-noite a todos, agradeceu à embaixada pelo convite, pediu que o agradecimento fosse transmitido ao embaixador, cumprindo todo o salamaleque do protocolo diplomático antes de se dirigir à audiência.

– Será que alguém aqui seria capaz de cantarolar um trechinho de uma música qualquer do Villa-Lobos? – perguntou, provocando sorrisos nervosos na plateia, onde rostos se entreolhavam, cotovelos se acotovelavam, vai você, eu não, vai você, um riso ali, uma tossida acolá, sem que ninguém se atrevesse a lhe responder. – Um trechinho só! Não precisa nem ser muito afinado. Ninguém?

Uma menina, sentada na primeira fileira, vestindo calças jeans e um suéter azul, levantou o dedo, erguendo o queixo e balançando as pernas. Wagner perguntou seu nome, passou-lhe o microfone, e Jeanne cantarolou uma frase musical, no tempo certo, levemente fora do tom.

– Que lindo! – disse Wagner, enquanto recebia um segundo microfone das mãos da diplomata. – A Jeanne cantou pra gente um pedacinho de "O trenzinho do caipira", que faz parte da *Bachianas brasileiras número 2*. Mais alguém? – indagou correndo os olhos pela plateia.

Outra mão emergiu entre as cabeças, dessa vez de uma moça de óculos e cabelos curtos, que, recebendo o microfone, apresentou-se, Márcia, antes de cantar com precisão outro trecho de uma música de Villa-Lobos.

– Que beleza! Está ficando mais difícil – disse Wagner. – A Márcia cantou um pedacinho da "Cantilena", da *Bachianas brasileiras número 5*. Com essas duas belas apresentações, obrigado às meninas, acho que acabamos de escutar as duas peças mais famosas do Villa. A não ser que alguém aqui se lembre da "Melodia sentimental", gravada por vários cantores da MPB: Djavan, Ney Matogrosso, Maria Bethânia... – disse, recebendo um murmúrio aprovador da plateia.

Público conquistado, aquecido e relaxado pela introdução informal, Wagner podia então abordar o tema da palestra com a confiança de quem falava para amigos. Passados tantos anos, o carisma estava intacto. O que perdera em jovialidade ganhara em segurança, imprimindo um ritmo constante à oratória, com nuances de entonação, síncopes e contratempos, que deixavam a audiência em suspense, esperando a próxima frase. De repente, lançava uma pergunta retórica, fácil, incitando a plateia a responder mentalmente, afastando os bocejos ocasionais que desarmam o mais experiente dos oradores acadêmicos, especialmente quando falam para um público leigo.

– As três músicas que nós acabamos de mencionar foram compostas depois de 1930, quando o Villa-Lobos já havia voltado para o Brasil, depois de passar uma temporada aqui em Paris – disse Wagner, apontando a plateia de brasileiros radicados na França, como se, de algum modo, eles também fizessem parte daquela história. – Mas o que é interessante observar é que, apesar da fama, da popularidade dessas peças, as bachianas não são, na verdade, as obras mais importantes do Villa-Lobos – enfatizou balançando a cabeça, em pausa sincopada. – Como vocês sabem, as bachianas representam a homenagem do Villa à música barroca de Johann Sebastian Bach. Se, por um lado, elas agradaram ao público, que até hoje pode cantarolar "O trenzinho do caipira" dentro do carro ou durante o trabalho, por outro lado, decepcionaram a crítica. O Mário de Andrade, por exemplo, que já andava furioso com o Villa-Lobos por questões políticas, não teve papas na língua. Chamou as bachianas de porcas! – disse, acentuando o erre gutural dos cariocas, ouvindo os risos abafados do público. – Na minha opinião, trata-se de uma questão de gosto. Mas, do ponto de vista do modernismo, da inovação estética, nós sabemos que as bachianas realmente deixam muito a desejar da série anterior, chamada *Choros*. Essa, sim, é a série de composições mais importante, considerada a coluna vertebral da obra de Heitor Villa-Lobos – disse, apanhando um copo sobre a mesa para beber um gole d'água.

Antes que Wagner retomasse a palestra, uma mão surgiu na plateia, pedindo um aparte. Um homem de cabeça inteiramente calva perguntou, com sotaque francês, se Villa-Lobos não fora influenciado por Stravinsky.

– Assim o senhor está contando o final do filme na fila do cinema – respondeu Wagner, sorrindo, fazendo a plateia rir. – Mas nós vamos chegar lá.

Depois, retomou o fio da meada, lembrando que a palavra "choro" vinha de "chorões", nome que se dava, no início do século XX, aos músicos da boemia carioca que cantavam em esquinas, bares e festas.

– O principal instrumento dos chorões era o violão, considerado pela elite brasileira da época um instrumento de malandros. Para aquela elite, música de verdade era a música clássica, com violas, violinos e violoncelos. Nada de violão, que era um instrumento dedilhado pelos desocupados na rua. Acontece que, entre aqueles chorões, havia um menino de dezesseis anos chamado Heitor. Um nome que ele mesmo detestava! Dizia que era nome de cachorro! (Risos) Por isso, os amigos o chamavam de Villa. Assim, o garoto Villa, que, em casa, tocava o violoncelo, à noite caía na farra com os chorões, tocando violão pelas ruas do Rio de Janeiro. E foi nessa *má companhia* dos chorões, frequentando bares e aprendendo a música das ruas, que o Villa-Lobos se deixou impregnar pelo espírito da música popular carioca. O mesmo espírito que, anos depois, ele vai introduzir na música erudita. Sobretudo na série *Choros*. E são *esses* choros que vão levar a crítica francesa, já na década de 1920, a considerar o Villa-Lobos um gênio da música! – disse Wagner, enfatizando a frase com as mãos abertas, em oferta à audiência. – Mas a ironia da vida não para por aí. De certa maneira, o Villa-Lobos e o violão entraram numa sinergia tal, que um ajudou o outro. Afinal, o *Choros número 1* nada mais é do que um solo de violão. Imagine: aquele instrumento de malandros! Acontece que, anos depois, os maiores violonistas do mundo vão reconhecer que foi graças ao Villa-Lobos que o violão encontrou o seu papel na história da música erudita – lembrou, fazendo um sinal com a mão para um técnico, no fundo da sala.

Os primeiros acordes da música soaram entre a plateia, pausando a palestra no momento certo, dando cor e sonoridade a tudo o que Wagner acabara de dizer. Talvez eu tenha sido o único a não prestar atenção à música. Porque ela me tomou por inteiro. Levantou-me da cadeira, pegando-me pelo braço, levando-me para a Penha, quando, na casa de Wagner, ele apanhava o violão para me mostrar o que havia aprendido de Villa-Lobos. Wagner dedilhando as cordas, errando, xingando baixinho, tentando tocar para mim o *Choros número 1*, uma peça tão alegre quanto difícil, que demanda esforço, disciplina, exercícios diários. Depois, recomeçava, errava de novo, mas não desistia, pedindo que eu esperasse só mais um minuto, ele ia acertar, seus dedos estavam frios, até que conseguia tocá-la por inteiro, numa versão hesitante, fora de compasso.

– Está muito ruim ainda. Tenho que praticar mais – disse, guardando o violão numa capa de lona. – Vamos lá para a praça?

A praça Panamericana, um descampado cercado por ruas que lhe justificavam o nome, Quito, Montevidéu, Honduras, Nicarágua, servia, principalmente, de rotatória para o tráfego que convergia na sua direção. Nela se concentrava a população local de cachorros vadios e meninos não menos vadios, que, descalços, soltavam pipa ou jogavam futebol, usando latas de óleo como traves. Na falta de uma bola, entediados pelo ócio, ouviam, rindo, caçoando, a argumentação desatinada e interminável de Pileque, o rapaz franzino, seminu, que fizera da praça o seu reino, habitado por súditos tão argumentativos quanto invisíveis. Uma vez por ano, contudo, a praça Panamericana se transformava. À noite, ganhava luzes e sons imanados de barracas coloridas, nas quais se podia praticar tiro ao alvo, ganhando maços de cigarros, animais de pelúcia, ou nada, se a pontaria não fosse boa na mira enviesada da espingarda de rolha. Em outras, podia-se pescar com iscas imantadas, jogar argolas sobre pinos de boliche ou arremessar bolas na boca do palhaço, tudo sob o olhar entediado da mulher que, com um cigarro pendurado no canto da boca, recebia o dinheiro e distribuía as prendas aos ganhadores.

Foi numa noite dessas que Wagner me guiou através da multidão de pais, crianças e casais que, finalmente, frequentando o descampado, legitimavam a praça. Caminhando rápido à minha frente, parava numa ou noutra barraca, na ponta dos pés, esticando o pescoço, mirando sobre os ombros dos adultos as prendas expostas nas prateleiras. Depois, fazia-me sinal para que eu o seguisse, andando na direção do centro da praça, onde uma tenda de lona, como um circo em miniatura, apresentava "O espetáculo mais estranho da Terra". Com dez cruzeiros, o troco dos cigarros que levava para o pai, Wagner comprou os ingressos que nos deram acesso ao interior da tenda, uma sala escura, onde umas cinquenta pessoas esperavam pelo início do espetáculo. Sob o comando de uma voz grave, dramática, como um coro de tragédia grega, o palco se iluminou, revelando uma mulher loura, vestindo um biquíni preto, encerrada numa jaula. Lentamente, sob a narração da voz, a mulher, imóvel, agarrando-se às barras da jaula, ganhou pelos, músculos e dentes afiados, esmaecendo na frente da plateia boquiaberta para dar lugar a um gorila. Wagner me olhava, piscando um olho, à espera de que o gorila despertasse da sua hipnose atrás da grade. Obedecendo ao comando da voz, o animal abriu os olhos, soltou um grunhido, fazendo a plateia recuar um passo. Agitado, o gorila sacudiu as grades, ignorando as ordens para que se acalmasse, até que, num repelão mais violento, conseguiu abrir a porta, saltando para fora da jaula. Antes que Wagner pudesse me deter, eu já corria em direção à saída, espremendo-me entre a multidão, que se acotovelava para escapar da Mulher Gorila.

– É um truque! Um jogo de espelhos! – insistia Wagner, rindo, tentando me convencer de que era seguro voltar ao interior da tenda para procurar o pé esquerdo dos meus chinelos, que ficara para trás no estouro da plateia apavorada.

Dona Lúcia sorriu abanando a cabeça quando Wagner lhe contou do meu susto na tenda da praça. Levei tempos na infância, anos, para perder o medo de quem quer que fosse, vestido com uma fantasia de gorila. O mesmo tempo, talvez, que levei para entender que dona Lúcia, afinal, não era a mãe de Wagner.

A verdadeira mãe de Waguinho, cujo nome eu nunca soube, saíra de casa quando ele e sua irmã, Catarina, mal sabiam andar. Segundo seu Jorge, a mulher estava em Carmo de Minas, cuidando de uma tia doente. Mais dias, menos dias, estaria de volta, talvez antes do Natal, do Ano-Novo ou depois do Carnaval. Enquanto não voltava, três irmãs de seu Jorge remediaram a situação das crianças, oferecendo--lhes, em sistema de rodízio, atenção e cuidados quase maternais. Uma os visitava às segundas, quartas e sextas-feiras para inspecionar seus cadernos escolares, lavar e passar seus uniformes. Outra aparecia às terças e quintas, procurando remelas nos olhos, caracas no pescoço e piolhos na cabeleira dos sobrinhos. A terceira, solteira, costumava visitá-los nos fins de semana para ajudar as crianças com os deveres de casa, fazer-lhes desenhos e levá-las para passear na praça. Enquanto a vizinhança fingia acreditar na versão de seu Jorge (comentando, na privacidade de suas casas, que a mãe de Wagner fugira com um professor de matemática), o mecânico decidiu contratar uma moça, um pouco mais nova do que ele, para ajudá-lo com as tarefas domésticas das quais suas irmãs não podiam mais dar conta. Paulatinamente, Lúcia substituiu as três tias, cozinhando o que as crianças mais gostavam, ensinando-lhes as brincadeiras da sua infância na Bahia, contando-lhes histórias na hora de dormir. Observando o cuidado de Lúcia com seus filhos, seu Jorge se afeiçoou à moça de cabelos crespos, lábios carnudos, olhos amendoados, que não recusou os mimos daquele patrão taciturno, mas gentil. Um ventilador só para ela, uma colônia Seiva de Alfazema, um par de sandálias Havaianas novas. Claro, dormiam em quartos separados, até porque a mulher "poderia voltar a qualquer momento", como dizia seu Jorge, quase acreditando em si mesmo. Além do mais, "não ficava bem" que a vizinhança soubesse que o patrão dormia com a empregada. Waguinho, porém, não entendeu, ou simplesmente ignorou o estratagema dos adultos. Quando entrou no pré-primário, já chamava de mãe aquela moça que o levava pela mão até a porta da escola Conde de Agrolongo.

– O Villa-Lobos tinha só treze anos quando o seu pai morreu de varíola, deixando a mulher sozinha, sem dinheiro, com quatro filhos menores – contou Wagner à plateia na embaixada. – Adolescente, apaixonado por música e, pior, sendo o filho mais velho, o Villa vai entrar em conflito com a mãe, que queria que ele abandonasse o violoncelo para estudar medicina. É nessa hora que entra em cena uma tia, que vai manter o garoto sob a sua proteção, permitindo não somente que ele continue a estudar música, mas também que saia à noite para se juntar aos chorões. Essa tia foi a primeira das três grandes mulheres que tornaram possível o desenvolvimento do talento do Villa-Lobos – disse Wagner, fazendo uma pausa para estimular a curiosidade da plateia. – A segunda foi a sua esposa, a Lucília Guimarães, que tocava no piano as composições que o próprio Villa não conseguia tocar. Foi ao lado da Lucília que o Villa compôs a série dos *Choros*. Mais tarde, depois de vinte anos de casamento e apoio incondicional, o Villa, que já tinha quase cinquenta anos, vai abrir mão da Lucília para se casar com a Arminda Neves de Almeida, que era bem mais nova, tinha só vinte e quatro anos. A Arminda, ou Mindinha, foi outra grande mulher que, apesar da pouca idade, revelou uma dedicação imensa à carreira do companheiro. Até o fim da vida, a Mindinha lutou pela preservação da memória do Villa-Lobos como o maior compositor erudito das Américas – concluiu Wagner, dando ênfase ao ponto final. – Mas dessa fase da carreira do Villa-Lobos, a fase da Mindinha e das bachianas, nós vamos falar na semana que vem. Muito obrigado! – encerrou, agradecendo com um aceno de cabeça os aplausos do público.

Antoine e eu esperamos que a plateia se levantasse e começasse a esvaziar a sala antes que deixássemos nossos lugares para nos aproximar de Wagner. Lá na frente, cercado por um grupo mais curioso, ele continuava a falar de Villa-Lobos, tirando dúvidas, esclarecendo pontos pouco abordados naquela primeira palestra. Depois, inclinou-se, estreitando os olhos, aguçando os ouvidos, para ouvir o sussurro de uma mulher de cabelos grisalhos, bochechas côncavas num rosto quase cadavérico, que dizia ter conhecido Villa-Lobos pessoalmente, jantado com ele, Mindinha e Érico Veríssimo, quando o casal se hospedava num hotel na rua de l'Arcade, em Paris.

– O mesmo hotel em que morreu dom Pedro II – completou Wagner, segurando com delicadeza a mão da mulher.

Depois, virou-se para mim, sorrindo, sem que o reconhecimento fosse imediato. Franziu o cenho, piscou duas vezes, buscando nos arquivos da memória, em milésimos de segundo, um nome para o rosto que o encarava.

– Fernando dos Santos Mourão! – disse, pausadamente, antes de abrir os braços e avançar em minha direção.

4

Depois do nosso último chope no Amarelinho, Wagner e eu passamos algumas semanas sem nos encontrar, apesar da minha curiosidade em saber mais sobre aquela "mulher maravilhosa" que parecia o ter convencido de que sair do Brasil era a melhor solução para a crise que o Plano Collor só agravara. Só mais tarde, num encontro casual, eu teria a chance de conhecer Lorena.

Naquele fim de semana, bem cedo, eu peguei o ônibus na Tijuca rumo à sede do *Jornal do Brasil*, onde continuava a trabalhar no caderno de cultura, escrevendo, principalmente, resenhas e reportagens sobre cinema. Por algum motivo que não me lembro agora, talvez estivesse substituindo um colega da Geral, eu havia sido escalado para o plantão de domingo, cuja pauta previa uma manifestação política na orla carioca. Três dias antes, o presidente da República pedira aos brasileiros que saíssem às ruas, vestindo-se de verde e amarelo em defesa do seu mandato, ameaçado pela Comissão Parlamentar de Inquérito, cujo relatório, tudo indicava, levaria ao seu impeachment. Agora, o presidente teria a resposta dos cariocas ao seu apelo.

No Leme, deixamos o carro do jornal na Gustavo Sampaio, antes de tomarmos café da manhã numa padaria. De pé, com os cotovelos apoiados no balcão, observávamos os moradores do bairro caminhando rumo à avenida Atlântica, dividindo-se em dois grupos: os que iam à manifestação, carregando cartazes e faixas enroladas, e os que iam à praia, vestindo sungas e cangas, aproveitando a benevolência do inverno carioca, com os termômetros passando a marca dos vinte graus. No balcão do lado oposto ao nosso, um morador do bairro tomava café lendo jornal. Na manchete, "Conferência Nacional de Saúde: PT pede a médicos vacina contra corrupção".

– Está vendo? Se tivessem votado no Sapo Barbudo, nada disso teria acontecido – disse Evaldo, o motorista do jornal, um tipo magro, de bigode espesso, bebendo café com leite num copo de vidro.

– Quem sabe? – argumentou Murilo, o fotógrafo que nos acompanhava, comendo uma fatia de pão com manteiga enquanto mantinha a bolsa de equipamento fotográfico segura entre seus pés. – O poder corrompe. Sempre. O que nos salva é a imprensa!

– Qual imprensa? – questionou Evaldo. – A mesma que elegeu o Caçador de Marajás?

– Vamos nessa? – abreviei o debate, indo ao caixa pagar nossa conta.

No começo da avenida Atlântica, entre os edifícios residenciais e a pedra do Leme, encontramos a multidão concentrada, jovens, na sua maioria, estudantes secundaristas, universitários, gente de classe média, moradores da Zona Sul, que pintavam seus rostos de verde e amarelo, mas vestiam roupas pretas de luto pelo Brasil. Pedi a Evaldo que nos esperasse com o carro na praia do Leblon, onde os manifestantes deveriam se dispersar no final da tarde.

Caminhando em marcha lenta pelos quatro quilômetros da Atlântica, margeando as areias da praia, do Leme ao Posto Seis, a passeata ganhou adeptos, pais, filhos, avós, babás vestidas de branco, e ambulantes vendendo água, cerveja e camisetas, impressas com frases de protesto contra o presidente. Murilo corria à frente do grupo, fotografando os líderes, fazendo imagens gerais, *close-ups* de caras pintadas e cartazes, "Fora já", enquanto eu entrevistava um ou outro manifestante, anotava os refrões cantados pela multidão: "Ai, ai, ai, ai, empurre o presidente que ele cai!".

Chegando ao Posto Seis, a passeata dobrou à direita, tomando a Francisco Otaviano em direção a Ipanema. Já não eram milhares de pessoas vestidas de preto. Era uma maré negra, misturando-se com outra que vinha em direção contrária. Ali, unidos pelo objetivo em comum, os manifestantes cantaram o hino nacional, antes de seguirem juntos pela avenida Vieira Souto. Escalando um carro de som, Murilo fazia agora fotos panorâmicas, que mostravam o avanço da maré rumo à praia do Leblon, tendo como pano de fundo o morro Dois Irmãos.

Pouco antes de chegar ao canal do Jardim de Alah, na altura do Country Club, eu senti uma mão pesada, segurando o meu ombro. Olhando para trás, reconheci a cara de Waguinho, pintada de verde e amarelo em desacordo com a cabeleira ruiva. A seu lado, uma garota de cabelos ondulados, castanho-claros, a bandeira do Brasil pintada no rosto, com a faixa do "Ordem e Progresso" passando sobre a ponte do nariz, quase formando uma circunferência com o branco do seu sorriso.

– Lorena, Fernando. Fernando, Lorena – apresentou-nos Wagner, falando alto para encobrir o vozerio da multidão.

Abracei Waguinho, dei dois beijos em Lorena, sujando minhas bochechas com tinta verde e amarela. Sob a espessa camada de tinta plástica, o rosto da garota se equilibrava em linhas harmônicas, a sobrancelha espessa, bem depilada, os olhos verde-claros, o nariz afilado, nem longo, nem curto, os lábios cheios, sem serem grossos.

– Primeira-dama, que coisa feia, vai direto pra cadeia! – gritou um rapaz ao nosso lado, cadenciando o refrão na batida de um tamborim.

Empurrados pela massa de manifestantes, combinei com Wagner que nos veríamos em breve, passe lá em casa, eu ligo pra você, vamos tomar um chope. Procurei Murilo em cima do carro de som e, quando voltei os olhos para Wagner e Lorena, os dois já haviam desaparecido entre centenas de camisas pretas.

Quem diria? Wagner Krause, o funcionário público da vara de família, o disciplinado filho de seu Jorge, o mecânico, participando de uma manifestação política na Zona Sul. O Waguinho, que cresceu sob o regime militar e pouco se interessava por política, assunto raramente discutido em casa – assim como na minha, política era algo para corruptos ou generais, quando não os dois na mesma pessoa, gente que vivia numa esfera muito superior à nossa. A nós, cabia-nos tão somente trabalhar com honestidade, para ganhar a vida dignamente, honrando a nação. Agora, Waguinho, o carapintada? Isso era novidade. Positiva, com certeza. Influência de Lorena? Possivelmente, pensava eu, quando ainda mal podia imaginar o peso enorme que Lorena teria na sua vida.

Duas semanas ainda se passariam antes que eu e Wagner pudéssemos coincidir nossas agendas para tomar aquele chope, que da retórica passou à realidade numa pizzaria em Botafogo, onde Wagner frequentava, então, aulas noturnas num curso de francês.

– O sonho da Lorena sempre foi voltar para a França – explicou Wagner, cortando um pedaço de pizza portuguesa, afogada numa camada de azeite apimentado. – Ela nasceu lá, mas veio para o Brasil com a mãe, quando já tinha uns quinze anos. Imagine o choque: sair da França de François Mitterrand para morar no Brasil do general Figueiredo!

Wagner conhecera Lorena no feriado da Páscoa, quando viajou para Búzios com Raul e Serjão, dois colegas do fórum. Os três chegaram na quinta-feira à noite, hospedaram-se numa pousada na praia dos Ossos e, no dia seguinte, percorreram as ruas da península até chegarem à praia Brava, onde passaram o dia nadando, dormitando ao sol, jogando conversa fora.

– Repare só – disse Raul, sentado na areia, com um copo de cerveja na mão. – O Brasil é o único país do mundo em que você é apresentado a alguém, alguém que você nunca viu na vida, quando a pessoa já está praticamente nua na sua frente.

Fez uma pausa, virando-se para Wagner e Serjão, que, entreolhando-se, esperavam a conclusão do raciocínio.

– Quer dizer, você está aqui na praia, é apresentado à amiga de uma amiga, e a mulher já está de biquíni, geralmente menor que a calcinha e o sutiã, na sua frente. Cara, essa inversão da ordem temporal não acontece em nenhum país do mundo. A sociabilidade brasileira começa pelo sujeito nu. Só depois ele se veste, todo bacana, para ir namorar. Deve ser herança indígena, essa antecipação da nossa nudez!

– Menos a do Wagner – respondeu Serjão.

Besuntado com bloqueador solar, Wagner se sentava à sombra de um guarda-sol, vestindo calções de pernas longas, um boné que lhe protegia o rosto e uma camiseta de malha verde, que ele não despia nem sequer para entrar na água, não por vaidade, mas pela fragilidade da pele branca, que herdara da família alemã, pele que não se bronzeava, mas se avermelhava, se arroxeava, ardendo-lhe por dias quando, acidentalmente, expunha-se demais ao sol carioca.

Depois que o sol se punha, os três jantavam, comendo um cachorro-quente com batata palha e maionese, vendido por um ambulante a poucos passos da pousada, antes de explorarem os bares da rua das Pedras, onde poderiam encontrar garotas interessantes, bronzeadas, em busca de uma aventura de fim de semana. Raul, magro, de pouca estatura, com um cavanhaque que lhe emprestava uma aura de intelectual, falava pouco, exceto quando encontrava um assunto que lhe despertava especulações filosóficas, como a nudez do brasileiro, a colonização argentina de Búzios ou o futuro da República de Alagoas. Se, por um lado, seu voto não chegava a influenciar as decisões do grupo, por outro, destacava-se entre os colegas do fórum como o mais leal a Wagner. Uma amizade desequilibrada, na qual Wagner impunha, inconscientemente, o seu carisma sobre Raul, que estava sempre pronto a lhe dar razão. Serjão, cuja largura justificava o aumentativo do nome, mais parrudo do que gordo, era expansivo e irreverente, tendo mente e língua afiadas para observações inusitadas, arremates secos e mordazes. Dos três, Serjão era, segundo Wagner, o que mais chances tinha de voltar para a pousada acompanhado ou, pelo menos, de "dar uns beijos", rolando na areia da praia com a benção de Iemanjá.

Apesar dos ombros largos, da estatura e dos cabelos ruivos, que o faziam ser confundido com um turista argentino, Wagner não acreditava, ou melhor, preferia não acreditar na possibilidade de uma aventura amorosa passageira, um emprestar mútuo de bocas e corpos que, saciados (ou não), diziam-se adeus, foi ótimo, muito obrigado, até qualquer dia, quem sabe. Aquilo não lhe satisfazia. Além do mais, um obstáculo maior, uma espécie de embaraço nato, pulverizava o seu carisma, a sua articulação verbal, quando, por azar, abordava uma mulher que lhe respondia à altura. Uma mulher que o encarava, olhos nos olhos, aceitando o jogo da azaração, não como objeto do desejo *dele*, mas como par voluntarioso naquela dança da corte casual. Daquele tipo de mulher, ele se afastava, camuflando sua fraqueza com um desinteresse súbito, justificado por um defeito ali ou acolá, algo irreconciliável com o seu gosto pessoal. Nascido numa família de donas de casa, criado no ambiente da oficina mecânica, onde o calendário da Pirelli despia uma mulher por mês, Wagner se sentia mais seguro com mulheres dóceis, quase tímidas, que deveriam ser conquistadas. Claro, um pouco de resistência era necessário. Preferia que a mulher não demonstrasse interesse imediato. Que hesitasse, recuasse, voltasse a avançar, dando-lhe sinais ambíguos, estimulando a sua imaginação e a sua libido, sem se render cedo demais. Enfim, que a mulher cedesse a seus avanços gradualmente, participando do jogo, sem jamais colocar em xeque a sua capacidade sedutora.

Talvez por isso, Wagner nunca tenha se sentido muito confortável na noite de Búzios. Ainda que a península já começasse a perder a fama de balneário elitista que conquistara na década de oitenta, invadida agora por camelôs que disputavam com as lojas chiques a clientela depauperada pela crise econômica, Wagner perambulava pela rua das Pedras, entre carrocinhas de caipifruta e restaurantes sofisticados, sentindo não pertencer àquele universo, que incluía as garotas que, calçando sandálias com salto, andavam desequilibradas sobre as pedras, rindo, falando alto, vestindo roupas decotadas que expunham, sob a luz das vitrines, as promissoras marcas do biquíni, como duas linhas brancas tatuadas na pele, entrelaçando-se nas costas.

Por outro lado, mantinha-se otimista. Achava que, mesmo nos bares mais ruidosos, nas festas mais barulhentas, poderia encontrar alguém como ele, alguém que, gritando-lhe ao pé do ouvido, com um copo de batida na mão, pudesse surpreendê-lo com uma declaração inusitada, um gosto por música erudita, uma queda por Villa-Lobos, ou um desabafo, como o dele, que não aguentava mais aquela música, vamos sair daqui, vamos para o jardim? Lá fora, sim, com a música abafada, começaria a dança da sedução, com papéis alternados, porque ela, também interessada, se mostraria temerosa, vacilante, mantendo, ao mesmo tempo, o pretexto da música clássica, eu prefiro Mozart a Bach, para encobrir sua própria estratégia de sedução.

Mas, não. Não foi naquela noite, nem na seguinte, que Wagner descobriu a sua sedutora em Búzios. Nem na praia, nem nos bares, nem na rua das Pedras. Foi no terceiro e último dia, no domingo, que ela apareceu, trazendo-lhe o crepe que ele havia pedido no restaurante, onde almoçava a céu aberto com Raul e Serjão, horas antes de pegarem o ônibus de volta para o Rio.

— Camarão? – perguntou a garçonete, segurando um prato.

— Pra mim – respondeu Wagner, levantando um dedo.

— Volto já com os outros pratos – disse, afastando-se em direção à cozinha.

— Nossa! Lá no Rio não tem garçonete assim – disse Raul, observando os passos da garota, que vestia bermudas jeans, tênis e camisa de malha branca, amarrada em nó abaixo do busto.

— Só em Búzios – comentou Wagner.

— Ou em Paris – respondeu Serjão, calando-se com a volta da garçonete, que trazia mais dois crepes.

— Carne-seca? – perguntou, colocando o prato na frente de Raul, que lhe acenou com um sorriso, mirando de soslaio o ventre liso da garota, decorado com um piercing de prata no umbigo.

— E a Parisienne deve ser para você – disse, servindo Serjão. – Querem mais cerveja?

Sem sequer ter bebido metade da sua, Wagner pediu outra Skol, tentando cruzar o seu olhar com o dela, tentando trazê-la de volta à mesa. Não deu certo. Seu olhar perdeu-se no vazio, e a cerveja foi trazida pelo garçom, um argentino com rabo de cavalo, barba por fazer, a camisa apertada em torno dos bíceps, tatuados com ferozes dragões. Deve ser o namorado, pensou Wagner, sentindo-se, de repente, eliminado da competição que mal começara.

Só no fim do almoço, quando os três já haviam tomado nove latas de cerveja, a garçonete e seu umbigo voltaram para lhes apresentar a conta, quarenta mil cruzeiros, incluindo a gorjeta, paga com um maço de tíquetes-restaurante. Constrangido pela presença dos amigos, ameaçado pelos dragões, Wagner chegou a cogitar, mas logo abandonou o projeto de uma abordagem súbita, uma cantada barata, ideia que quase passara despercebida por um superego emasculado pela cerveja. Calado, levantou-se da mesa e, quando os três já caminhavam pela calçada, estacou de repente, disse que havia esquecido algo, que eles podiam seguir em frente, já lhes dando as costas, voltando em passadas rápidas para o restaurante.

Limpando a mesa desocupada, a garçonete levantou o olhar, sorrindo, encarando-o sem hostilidade ou inibição. Esqueceu alguma coisa? Esqueci. O quê? Um livro. Um livro? Não, uma chave. Uma chave? Acho que sim. Não, não encontrei nada, nem livro, nem chave, tem certeza de que esqueceu por aqui? Não sei, talvez em outro lugar, tudo bem, não tem problema, obrigado, disse, sorrindo, desviando o olhar, caminhando para trás até perder o equilíbrio na beira da calçada, contorcendo a boca, entortando o corpo para não cair sobre o calçamento de pedras, antes de se reequilibrar, forçando um novo sorriso. Cuidado, não vai cair, disse ela, tchau então, disse ele, acenando, antes de retomar seu caminho, sentindo o sangue subindo-lhe pelo pescoço, incendiando-lhe a cara, julgando-se, verdadeiramente, um idiota.

Às vezes, especulo sobre os rumos que minha vida teria tomado, se eu não tivesse estudado cinema, se não tivesse encontrado Waguinho na barca para Niterói, se não tivesse trabalhado no *Jornal do Brasil*. Em quantas dimensões se dividirá a existência humana cada vez que algo acontece, mudando todos os planos, ou cada vez que você faz uma opção entre dobrar à esquerda ou à direita? Se a virada for para a direita, o que acontecerá com aquela outra versão de você mesmo que se decide pela esquerda? Que bons encontros e surpresas a vida lhe trará? Já imaginou? Por onde andará aquela versão de você mesmo que não se casou? Que não teve filhos? Que não abriu mão daquele primeiro grande amor, uma paixão nunca reencontrada? Que não fez faculdade, preferindo dar a volta ao mundo? Ou que completou a faculdade que você abandonou? A tendência, a minha pelo menos, é de achar que todas as decisões até hoje tomadas, ou quase todas, foram um equívoco. Tenho certeza de que o Fernando dos Santos Mourão que, diante da encruzilhada, tomou outra direção, deve ser mais feliz do que eu. Talvez por isso, agora que moro em Paris, quero estar no Rio, onde sempre sonhei morar em Paris. No caso de Wagner, a teoria também se aplica. Que decisões, grandes ou pequenas, conscientes ou inconscientes, teriam resultado na sua trajetória de vida? Que somatório de coincidências e acasos o teria levado ao seu destino final? E o que terá acontecido com o Waguinho que até hoje (quem sabe) trabalha no fórum do Rio de Janeiro, arquivando processos, atendendo casais em litígio, na segurança de um emprego público com aposentadoria garantida? Terá mais de vinte anos de carreira no funcionalismo público! Ainda almoçará no edifício Menezes Cortes, pegando o ônibus para casa na praça XV? Antes, ainda, o que terá acontecido com o Waguinho que nunca abandonou a faculdade de engenharia? Seguindo seu modo de pensar, deve trabalhar hoje como engenheiro numa repartição do Estado. Deve ter uma família, lá no Rio de Janeiro, que, aos domingos, leva para almoçar com dona Lúcia, na Penha, onde escutam discos de vinil de Mozart na vitrola de seu Jorge, sob o vento constante do ventilador de teto, comprado na promoção das Casas Bahia. Qual daquelas versões do Waguinho será a mais feliz? Impossível dizer. Felicidade não se mede, não se compara. No máximo, posso contar, analisar, o que aconteceu com a versão do Waguinho que esta minha versão do Fernando reencontrou. O Waguinho, pós-doutorando da Sorbonne, e o Fernando que vive de bicos, escrevendo sobre cinema.

Em algum momento na viagem de ida para Búzios, os três amigos decidiram, ou melhor, Wagner e Serjão decidiram voltar para o Rio no ônibus das seis da tarde, que deveria chegar por volta das nove horas da noite de domingo. Nem cedo nem tarde para quem ainda precisava pegar outro ônibus na rodoviária Novo Rio para chegar em casa, na Zona Norte. Assim, saltaram do ônibus em Búzios e, antes de mais nada, compraram as passagens de volta, numeradas, uma na janela e duas no corredor. Podiam ter comprado passagens para o ônibus das quatro ou cinco da tarde, que, talvez, enfrentasse menos engarrafamentos na rodovia Amaral Peixoto. Cruzando todas as cidades litorâneas, a rodovia recebia cada vez mais veículos, tornando-se cada vez mais lenta, até se afunilar na rampa de acesso à ponte Rio–Niterói sobre a baía de Guanabara. Podiam, por outro lado, pegar o ônibus das oito da noite, que chegaria tarde ao Rio, mas lhes permitiria esticar o feriadão por mais algumas horas no entardecer da praia Brava. Poderiam até, sob o risco de serem repreendidos, passar mais uma noite em Búzios, faltando ao trabalho na segunda-feira com a desculpa de uma intoxicação alimentar, aquele camarão comido na praia, uma dor de barriga danada, não conseguiam sair do banheiro. No entanto, por uma questão de prudência e moderação, concordaram que o ônibus das seis seria o ideal, mesmo que o engarrafamento os atrasasse um pouco. Aquela decisão, aparentemente simples, corriqueira, tornara-se, considerando tudo o que se passou depois, um daqueles momentos de escolha em que a existência de Wagner Krause se dividiu em duas. Aquela decisão tão trivial, tão irrelevante no grande esquema da vida, somada à coincidência da compra de dois assentos um ao lado do outro, favoreceria o momento germinal, o momento da concepção de outro Wagner, aquele que, anos mais tarde, conquistaria a plateia na embaixada do Brasil em Paris, falando sobre a vida, não menos multidimensional, de Heitor Villa-Lobos.

Enquanto a antiga versão de Waguinho continuaria sua vida segura e rotineira, carimbando e arquivando papéis no fórum, aquele novo ramo no tronco da existência de Wagner Krause, já maduro e decidido, sentado à minha frente na pizzaria de Botafogo, me diria:

– A Lorena vai agora, em setembro. Mas eu só posso ir em janeiro – disse, antes de empurrar um pedaço de pizza goela abaixo com dois goles de chope.

Depois me explicou que ainda precisava esperar pela exoneração, tirar o passaporte, passar o Natal com os pais, enfim, tinha uma lista de coisas a fazer antes de se juntar à namorada em Paris. Uma lista de coisas que era uma consequência irrefutável daquela decisão casual de pegar o ônibus das seis da tarde.

– Encontrou a chave? – perguntou a garçonete do restaurante, já sentada no ônibus, na poltrona ao lado da qual Wagner se sentaria.

Agora dividido em dois, Wagner, sem o saber, despedia-se de si mesmo, cruzando uma porta aberta que surgira como por encanto à sua direita. Uma porta chamada Lorena, que lhe deu acesso a um mundo inusitado, tentador, irresistível como o canto de uma sereia que, repousando sobre as pernas bronzeadas o *Tristes trópicos*, de Lévi--Strauss, contou a Wagner que se formara em antropologia, e que estava voltando para a França para fazer o mestrado na Sorbonne. Voltando? Sim, Lorena explicou que havia nascido em Paris porque o pai era jornalista, correspondente de uma revista. Depois que os pais se separaram, ela, ainda adolescente, voltou para o Brasil com a mãe. Agora passava os fins de semana em Búzios, na casa de praia de uma amiga, mas morava, de fato, em Ipanema, dividindo com a mãe um quarto e sala na Nascimento e Silva, pertinho da Lagoa. Como a mãe era professora de francês, e não tinha como ajudá-la a voltar para a França, Lorena trabalhava no restaurante para complementar o orçamento da viagem, parcialmente paga pelo pai.

Antes, Lorena cursara o segundo grau num colégio franco-brasileiro, no Largo do Machado, onde, com a excitação e o espírito aberto da adolescência, não teve dificuldades para conquistar novos amigos – um grupo de meninos e meninas, "fofos demais", que lhe ensinou a amar o Brasil escutando chorinho e samba, sobretudo Cartola, fora, claro, o rock Brasil, com Titãs, Legião, Os Paralamas.

"Chorinho", ia pensando Wagner. A palavra-chave, o código que abria a porta para o diálogo, uma verdadeira troca de ideias e informações, e não simplesmente uma lista de particularidades, como em dois monólogos paralelos, eu sou assim, eu sou assado, eu faço isso, eu gosto daquilo.

– Eu também adoro chorinho – disse Wagner, estimulado pelo gosto em comum, que transcendia a vacuidade da aproximação forçada e artificial das paqueras fúteis, nas quais os meios, "eu também adoro axé", justificam os fins.

Na lentidão da viagem, atrasada por fileiras de faróis e lanternas traseiras na mão dupla da Amaral Peixoto, Wagner conversava, tentando manter os olhos na janela, no escuro da noite, lutando contra a insistente vontade de olhar para Lorena cada vez que um poste na estrada iluminava seus olhos, sua boca, aquele par de pernas expostas pelos shorts de algodão, terminadas numa tornozeleira de pano, talvez uma fitinha do Senhor do Bonfim. Wagner disse que se formara em direito, mas não exercia. Tinha um bom emprego no fórum, que lhe dava tempo para nadar e tocar violão. E ela? Praticava algum esporte? Tocava algum instrumento?

– Nem chocalho! – respondeu ela, rindo, surpresa com a curiosidade daquele rapaz, que falava e perguntava como se tivesse medo de deixar pausas suspensas no ar, um hábito que, talvez, não fosse exclusivo dele, mas de muitos brasileiros, diferentemente dos europeus que não se incomodavam com hiatos numa conversa, não os considerando sinais de tédio ou falta de interesse.

Eu mesmo nunca passei mais que algumas horas com Lorena, sempre em encontros de amigos, geralmente em Ipanema ou no Leblon, territórios pelos quais ela transitava com segurança, enquanto eu e Waguinho frequentávamos a Zona Sul como turistas. Assim, Lorena e eu não tivemos a oportunidade de dividir nada além de assuntos banais, lugares comuns, opiniões políticas que eram divididas por todos, sem contestação. Talvez, por isso, hoje eu tenha dificuldade em dizer o que lhe passava pela cabeça. Mas, naquele primeiro momento, no ônibus de volta para o Rio, posso deduzir que Lorena, sentada ao lado daquele cara ruivo, de pele muito branca, devia estar impressionada, se não pela brancura, por sua articulação verbal, pela facilidade de se exprimir, falando de música e, um pouco, da sua vida. Talvez, aos olhos de Lorena, Wagner não chegasse a ser um "cara bonito", mas tinha, inegavelmente, um certo charme, um modo de ouvi-la com atenção, incluindo tudo o que ela dizia na fala dele, fazendo com que ela se sentisse reconhecida. O oposto daqueles papos insossos de paquera em festa, quando o "carinha" só falava dele mesmo, da nova moto dele, do cachorro dele, da prancha supermaneira que ele ia comprar, e a garota olhava para o relógio, dizendo que já era tarde, precisava ir para casa, até mais. Enfim, conhecendo Wagner desde os tempos da Conde de Agrolongo, eu podia entender o que Lorena via naquele cara de cabelos vermelhos, envergadura de nadador e um conhecimento de música incomum. Ainda assim, até hoje especulo sobre os motivos que a teriam levado a abraçar aquele projeto arrebatado de morarem juntos em Paris. Uma irresistível fraqueza por ruivos? Quem sabe?

– Então, pelo que você está me contando, a Lorena vai "estar em casa" em Paris – falei para Waguinho, enquanto ele abria o talão de cheques para pagar a conta da pizzaria. – E você? Não vai ficar muito dependente dela, falando o seu francês meio jabaculê?

– Não, acho que não. A gente já tem tudo planejado – respondeu, sem levantar a cabeça, preenchendo o cheque. – A gente está numa sintonia total. É a mulher da minha vida, Nando! – concluiu, com um movimento brusco da mão, terminando a assinatura com um rabisco, um *W. Krause* riscado ao meio, quase ilegível.

5

Plantas carnívoras sempre me lembraram *A pequena loja dos horrores*, a velha comédia de Roger Corman, ou a sua versão musical, mais recente, com Rick Moranis no papel do funcionário da floricultura que alimentava sua monstruosa planta com carne humana. Nunca pensei que, na verdade, fossem tão pequenas e delicadas essas devoradoras de insetos, ariscas como um crocodilo com a mandíbula aberta à espera de uma presa desavisada.

– Vênus papa-moscas – disse Florence, andando à minha frente, guiando meus passos em direção ao carro. – Há outros tipos de planta carnívora, mas essa é a mais famosa, por conta dessa boca dentada e ameaçadora – explicou, apontando com o queixo a planta que carregava numa caixa.

A vênus fora presente, outra vez, de Florence, por eu tê-la acompanhado à feira de plantas, aonde chegamos depois de uma hora e meia de viagem no carro que alugamos naquele fim de semana. No centro de Orléans, passamos a manhã subindo e descendo as alamedas da feira, entre roseiras, rododendros e begônias, quando não plantas mais exóticas que pareciam tiritar no frio de fevereiro.

No início da tarde, almoçamos numa barraca de *raclettes* antes de voltarmos para o estacionamento com uma caixa de papelão, cheia de mudas, e uma bananeira de um metro de altura, cujo pote de barro eu carregava entre os braços, resfolegando, ressentindo a tensão nos músculos das costas.

Arrumadas as plantas na mala do carro, ajustei meu cinto de segurança, sentado no banco do passageiro, enquanto Florence conectava meu celular ao painel, programando a trilha sonora da viagem de volta a Paris. Na saída de Orléans, já escutávamos o prelúdio da *Bachianas número 4*, cuja urgência melancólica complementou a paisagem da rodovia, cercada por árvores desfolhadas, planícies descampadas, o cinza do céu encontrando-se com a terra, salpicada pela neve, à espera da primavera.

– Eu acho a *Bachianas número 4* uma obra invernal – explicou-me Wagner no nosso primeiro encontro em Paris. – Principalmente o prelúdio dedicado ao Tomás Terán, que era um pianista espanhol, amicíssimo do Villa-Lobos. No tempo em que ele morou no Brasil, o Terán dava aula de piano a um rapazinho muito talentoso, chamado Antônio Carlos Jobim!

Depois do nosso longo abraço na embaixada, Wagner lamentara não poder jantar comigo e Antoine. Como eu devia ter previsto, ele já tinha um compromisso, um jantar com os diplomatas após a palestra. Mas prometeu que nos veríamos em breve, registrou o número do meu celular, disse, piscando um olho para Antoine, que tinha muito a lhe revelar sobre a infância de seu pai. Poucos dias depois, trocando mensagens pelo telefone, nos encontramos para almoçar num restaurante do Quartier Latin, onde se reuniam editores, livreiros e professores da Sorbonne, logo ao lado da única livraria brasileira de Paris.

– À arte do reencontro – sugeriu Wagner, levantando sua taça de vinho.

Depois do brinde, perguntou sobre a minha vida, como eu fora parar em Paris, se eu estava casado e, afinal, quem era a mãe de Antoine. Fiz-lhe um breve relato sobre a minha saída do *Jornal do Brasil*, o início da carreira como crítico de cinema, e a minha vinda para a França depois que nós dois já havíamos perdido contato... Nesse ponto, eu hesitei, sem saber o que dizer ou quem culpar pelo nosso afastamento. Vinha-me à mente a imagem do amigo que ocupara um espaço desproporcional em minha vida, mas também me recordava de cartas que ficaram sem resposta e aniversários que não foram mais lembrados. Uma amizade que, aos poucos, foi se definhando, como uma planta tropical no frio europeu. Tomado, então, de surpresa, só conseguia me recordar de um vago sentimento negativo com relação a Wagner, um sentimento ilegível, como uma canção de cuja letra eu me esquecera. Enfim, disfarçando o embaraço com um gole de vinho, contei-lhe sobre o mestrado incompleto na Sorbonne, a minha relação com Melanie, os problemas de saúde dela, a minha covardia. Falei-lhe de Florence, de como éramos felizes morando em casas separadas, sem cobranças e sem compromisso.

– Amor maduro, sereno e profundo como as águas de um lago – disse-lhe antes de virar minha taça de vinho. – Mas, e você? Professor universitário em Londres? De onde vem tudo isso?

Wagner me fez um resumo de suas andanças, sem jamais tocar no nome de Lorena, como se na sua vida não houvesse causas, mas somente consequências. Tampouco refletiu sobre o nosso afastamento, o que me deu um certo alívio. Disse-me que, depois de Paris, viajara bastante pela Alemanha, em busca de novos rumos, mas que, final-mente, radicara-se em Londres. Lá conhecera Raquel, uma catalã de Barcelona, com quem viveu durante dez anos, sem jamais ter tido filhos. Falava num tom pausado, ora olhando para a rua através da janela, ora para o seu copo de vinho, sem jamais me encarar por mais de uma fração de segundos. Às vezes, se calava, sem nada me perguntar, como se fizesse uma pausa em busca de novos fatos, novas informações, que pudessem oferecer uma lógica narrativa à sua biografia. Enquanto falava, notei que sua cabeleira ruiva perdera a rebeldia e a intensidade cromática. Domados por um penteado repartido do lado, seus cabelos, agora curtos e mais escuros, misturavam-se com fios grisalhos que, nascendo nas costeletas, subiam-lhe pelas têmporas. Sua pele, um pouco menos pálida, mais curtida, parecia ter sofrido mais a ação do tempo que a minha, mas seu sorriso, ainda que um pouco amarelado, continuava a irradiar um calor humano incomum. Foi em Londres, disse-me, que, depois da morte de seu pai, resolvera levar a música a sério, estudando história da música, fazendo mestrado e doutorado. Enfim, estava ali, agora, em Paris, em busca do seu Santo Graal.

– Os choros perdidos do Villa-Lobos! – revelou-me, dando ênfase à frase, como se fosse o título de um livro.

Servindo-nos mais vinho, explicou que, na série *Choros* de Villa-Lobos, havia doze composições. Mas, segundo o próprio Villa, havia ainda mais duas peças: os *Choros números 13 e 14*, que ele teria esquecido ou perdido em Paris, quando voltou para o Brasil, em 1930. Essa era a missão de Wagner, o objetivo da sua pesquisa naquele pós-doutorado: descobrir onde estavam, ou que fim haviam levado os dois choros perdidos.

– Imagine, são obras inéditas do Villa-Lobos que podem ter sido esquecidas no fundo de uma caixa de partituras, ou podem estar perdidas numa pasta qualquer, se já não foram rasgadas por uma faxineira. Podem ter ido parar na lata do lixo! O que seria uma perda irreparável para a história da música brasileira.

– Que tipo de música era? – perguntei.

– Não sei ao certo, mas, segundo alguns musicólogos, seriam obras portentosas. Música de uma violência estética incrível, quase cacofônica, com orquestra, banda e coro. A tristeza é que, até hoje, nenhuma dessas peças foi executada. Nunca foram ouvidas! Os manuscritos sumiram, e não há cópias em lugar nenhum!

– E você acha que agora, quase noventa anos depois, você vai conseguir encontrar umas partituras perdidas? Lá em casa, eu não encontro nem a conta de luz do mês passado!

– Claro, eu sei! Não vai ser fácil. Mas essa é a paixão do pesquisador, o que realmente me emociona: revelar ao mundo o que ninguém jamais viu ou ouviu.

Wagner me explicou que, num primeiro momento, Villa-Lobos morara em Paris durante pouco mais de um ano. Era a primeira vez que saía do Brasil. Não foi, entretanto, uma viagem feliz. Villa não tinha dinheiro e só conseguiu chegar à França graças à ajuda financeira que recebera de alguns mecenas brasileiros, entre eles os irmãos Guinles, os milionários, proprietários das Docas de Santos. Ainda em 1920, antes mesmo da sua controversa apresentação na Semana de Arte Moderna, Villa-Lobos conhecera o pianista polonês Arthur Rubinstein, que se tornaria a sua fada madrinha. Desde a Primeira Guerra Mundial, Rubinstein fazia frequentes turnês pela América Latina, apresentando-se com grande sucesso e muita bajulação nos teatros do Rio de Janeiro e de São Paulo. Numa daquelas temporadas brasileiras, lembrou Wagner, o pianista foi convidado por um grupo de estudantes a conhecer o novo gênio da música moderna nacional. Onde? No cinema!

"No cinema?", perguntou Rubinstein.

Sim, explicaram os rapazes, encolhendo os ombros. O gênio ainda não tinha como pagar suas contas, vivia em dificuldades financeiras, por isso tocava o violoncelo na orquestra do cinema Odeon. Foi ali, numa sessão do *Vingador mascarado*, que Rubinstein ouviu Villa-Lobos tocando o violoncelo pela primeira vez. Depois do filme, os estudantes tentaram apresentar um ao outro, mas o Villa desconversou.

"A minha música não vai lhe interessar!", desdenhou, avaliando Rubinstein da cabeça aos pés. "Estou farto desses pianistas estrangeiros que vêm ao Brasil ganhando fortunas, enquanto nós, compositores, vivemos na miséria!", completou, dando as costas ao grupo.

Tentando contornar o embaraço, os rapazes conduziram Rubinstein para fora do cinema, pedindo-lhe desculpas, alegando que Villa-Lobos talvez estivesse nervoso, tendo sido surpreendido por um dos mais consagrados pianistas do mundo, ali, naquela situação constrangedora, sonorizando cavalgadas, tiros e pancadas entre mocinhos e bandidos.

– Só no dia seguinte, o Villa se deu conta da mancada que ele tinha dado – lembrou Wagner. – Aí, resolveu se desculpar da grosseria, fazendo uma surpresa ao Rubinstein.

Às oito horas da manhã, o pianista dormia no seu quarto de hotel, sob a proteção de um mosquiteiro duplo, quando foi despertado com fortes batidas na porta. Tirou a venda, esfregou os olhos, deduzindo que, com aquela violência, só poderia ser algo urgente, talvez uma mensagem ou telegrama da Europa. Ainda ofuscado pela luz, levantou-se com dificuldade, vestiu o roupão e, quando enfiou o nariz pela porta entreaberta, descobriu seis rapazes, portando instrumentos musicais, liderados por Villa-Lobos.

"*Bonjour!*", saudou-o Villa, forçando um sorriso. "Desculpe-nos por termos vindo tão cedo. Mas o senhor sabe como é que é: os rapazes precisam trabalhar! Só agora, a essa hora da manhã, consegui reunir um grupo de sopro e cordas para lhe apresentar umas peças minhas."

Compreendendo metade do que Villa-Lobos dizia no seu francês improvisado, Rubinstein abriu a porta e, enquanto os músicos invadiam o quarto com seus instrumentos, telefonou para a recepção, perguntando ao gerente se os outros hóspedes, ainda dormindo, não se incomodariam em escutar um rápido concerto antes do café da manhã. Depois, sentou-se na cama, descansando a cabeça entre as mãos, com os cotovelos apoiados nos joelhos. Oito horas da manhã, pensou, fechando os olhos, quando Villa-Lobos deu início, com um sinal de cabeça, à execução de uma de suas composições.

– O que será que o Villa tocou? – perguntei, imaginando a cena.

– Ninguém sabe! – respondeu Wagner. – Mas a reação do Rubinstein ficou registrada, para sempre, na biografia que ele escreveu muitos anos depois.

Rubinstein abriu os olhos e, sem erguer a cabeça, fixou o olhar nos arabescos do tapete enquanto deixava que a melodia lhe penetrasse o corpo, fazendo-o oscilar quase imperceptivelmente. Aos poucos, a música afastou a sonolência do pianista, despertando-o para a cena musical que se revelava à sua frente. Os estudantes tinham razão. Cercado por jornalistas, pouco antes do seu embarque de volta para a Europa, Rubinstein daria adeus ao Brasil declarando que, no país, surgia um novo gênio da música, que nada deixava a desejar dos maiores compositores europeus. Seu nome, Heitor Villa-Lobos. Que ele fosse enviado à Europa o quanto antes, para mostrar ao mundo a arte que se fazia nos trópicos.

– Esse elogio transformou a carreira do Villa-Lobos – disse-me Wagner. – O Rubinstein era uma estrela internacional, e a elite brasileira, bem provinciana, era muito influenciada por tudo o que vinha da Europa. Só assim, com esse aval de um europeu famoso, o Villa conseguiu chamar a atenção dos mecenas – explicou-me, sendo interrompido pelo garçom, que, finalmente, veio nos atender.

Duas sopas de cogumelo, anotou, depois de deixar na mesa um cesto com torradas e uma fatia de patê.

– E foi o próprio Rubinstein que, quando voltou ao Brasil, foi pedir aos Guinles que eles ajudassem o Villa-Lobos – retomou Wagner.

– Aí, sim, com o apoio financeiro do Arnaldo Guinle, mais o que foi arrecadado com as socialites do Rio e de São Paulo, o Villa finalmente pôde vir para a França. Por isso que, em Paris, ele ficou hospedado no apartamento dos Guinles, aqui pertinho, na praça Saint-Michel.

– Conheço o prédio – falei, passando patê numa torrada. – Tem uma placa lá dizendo algo do tipo "Heitor Villa-Lobos morou aqui".

– Isso! Só que a placa está errada – observou Wagner. – Diz que o Villa morou naquele prédio de 1923 a 1930, quando, na verdade, foram dois períodos, separados por anos. Foi na segunda viagem que ele compôs, e perdeu!, os últimos dois choros – suspirou, quando o garçom voltou trazendo nossas sopas. – *Merci*! Agora, claro, acho impossível que ainda se encontre qualquer coisa do Villa-Lobos no apartamento, ou mesmo no porão do prédio. Imagine a quantidade de inquilinos que já passaram por lá nesses quase noventa anos… Sem contar as pilhagens da Gestapo durante a Ocupação!

– Então, por onde é que você vai começar?

Wagner contou que descobrira recentemente, por acaso, um estudo feito por uma pesquisadora italiana sobre as primeiras temporadas de Villa-Lobos em Paris.

– Ela cita um antigo funcionário da Max Eschig, a editora que publicava as obras do Villa-Lobos. Parece que ele conheceu o Villa pessoalmente na década de cinquenta, quando o Villa já era muito famoso. Se for verdade, ele deve ter, no mínimo, uns oitenta anos. Um arquivo vivo. Ainda! – disse, antes de soprar a primeira colherada de sopa.

Depois do almoço, aproveitei para apresentar Wagner a Jean--Claude, o francês de olhos azuis, cabelos grisalhos, constantemente desalinhados, proprietário da livraria brasileira que atende a uma clientela interessada pelo Brasil, além dos imigrantes que querem matar saudades de casa lendo Jorge Amado, Rubem Fonseca, Patrícia Melo. Na falta de um portador, alguém que me traga do Rio um livro qualquer, coisa de última hora, sempre apelo ao Jean-Claude, que, atrás do balcão, cercado por pilhas de livros, anota o pedido num caderno espiral, guardado sob uma resma de cartas, circulares e contas a pagar. Depois, levanta os olhos, curva os lábios para baixo, como se estivesse fazendo um cálculo, e, com uma fala mansa, que sempre me lembra um monge, me diz que a encomenda deve chegar em quatro semanas, talvez um pouco mais, dependendo da editora ou da distribuidora.

– E o senhor não tem nada sobre o Villa-Lobos? – indagou Wagner, depois de apertar a mão de Jean-Claude.

– *O selvagem da ópera*? – arriscou.

– Não. Esse era o Carlos Gomes – corrigiu Wagner.

Antes de ser livreiro, numa outra encarnação, Jean-Claude fora diplomata. Na década de setenta, quando estava alocado na embaixada francesa no Rio de Janeiro, encarregado da seção de cultura, Jean-Claude se apaixonou por Jussara, uma moça de olhos cor de mel e sorriso luminoso, que trabalhava como contato numa agência de publicidade. Casados, Jussara abandonou o emprego na agência quando Jean-Claude foi chamado de volta à França. A abertura de uma livraria brasileira fora ideia dela depois de passar meses desempregada em Paris, sentindo-se isolada e saudosa de casa. Com a importação de livros do Brasil e de Portugal, o negócio vingou, equilibrando-se numa margem modesta de lucro, o suficiente para que Jussara pudesse contratar um funcionário, Jean-Claude, que, então aposentado, passava a dar apoio à mulher. Trabalharam assim, juntos, por anos a fio, até que Jussara partiu de férias para o Brasil e nunca mais voltou. Estava entre os passageiros do voo Rio-Paris que, em 2009, desapareceu no oceano Atlântico. Desde então, Jean-Claude mantém a livraria aberta, não só por amor à literatura brasileira, mas, especialmente, por amor à mulher.

– *Heitor Villa-Lobos: o caminho sinuoso da predestinação*. Anotado – disse Jean-Claude para Wagner, antes de contorcer a boca, olhando para o teto da livraria. – Deve chegar, no máximo, daqui a quatro semanas.

O livro, mal sabia eu, era um presente para mim. Agora, está na casa de Florence, no mesmo canto da sala onde ela instalou a bananeira, em posição de destaque, sob uma prateleira de livros brasileiros, escorados por imagens de Ogum e Iemanjá.

– Meu cantinho brasileiro – dizia Florence, regando o vaso da bananeira.

Depois de termos recebido Wagner para jantar duas vezes, sempre sozinho, Florence sugeriu que convidássemos alguém para completar a mesa. Não chegou a ser explícita na sua sugestão, mas consegui perceber a motivação dissimulada, principalmente quando se decidiu por Séverine Stein, nossa amiga de longa data, que, outra vez, estava solteira. Depois de uma fase em que só saía com homens casados, que, segundo ela, garantiam-lhe total liberdade de movimentos, Séverine mudara de postura. Aos quarenta e poucos anos, queria experimentar um relacionamento mais sério.

– Namorar um homem casado é como ter um gato, que exige carinho, mas nem sempre quer brincar. Cansei! – explicou a Florence, quando almoçaram juntas durante a semana – Agora, quero um homem-cachorro! Que seja fiel, que me obedeça e que me lamba toda.

Trabalhando numa editora especializada em livros sobre arquitetura, Séverine, alta, magra, com cabelos curtos e louros, olhos azuis, protuberantes, afastados um pouco demais um do outro, catalogava até então um rol de conquistas que incluía escritores, fotógrafos e arquitetos, homens com quem a conversa se estendia do restaurante à alcova, prolongando-se depois do sexo, antes que eles voltassem para suas mulheres. Apresentada a Wagner, aquele brasileiro de ombros largos, costas sempre eretas, com mais de um metro e oitenta de altura, Séverine abriu espontaneamente o sorriso, embranquecido pelo dentista, oferecendo-lhe as bochechas para o beijinho francês, enquanto Wagner lhe estendia a mão para o cumprimento, lapso que se tornara um hábito, adquirido em anos de convivência com os ingleses. Atrapalhado, pediu-lhe desculpas, deu-lhe, afinal, dois beijinhos com um leve encontro de bochechas, antes de ouvir a provocação.

– Então? Você não é *brasileiro*? – perguntou Séverine, sacolejando os ombros para a frente como Carmen Miranda.

Embora me conhecesse havia alguns anos, com toda a minha timidez e embaraço social, Séverine, como boa parte dos franceses, não conseguia se livrar do estereótipo do brasileiro alegre, gaiato, fanfarrão, ou da brasileira deleitosa e lasciva, que os franceses chamam de *"bombasse"*. Basta procurar na internet a palavra *"bombasse"*, e o Google completa a expressão para você: *"bombasse brésilienne"*, objeto do desejo de muitos internautas solitários, adolescentes e nem tanto. Um estereótipo que, na sua versão menos ofensiva, retrata o brasileiro como um povo que se abraça, que se beija, que fala alto, que conversa com você brincando com o pingente do seu cordão ou puxando um fio solto do seu casaco. Não que Wagner fosse um homem frio, sisudo, estranho à sua própria identidade cultural. Pelo contrário, a música brasileira era a sua paixão. Apesar da longa vivência no exterior, apesar do passaporte alemão, Wagner não conseguia se sentir outra coisa senão brasileiro. Mais precisamente, carioca, da Penha, antigo frequentador das rodas de choro dos botequins da Leopoldina. Aos cinquenta anos, contudo, depois de passar metade da vida na Europa, Wagner não correspondia mais à imagem típica que os franceses do século XXI fazem do brasileiro, aquela personagem inzoneira, apaixonada por Carnaval e futebol, quase um Zé Carioca despenado. Se, ao Carnaval, Wagner preferia a introspecção dos estudos, no futebol, sofrera, por influência do pai, a traumática experiência infantil de torcer pelo América, clube tão inexpressivo que, no folclore do futebol, acabou se tornando "o Ameriquinha, segundo time de todo carioca", o que, então, justificava o seu completo desinteresse pelo esporte. Enfim, com o acadêmico carioca Wagner Silveira Krause podia-se conversar sobre qualquer assunto, menos sobre aquilo que os franceses esperavam ouvir de um brasileiro.

– Acho que nós, brasileiros, temos um lugar privilegiado no coração dos franceses – disse Wagner, depois que nos sentamos na sala, começando a contradizer, de certo modo, tudo sobre o que eu acabara de refletir. – Em outros países da Europa, talvez, não se faça muita distinção entre o brasileiro, o colombiano ou o mexicano. Somos todos, aos olhos do europeu, latino-americanos – disse, olhando para Séverine, quase como se os dois estivessem a sós. – Aqui, na França, tenho a impressão de que ser brasileiro é algo especial. A impressão de que os franceses percebem o Brasil como um país que se destaca no continente latino-americano. Essa percepção, esse interesse especial pelo Brasil, faz com que os franceses conheçam a nossa cultura, a nossa música, a nossa política, como nenhum outro povo conhece. Com exceção, talvez, dos portugueses.

Depois, incluindo Florence e a mim na conversa, disse que percebia entre a França e o Brasil uma espécie de relação amorosa. Tão amorosa quanto a relação entre homem e mulher, na qual há momentos de aproximação e conquista, seguidos de desavenças, separações e, por fim, a reconciliação.

– Nesse caso, a paquera começou há séculos, quando Villegagnon tentou fundar a França Antártica na baía de Guanabara – deduzi, servindo o champanhe.

– Pena que tenha sido uma paquera um tanto violenta! – respondeu Wagner, rindo. – Depois, como não deu certo, eles tentaram de novo no Maranhão. Foram os franceses que fundaram São Luís, no que eles chamaram de França Equinocial. Que também não durou muito tempo.

– Falando nessa relação França-Brasil – cortou Florence –, pela minha experiência, eu tenho a sensação de que eu e Fernando somos a exceção à regra.

– Como assim?

– Aqui na França há muitos casais franco-brasileiros. Mas vocês já repararam que noventa e nove porcento deles são compostos por uma mulher brasileira e um homem francês? A Jussara e o Jean-Claude da livraria eram um bom exemplo. Raramente você encontra uma francesa casada ou amigada com um brasileiro – concluiu, apontando para mim.

– Eu acho que o homem brasileiro é um tipo comum, que não tem a mesma reputação da mulher brasileira, como mulher bonita, que encanta o mundo – sugeri.

– Falta ao homem brasileiro o *sex appeal* – acrescentou Wagner. – Talvez, na Inglaterra, a situação seja a mesma. Nunca parei para pensar nisso.

– Eu acho que é pura ilusão. Dos dois lados – emendou Séverine. – É o francês que sonha com a brasileira sensual, e a brasileira que sonha com o príncipe encantado francês.

– E, depois, a grande decepção – comentei, rindo. – Ele vira sapo, e ela tem que o aturar!

– Eu tenho uma outra explicação – disse Florence, sentando-se na beira do sofá. – Os três maiores produtos de exportação da França são: queijos, vinhos e maridos! O homem francês é muito mais aberto ao casamento com estrangeiras. E isso, na verdade, vale para todas as

nacionalidades. Não só para as brasileiras. Já as mulheres francesas...
Não sei. Talvez tenham menos interesse pelos homens estrangeiros –
concluiu, levantando os ombros.

– A não ser que estejamos todos errados – relativizou Wagner. – Talvez, na França, haja muito mais brasileiras do que brasileiros.
Isso distorceria o resultado das estatísticas.

– De qualquer modo, acho que o Fernando já está vingando a
honra dos homens brasileiros, roubando o coração de uma francesa –
disse Séverine. – Agora só falta você! – completou, piscando um olho
para Wagner.

Se a sala estivesse mais bem iluminada, eu poderia jurar que
vi Wagner enrubescer de vergonha ou acanhamento. Ali, naquele
momento, eu revia o Wagner da juventude, a quem sempre faltara
presença de espírito para as respostas rápidas, sobretudo, em situações
como aquela. Não que ele houvesse sido deselegante com Séverine,
mas, ao lhe responder, não conseguiu expressar mais do que um sorriso tímido, enquanto erguia sua taça de champanhe para ela.

Depois do jantar, dos digestivos e do café, Wagner deu sua noite
por encerrada, lembrando que, no dia seguinte, se levantaria cedo
para visitarmos Compiègne, onde Antoine seria o nosso cicerone.
Séverine perguntou-lhe para onde ia, para o canal Saint-Martin, respondeu, que ótimo, podemos dividir um táxi, disse ela, procurando
o celular na bolsa.

– Mulheres francesas, dois a zero – disse Florence, já na calçada,
enquanto acenávamos, dando adeus para Wagner e Séverine que par-
tiam no mesmo táxi.

– Será?

Só no dia seguinte, talvez, muito talvez, eu conseguisse apurar
o resultado daquela peleja.

6

– Você não acha um pouco perigoso? – perguntou Wagner, puxando o freio de mão do carro. – São quase duas horas da manhã...

– Que nada! Estou acostumada – respondeu Lorena, já abrindo a porta do seu lado.

Wagner tirou a chave da ignição, saiu do carro, trancou a porta, olhando para todos os lados, enquanto Lorena subia no calçadão da praia do Arpoador.

– Vamos! – gritou ela, antes de descer a escada improvisada que dá acesso à praia.

Wagner a seguiu, tirando os sapatos e as meias no fim da escada, sentindo agora o contato da areia úmida sob seus pés. Envolto pela brisa marinha, deu-se conta da diferença de temperatura entre o asfalto e a praia, naquela noite quente de primavera, quando os postes de iluminação do calçadão davam à areia uma tonalidade branca azulada.

– Não tem ninguém na praia a essa hora... – disse, ofegante, alcançando Lorena no meio da faixa de areia.

– Assim que é bom! E para você, branco desse jeito, é a melhor hora para vir à praia. Para tomar banho de lua! – disse, rindo, virando-se para trás, passando a mão no rosto de Wagner.

A poucos metros da linha da maré, Lorena jogou suas sandálias na areia, despiu a camiseta e arriou a saia, revelando o sol tatuado que nascia na linha do horizonte definida pela calcinha. Seminua, correu para dentro d'água, saltou a primeira marola, mergulhando de cabeça na segunda. Reemergindo mais além, tirou a água dos olhos, puxou os cabelos para trás.

– Venha! Está uma delícia!

Wagner abandonou suas roupas na areia, caminhou para a água, olhando para trás, certificando-se de que nenhum malandro passaria correndo, levando seus sapatos, chaves, documentos, deixando-lhe somente as cuecas. Saltitando na ponta dos pés, pulando sobre as marolas, desequilibrou-se mais adiante, caindo de barriga contra a água. Depois, nadou em direção à Lorena, com a segurança de quem se sente em seu elemento, apesar do sal e das ondas. Agarrou-a pela cintura, provocando-lhe risos, beijando-a no pescoço, sentindo seu corpo enxuto, sua pele molhada.

Era a primeira vez que os dois saíam de carro, um Fiat usado, que ele comprara à vista, com o dinheiro que economizara trabalhando no fórum. Um carro verde-musgo, que já rodara milhares de quilômetros nas mãos de outros proprietários. Um carro que, se não chegava a ser seguro ou confortável, servia ao propósito maior daquele investimento: facilitar os encontros com Lorena, que, não trabalhando mais em Búzios, continuava a morar em Ipanema, a anos-luz da Penha, para onde não havia ônibus, nem trem, depois das onze horas da noite. Morando com a mãe, num quarto e sala, Lorena não podia levar Wagner para casa. Tampouco podia ele levá-la para a Penha. Assim, Wagner resolveu que um carro, que ele já planejava comprar, seria a melhor solução, abrindo-lhes a porta da garagem dos motéis da cidade. Lorena, no entanto, votou contra. Reconhecia que o carro facilitaria as coisas, mas não aprovava os motéis.

– Tem coisa menos romântica que um motel? – perguntava ela. – Transa cronometrada pelo taxímetro, com tudo já dito, acertado, sem a menor ambiguidade, sem a menor hesitação. Há lugares menos óbvios, menos convencionais.

Para seus encontros, Lorena propunha uma solução mais original, quando não mais excitante, porque mais arriscada. Uma amiga sua trabalhava numa agência imobiliária, que vendia e alugava apartamentos na Zona Sul. Amiga de verdade, "dessas tipo carne e unha", dizia. Podiam contar com ela. Bastava pedir, e ela lhes emprestaria a chave de um apartamento qualquer, num daqueles prédios antigos, sem porteiro durante a madrugada. Um apartamento vazio, sem sofá, cadeira ou mesa. Sem nada. Onde haveria espaço o suficiente para todo o amor que houvesse entre eles. Da cama, ela se encarregaria. Só precisariam ter certeza de que o gás do aquecedor estava ligado. Senão, tudo bem. Tomariam banho frio, se precisassem.

Poucos dias depois do banho de lua, Wagner estacionou na Nascimento e Silva, esperando por Lorena, que logo saiu pela portaria do seu prédio, carregando lençóis e colchonetes enrolados debaixo do braço.

– Nossa cama! – disse, sorrindo para Wagner, depois de lhe pedir que abrisse a mala do carro.

Dali, tomaram a avenida Epitácio Pessoa, contornando a lagoa Rodrigo de Freitas, entrando por Botafogo, rumo ao centro da cidade. Iam à Lapa, assistir a um show da Cássia Eller, que, no Circo Voador, lançava o seu primeiro disco. Lapa que, na cabeça de Wagner, estava mais associada à música clássica que ao rock brasileiro. Não só pela sala Cecília Meireles, onde ouvira vários recitais, mas, principalmente, por

Villa-Lobos, que nascera e se criara no bairro. Entre o Asa Branca e o Circo Voador, Wagner estacionou o carro, driblando flanelinhas e ambulantes, pensando em como Villa-Lobos veria aquele bairro decadente que, na sua época, chegara a ser chamado de Montmartre dos trópicos.

– Ande! – pediu-lhe Lorena, puxando-o pela mão, em frente a bilheteria do Circo Voador.

Depois do show, a que Wagner assistiu usando discretos protetores de ouvido, Lorena pediu-lhe que fossem para Copacabana. Copa? Sim! Por quê? Surpresa.

Da Lapa tomaram o Aterro do Flamengo, seguindo pela praia de Botafogo, onde o rochedo do Pão de Açúcar, iluminado por holofotes, flutuava, como mágica, na escuridão da enseada. No fim da praia, atravessaram o primeiro túnel, o segundo túnel, penetrando, transpondo os morros cariocas até alcançarem Copacabana. Virando à direita, entraram pela Barata Ribeiro, estacionaram o carro na esquina com a Hilário de Gouveia e correram à porta de um restaurante, pouco antes que a cozinha fechasse.

Sentaram-se a uma das mesas encostadas à parede, decorada com pôsteres desbotados de castelos na Polônia entre fotografias do Papa, recortes de jornais e críticas gastronômicas. No salão vazio, onde apenas um outro casal terminava de jantar em silêncio, Wagner e Lorena beberam cerveja tcheca, dividiram um gulache, lambuzaram-se comendo suflê de chocolate. Falando baixo, de mãos dadas sobre a mesa, seguravam o riso frouxo, enquanto o gerente conversava com dois garçons numa mesa ao fundo, ao lado da porta da cozinha. Antes que Wagner sacasse o talão de cheques para pagar a conta, arremataram o festim com uma dose de vodca polonesa, sugerida por Lorena, aquela menina que, aos olhos dele, transformava-se em mulher madura, experiente, levando-o a questionar a sua própria sorte. Num estalo, sentia que tinha em mãos algo melhor do que ele mesmo. Temia que, a qualquer momento, aquela diferença pudesse ser descoberta, que a sua farsa chegasse ao fim. Por isso, media suas palavras, caminhava ao lado de Lorena controlando seus próprios passos, seus movimentos de corpo, como se vestisse uma fantasia, como se seu próprio ser fosse uma personagem, um embuste. Depois, corrigia-se, desafiando-se a se ver de outro modo. Não poderia permitir que um julgamento negativo de si mesmo sabotasse aquela relação, boicotasse a sua própria felicidade. Não, não se tratava de sorte. Não se tratava de acaso passageiro e inconsequente. Ele merecia, de fato, alguém como Lorena. Uma garota bem articulada, independente, segura, desejada por tantos outros homens. Além do mais, precisava entender que ninguém tinha uma personalidade monolítica. Como todo mundo, Lorena deveria ter suas incertezas, suas ambivalências, ainda que ela lhe passasse uma força de caráter incomum, que, até então, ele não percebera em garota alguma.

Em outros momentos, Lorena o olhava de soslaio, com um sorriso de menina acanhada, tomada por ideias marotas, que, num instante, fazia-o se sentir forte, desejado, o macho alfa que ele aprendera a ser, observando seu pai. Aquela era a desconcertante magia de Lorena. A capacidade de se metamorfosear, de um momento para o outro, de menina cândida, de sorriso ingênuo, que tonificava o ego de Wagner, em mulher resoluta, ousada, cujo ímpeto inesperado o lançava interiormente no fundo do poço do qual ele nunca deveria ter saído, numa oficina mecânica de subúrbio, onde suas mãos sujas de graxa apertavam porcas e parafusos, enquanto seus colegas riam, ouvindo um programa de rádio, ou se calavam quando seu pai assoviava a *Quinta sinfonia* de Beethoven.

– No que você está pensando? – perguntou-lhe Lorena, quando Wagner, mergulhado num instante de silêncio, mirava o copo vazio de vodca.

– Em como eu estou apaixonado por você – respondeu, depois de um segundo de hesitação.

Lorena sorriu e, beijando-lhe a mão, bem maior que a dela, propôs a Wagner que pegassem os colchonetes no carro.

Um apartamento no terceiro andar, na esquina da Hilário de Gouveia com a rua Tonelero, a poucos metros do restaurante onde haviam jantado, no coração de Copacabana. Naquela viagem por imóveis vazios, em plena madrugada, o primeiro apartamento seria, também, o maior. Salão e três quartos sem móveis, escuros, onde o ruído de seus passos sobre o piso de sinteco ecoava nas paredes nuas, nos vidros das janelas fechadas. Silêncio. Precisavam falar baixo e andar na ponta dos pés. Ninguém visitava apartamento à venda depois da meia-noite. Sem a proteção de cortinas, evitavam acender as luzes para não chamar a atenção de algum vizinho insone ou *voyeur*. Na sala, Lorena desenrolou os colchonetes, desdobrando os lençóis com a ajuda de Wagner, antes de abrir a bolsa, procurando algo, um baseado. Fumaram, Lorena rindo, Wagner tossindo, aprendendo, retendo a fumaça nos pulmões. Sem vinho ou cerveja, beberam água pondo as mãos em concha sob a bica da cozinha, enquanto Lorena, secando o queixo com a manga da camisa, prometia se organizar melhor na próxima vez, traria, quem sabe, uma garrafa de vinho, taças e um saca-rolha.

De volta à sala, deitaram-se e, ainda vestidos, observavam as folhas de uma árvore dedilhando o teto do cômodo como num teatro de sombras. Sentindo a finura do colchonete sobre a dureza do chão, Wagner virou-se de lado, apoiando a cabeça na palma da mão. A outra, ele enfiou sob a camisa de Lorena, acariciando o seu ventre, dedilhando delicadamente o piercing no seu umbigo. Mais acima, encontrou a barreira do sutiã, sentindo os mamilos enrijecidos de Lorena sob o tecido de lycra. Ela se levantou, pondo-se de joelhos, despiu a camisa de malha pela cabeça, expondo suas axilas depiladas, seu ventre contraído. Wagner se ajoelhou, abraçou-a, tateando suas costas em busca do fecho do sutiã, tentou abri-lo uma, duas, três vezes (ela riu) até conseguir, jogando o sutiã contra a parede da sala, num gesto brusco, de falsa violência. Depois, desabotoou a própria camisa, puxou-a para trás, jogando-a sobre o sutiã, inerte, no chão. Voltou a abraçar Lorena com força, acariciando a nudez de suas costas, sentindo os seios dela contra o peito. Beijou seu pescoço, deixando a boca deslizar até seus seios, pequenos, rijos, marcados pelo triângulo pálido do biquíni. Lorena suspirou, pôs-se de pé e, sem precisar encolher a barriga, desabotoou as calças jeans, permitindo que Wagner as puxasse para baixo, com força, antes que ele apertasse o rosto contra o seu púbis, abraçando-a pelos quadris, sentindo suas nádegas contra seus braços. Lorena correu os dedos pelos cabelos de Wagner, ajudou-o a se levantar, abraçou-o pela cintura, beijou-o, antes de lhe abrir o cinto, o botão e o zíper das calças, que caíram sem resistência, deixando-o de cuecas, deformadas por sua ereção. Sem hesitar, Lorena se ajoelhou, causando em Wagner uma leve vertigem, uma sensação de descontrole, vulnerabilidade, como se nadasse contra uma correnteza mais forte do que ele.

– Para, para, para… – suplicou Wagner, sussurrando, segurando Lorena pelos ombros.

Tarde demais. Lorena não lhe deu atenção. Wagner abandonou-se à correnteza, ao amor infinito que sentia por aquela garota, sendo levado pelos espasmos, que o sacudiam, fazendo seus joelhos vacilarem.

Sorrindo, ela se levantou e, sem nada dizer, foi à cozinha, bebeu água e, quando voltou, encontrou Wagner deitado, descoberto, mirando o teatro de sombras no teto da sala. Deitando-se a seu lado, acariciou seu corpo, observando, ela também, as sombras manipuladas pela brisa, enquanto o coração de Wagner voltava a bater forte, sua respiração se acelerava.

– Minha vez – sussurrou Lorena em seu ouvido.

Amaram-se uma, duas, três vezes, munidos da energia dos vinte anos, da excitação da alcova improvisada, proibida. Amaram-se em apartamentos de dois quartos, um quarto, quitinetes e conjugados, à venda e para alugar. Amaram-se deitados, sentados, agachados. De joelhos, de quatro, de pé, pela frente e por trás, sob o comando de Lorena, que exigia: "Assim, mais para cima, mais devagar". Explorando um o corpo do outro, com a curiosidade de um cientista, a perícia de um médico, examinaram-se com o prazer da descoberta, a surpresa do novo, do que antes se supusera inalcançável. Antes, Wagner tivera uma ou outra namorada, encontros casuais, relacionamentos mais ou menos sérios, que começavam numa ida ao cinema e terminavam num quarto de motel, onde ele dava as cartas, conquistando, dominando, ensinando. Com Lorena, o jogo era diferente. Sua vida alcançava de repente uma nova dimensão. Com Lorena, Wagner perdia suas referências, sua narrativa masculina, sua autoridade fálica. Deixava-se ser levado pelo prazer que descobria em seu próprio corpo e no voluntarismo que encontrava na parceira. Um voluntarismo desinibido, descontraído, expediente, que Wagner interpretava como amor, paixão enlouquecida, tesão irrefreável. Um amor feito com o corpo todo, sem zonas proibidas, recantos interditados, gestos impróprios. Um amor em que corpo e alma se desnudavam, não só abandonando as roupas, mas também as convenções morais e sociais, deixando lá fora o Wagner e a Lorena que a sociedade conhecia e respeitava. Ali, naquele apartamento vazio, e em todos os outros antes e depois, já não havia mais Wagner e Lorena, mas tão somente seus corpos suados, retesados, agarrados um ao outro como se tentassem se fundir numa só massa de carne, sangue e ossos antes de relaxar numa onda de gozo e prazer. Até então, com suas namoradas, Wagner transara ou fizera amor. Com Lorena, Wagner aprendeu a foder.

Com a ponta da língua, dona Lúcia lambeu o molho nas costas da mão. Estalou a língua duas vezes, experimentando o sabor da moqueca que preparara naquele domingo, dia em que seu Jorge completava cinquenta anos, comemorando a data com um almoço em família.

– Veja se está bom, Nando – pediu-me, oferecendo-me uma colherada do molho, que eu aprovei antes mesmo de sentir qualquer sabor, adivinhando que o pedido de dona Lúcia era retórico, falsa modéstia, de quem se sabia, em matéria de comida baiana, imbatível num raio de muitos quarteirões.

– Desculpe por ter vindo tão cedo – disse-lhe, voltando a me sentar à mesa da cozinha. – Pensei que o Wagner já tinha chegado.

– Waguinho? Hum! – disse ela, levantando os ombros, enquanto mexia a moqueca com uma longa colher de pau. – Desde que conheceu essa menina, só vem aqui para tomar banho e trocar de roupa. Quase não dorme em casa!

Um barulho de chaves girando na fechadura da porta da sala fez com que eu me levantasse, na expectativa de receber Wagner, chegando, finalmente, com Lorena, a convidada de honra daquele almoço, no qual seria apresentada à família Krause. Engano meu. Era seu Jorge que, sem camisa, só de bermudas, voltava da feira, onde fora comprar os limões que esquecera para a caipirinha.

– Seu amigo está atrasado! – disse-me, deixando a porta aberta para que Catarina entrasse, puxando pela mão um menino pequeno que, pelo volume dos shorts, ainda usava fraldas.

Atrás dela vinha Basílio, o marido, trazendo nos braços um bebê adormecido, logo levado para o quarto dos avós.

Havia tempos que eu não via Catarina, a irmã de Wagner, que, por um desvio genético qualquer, não era ruiva. Talvez tivesse puxado à mãe, a verdadeira, que eu nunca conheci. Na infância, Catarina tinha cabelos castanhos, quase encaracolados, e, embora tivesse uma sarda ou outra, sua pele era bronzeada e tolerava bem o sol carioca, mesmo no verão. Agora, com quase trinta anos, mantinha os cabelos tingidos de louro, amarrados num rabo de cavalo, enquanto sua pele me parecia menos viçosa, vincada pelas rugas de expressão. Assim como Wagner, Catarina priorizara a segurança financeira em detrimento da realização profissional, mesmo que, no caso dela, a opção por um concurso público e o posto de caixa num banco não tenham impossibilitado a realização de nenhum sonho em particular. Como muitos da sua geração, filhos ou netos de imigrantes que, com frequência, mal sabiam escrever o nome, Catarina cresceu sem descobrir um propósito, sem jamais ver estimuladas suas inclinações naturais. Quem sabe pudesse ter se tornado uma boa estilista. Ainda me lembro dos modelos de vestido que desenhava, dizendo que os fazia para vestir suas bonecas. Lembro-me também, com fugazes flashes de memória, como ela me convencia a brincar de casinha; como recortávamos figuras de móveis e eletrodomésticos de anúncios de jornal, molhando-os e colando os recortes à parede de ladrilhos da cozinha para mobiliar a nossa casa. Sim, pelo menos uma vez, eu fui o marido de Catarina. E, durante algum tempo, com certeza, ela foi a musa da minha infância, mais velha e mais alta do que eu, com olhos castanhos e cabelos rebeldes, contando-me segredos ao ouvido, com o hálito doce de balas Juquinha.

– Wagner me disse que você está no *Jornal do Brasil* – disse Catarina, depois de me dar dois beijos, pegando no colo o menino que, agarrado à sua perna, começava a choramingar.

Confirmei, abaixando os olhos, acrescentando que estava trabalhando no caderno de cultura, que havia acabado de assinar uma crítica de página inteira sobre o novo *Drácula*, do Coppola. Não era como aqueles do Christopher Lee, a que nós assistíamos na sala de dona Lúcia, deitados no chão, tremendo de medo sob o calor dos lençóis (enquanto eu sentia a minha mão encostada à dela – isso, claro, eu não disse), mas a adaptação do Coppola tinha seus encantos. Segurando o braço do filho, que, ainda choramingando, tentava lhe dar tapinhas no rosto, Catarina dizia que não se lembrava da última vez que fora ao cinema, quando Basílio, que devia ter sido um homem atraente no passado, mas agora parecia orgulhar-se da camisa espichada pelo ventre volumoso e dos raros fios de cabelo, repartidos como se ainda fossem muitos, interrompeu-nos para lembrar à Catarina que eles haviam assistido, havia poucas semanas, a *Esqueceram de mim 2*, no cinema do shopping.

– Ah, é – respondeu Catarina, com um meneio de cabeça. – E você pare de me bater! – ralhou, sacudindo o filho, entregando-o ao pai.

Só mais tarde, quando seu Jorge entrava na sala com um jarro de caipirinha numa mão e uma bandeja de copos na outra, nós ouvimos o portão de ferro ranger antes que Wagner aparecesse à porta da sala, trazendo Lorena pela mão. Apresentou a namorada ao pai, à mãe, à irmã, ao cunhado, ao sobrinho; Lorena sorrindo, apertando mãos, dando beijinhos, abaixando-se para tentar acariciar a cabeça do menino, que se escondeu atrás da perna do pai. Naquele domingo de agosto, com céu azul e clima ameno, Wagner apareceu vestindo camisa de malha, bermudão e tênis sem meia, enquanto Lorena trajava um vestido de alças azul-claro, estampado com flores pequeninas, calçando sandálias de couro, com tiras finas, sem salto. O vestido de verão, em tons claros, e o arco branco que prendia seus cabelos emprestavam-lhe um frescor, uma leveza que, a meus olhos, a faziam parecer bem mais nova. Sentada no sofá de couro, entre Wagner e dona Lúcia, Lorena aceitou uma dose de caipirinha, que bebia por um canudo curto, abaixando a cabeça e levantando os olhos para acompanhar a conversa. Depois, recolocava o copo sobre a mesa de centro, tendo o cuidado de usar o porta-copos para não manchar o tampo de vidro da mesa, uma relíquia dos anos setenta.

– Wagner disse que você é francesa… – retomou Catarina quando chegou ao fim a conversa inicial, cheia de lugares comuns e expressões inócuas, permitindo que pessoas estranhas analisassem e julgassem umas às outras sem se preocupar com a lógica ou a veracidade do que era dito.

– É… Na verdade, eu nasci na França – respondeu Lorena, desviando o olhar. – Mas não sei se sou francesa… Eu até tenho passaporte francês, mas isso não quer dizer que eu me *sinta* francesa.

– Então você é brasileira! – cortou seu Jorge, agora vestindo uma camiseta regata em consideração à visita. – Eu tenho passaporte alemão, mas da língua só falo "chucrute"!

– O problema é que eu também não me sinto totalmente brasileira. Meus pais são brasileiros, mas como eu passei a maior parte da vida na França, acabo me sentindo mais para lá do que para cá… – respondeu, dando ênfase à frase com uma oscilação de cabeça.

Sentada com as pernas bem fechadas, as mãos cruzadas sobre os joelhos, Lorena, foco daquele interrogatório, dava-me a impressão de que, talvez, estivesse se sentindo um pouco incomodada por ter se tornado o centro das atenções, se não um pouco embaraçada no meio daquela família que a acolhia com espontaneidade, sem artifícios ou encenações, numa casa espaçosa, mas modesta, num bairro de subúrbio, que lhe soava tão remoto como qualquer coisa que só se conhece pelo nome.

Quando dona Lúcia colocou a panela de barro sobre a mesa, entre garrafas de cerveja e de Coca-Cola, Lorena me pareceu um pouco mais à vontade, ou menos incomodada, agora que as atenções se voltavam para a moqueca, acompanhada de arroz branco, que, por falta de outra vasilha, foi servido numa panela de alumínio. Comendo com gestos delicados, usando o garfo na mão esquerda e a faca na direita, sem apoiar os cotovelos na mesa, Lorena acompanhava a conversa dos Krauses, demonstrando, pelo menos na aparência, um certo interesse pelas histórias de infância que seu Jorge contava, fazendo uma espécie de resumo dos seus cinquenta anos na Penha.

— Naquela época, a festa da igreja da Penha era uma das festas mais importantes do Rio de Janeiro. Vinha gente do Brasil todo! — dizia, antes de limpar a boca com a ponta da toalha de mesa, fazendo dona Lúcia revirar os olhos.

Wagner, sem prestar atenção ao monólogo do pai, observava Lorena, com seus modos comedidos, seu ar compenetrado, não conseguindo ver nela a mulher que ele amara naquela noite, num quarto e sala em Ipanema, tão vazio quanto o sala e três quartos em Copacabana. A mulher que, antes de se deitar a seu lado, colocara-lhe uma venda, tapando seus olhos, prometendo a Wagner novas sensações, se eliminasse a visão para acentuar outros sentidos. A mulher que, ao afastá-lo da sua família e do seu país, prometia-lhe o alargamento da sua visão de mundo, uma compreensão mais ampla da humanidade. Um projeto de vida em comum que, a mim, só podia causar inveja.

— É verdade que você está pensando em voltar para a França? — perguntou dona Lúcia, enquanto servia a moqueca à Lorena.

— Ai, Paris, que sonho! Sempre quis conhecer a França — cortou Catarina.

— Sim, acho que vou viajar em breve. Assim que estiver tudo resolvido por aqui — respondeu Lorena, antes de agradecer e receber o prato de volta.

— O Wagner vai ficar com saudades... — disse dona Lúcia, olhando de soslaio para o filho.

Surpreso, olhei para Wagner e, só então, me dei conta de que ele ainda não havia informado aos pais sobre seus planos de acompanhar a namorada naquela viagem à Europa.

– Bem, na verdade, mãe... – disse Wagner.

– Você vai fazer o quê, na França? – cortou seu Jorge, dirigin-do-se à Lorena.

– Eu vou estudar, fazer um mestrado em antropologia.

– Isso dá dinheiro?

– Dinheiro, não dá – respondeu, levantando os ombros. – Mas esse não é o objetivo.

– Então, vai estudar para quê? – rebateu seu Jorge. – Se não é para ganhar muito dinheiro, é melhor ficar em casa, cuidando do marido e das crianças.

Dessa vez, foi Catarina quem revirou os olhos, enquanto Wagner encarava Lorena, suplicando, com o olhar, que ela demonstrasse paciência, se não pura e simples condescendência.

– Claro! – respondeu Lorena. – Esse negócio de estudar, fazer mestrado, é só um passatempo. O que eu quero mesmo é ter quatro filhos e ficar em casa trocando fraldas, cozinhando, passando roupa, deixando a casa bem arrumada para quando o marido chegar do trabalho.

– Não vejo mal nenhum nisso – retorquiu seu Jorge.

– E sem esquecer de me arrumar também! Até porque o Wagner não vai querer chegar em casa e encontrar uma mulher toda escul-hambada, cheirando a fralda de criança. Não é, Wagner? – provocou, exibindo um sorriso irônico para o namorado.

– Catarina, pode me passar a Coca-Cola, por favor? – pedi, tentando preencher o silêncio que a provocação de Lorena deixou sobre a mesa.

– Pai, na verdade, eu e a Lorena... – tentou Wagner outra vez.

– Vocês façam como quiserem! – cortou seu Jorge. – No meu tempo as coisas eram diferentes. As moças eram normalistas, estudavam para ensinar às crianças ou ficavam em casa, ajudando os maridos – disse, gesticulando com o garfo na mão.

– Paris é muito cara, mas eu posso te levar a Caxambu – sugeriu Basílio à Catarina, quando a tensão na mesa pedia novos rumos à conversa.

– Caxambu?

– Você não gosta de Caxambu? Então, Lambari! – propôs, com um sorriso sincero.

Depois da moqueca e da sobremesa, um quindim também feito por dona Lúcia, a conversa se adocicou na medida em que Lorena se acalmou, voltando a escutar as reminiscências de seu Jorge, com a condescendência que Wagner lhe pedia. No final da tarde, porém, quando já íamos todos embora, sem que Wagner jamais houvesse tornado público seus planos de viajar com Lorena, suspeitei que a namorada não havia deixado boas impressões na casa dos Krauses ou, pelo menos, no coração de seu Jorge.

– Boa viagem, e boa sorte na sua vida! – despediu-se o pai de Wagner, apertando a mão de Lorena, já no portão da casa.

7

A menina se sentou ao piano, dedilhou as teclas aleatoriamente, tentou dois ou três acordes, antes de corrigir sua postura, a posição das mãos, e começar a tocar, com um leve gesto de cabeça, uma sonata qualquer, que eu não consegui identificar. Ao redor, os passageiros diminuíam o passo, paravam, boquiabertos, observando a desenvoltura da menina que, com suas tranças compridas, fazia soar o piano posto à disposição do público, ainda que suas notas logo se dissipassem na amplitude do pavilhão da Gare du Nord.

À nossa volta, transitavam homens, mulheres, casais, famílias e grupos carregando bolsas de mão, sacolas e mochilas, puxando valises e malas com rodinhas. Gente viajando para Londres, Amsterdã, Colônia; gente tomando trens regionais e suburbanos; ou gente, como eu e Wagner, apanhando um trem doméstico rumo à Picardia, na região nordeste da França.

Enquanto Wagner não chegava, afastei-me da pianista, perambulei pelo saguão, cruzando com soldados de semblantes inexpressivos, vestindo uniformes camuflados, que, com o dedo no gatilho das metralhadoras, patrulhavam a estação, como se faz em tempo de guerra e terrorismo. Num quiosque, comprei um café, servido num copo de papel, e, achando espaço entre um mochileiro e um casal de turistas orientais, me sentei num banco do saguão para ler o minguado *Journal du Dimanche*, o único jornal publicado aos domingos na França.

Eu mal havia aberto o jornal, ainda lia o editorial, quando Wagner me deu bom-dia, sentando-se ao meu lado, no assento desocupado pelo mochileiro. Sorri e, sem lhe responder o cumprimento, interroguei-o com o levantar das sobrancelhas. Nada. Wagner não me diria nada. Se eu quisesse saber como terminara aquela viagem de táxi pela madrugada parisiense, eu teria que questionar Florence, que, talvez, cometesse a indiscrição de me contar o que Séverine lhe contara. Mas aquilo não me surpreendia. Wagner sempre fora assim. Na juventude, sua comedida vida sexual ganhava ares ainda mais pudicos por conta da sua estoica discrição. Ao contrário de um ou outro colega da faculdade, que se jactava de suas conquistas sexuais, enumerando as colegas que levara para a cama, descrevendo, com pormenores, o que fizera com elas, deixando-as enlouquecidas, apaixonadas, Wagner mantinha sua vida amorosa sob a proteção de um silêncio casto. Sabíamos, eu e os amigos, que saía com uma ou outra menina, mas Wagner negava ou, no máximo, confirmava, com um gesto de cabeça, um sorriso tímido, sem abrir a boca para entrar em detalhes. Além de ter a minha curiosidade frustrada, aquele silêncio de Wagner, aquela maneira de se esquivar das perguntas desconversando, mudando de assunto, provocava em mim, aos vinte anos, sentimentos contraditórios. Por um lado, eu me ressentia, identificando no seu comportamento algo solene, distante, quase um pouco pedante, como se ele, de algum modo, se colocasse moralmente acima dos outros. Por outro lado, eu atribuía seu silêncio ao senso de respeito, dignidade e elegância, que parecia permear toda a sua vida. Um senso que eu aspirava a poder acrescentar à minha própria existência, como se Wagner fosse para mim um modelo, não só dentro, mas fora da piscina também. Não que eu pudesse me gabar das minhas parcas aventuras amorosas, mas, quiçá por vocação para o jornalismo, reter informação nunca foi o meu forte. Sempre acabei falando mais do que devia, sempre me arrependendo, sem poder voltar atrás. Espelhando-me em Wagner, eu aprendi, paulatinamente, e muitas vezes pecando por reincidência, a falar menos e observar mais. Um hábito que, com os anos, se tornaria fundamental para que eu pudesse escrever romances.

– *A velocidade do crescimento da unha* – respondi quando Wagner, depois de um preâmbulo sobre o livro que lera antes de ir dormir, perguntou se eu já tinha um título para o meu primeiro romance.

Antes que ele pudesse fazer algum comentário, o painel da estação indicou a plataforma treze, de onde sairia o trem para Maubeuge, com parada em Compiègne, em menos de cinquenta minutos de viagem. Avançamos pelo meio do vasto saguão, driblando pessoas, malas e cachorros, percebendo agora os outros passageiros que, de vários pontos da estação, apressavam-se em direção à mesma plataforma, na esperança de tomar um assento à janela, no corredor, para viajar de frente ou de costas, acomodando-se, enfim, onde lhes fosse mais confortável naquele trem sem assento marcado.

Sem pressa, entramos num vagão qualquer, no meio da composição, e, com sorte, pudemos nos sentar um ao lado do outro, sendo observados pelos olhos curiosos de duas crianças, que se escondiam atrás dos bancos à nossa frente.

– *A velocidade do crescimento da unha?* – indagou Wagner.

– Sim. Uma metáfora da arte de escrever. Algo que se faz todos os dias, de modo tão lento e gradual que chega a ser invisível. Você tem a página em branco, a unha curta, e o livro pronto, a unha longa, mas o processo em si é imperceptível.

– Ainda bem que você não rói as unhas – sugeriu Wagner, reprimindo um sorriso no canto dos lábios. – Nunca ia passar da primeira página! – arrematou, soltando uma gargalhada que fez rirem as crianças à nossa frente.

O bom humor de Wagner parecia não ter relação alguma com o desfecho da noite anterior. Seu rosto de pele lisa, recém-barbeado, e a expressão descansada dos olhos insinuavam que Wagner dormira bem e, provavelmente, desacompanhado, o que, aparentemente, não lhe provocava o menor desgosto ou insatisfação. Na primeira fase da sua vida, quando ainda morava no Brasil, Wagner nunca deixara transparecer uma vulnerabilidade de caráter às grandes paixões, aos arrebatamentos amorosos. Não perante os amigos, pelo menos. A temperança parecia andar de mãos dadas com a sua discrição. Talvez, por isso, não lhe custasse muito ser discreto. Não poderia vangloriar-se de algo ao qual ele mesmo não atribuía muito valor. Assim foi, pelo menos, até o advento do fenômeno "Lorena". Não estou sugerindo, contudo, que os detalhes da sua relação com Lorena tenham chegado a mim através de algum deslize moral ou indiscrição da sua parte. Não. Enquanto as coisas correram bem com a namorada, Wagner continuou a guardar o mutismo de sempre, admitindo tão somente estar apaixonado, ter encontrado a sua cara-metade. Preservava a dignidade do seu relacionamento, jamais entrando em detalhes íntimos, jamais expondo a mulher que ele amava ao ridículo ou à chacota, mesmo entre os amigos mais próximos. Se não alardeava suas aventuras mais inconsequentes, jamais desonraria o relacionamento que, segundo ele mesmo, "transformava a sua vida" – ainda que, então, ele não me confidenciasse, de maneira clara, o que queria dizer com aquela transformação. As coisas mudaram um pouco – e insisto nesse "pouco" para deixar claro que Wagner nunca se tornou um canalha – no difícil período pós-Lorena. A discrição, até então sólida como a barreira de uma represa, finalmente cedera sob a força dos acontecimentos, fissurando-se, rachando-se, deixando vazar os sentimentos que transbordavam de seu peito com um jorrar de lágrimas inusitado na vida de Wagner Krause.

Assim, dos detalhes do relacionamento e da ressaca pós-Lorena, eu só teria conhecimento por cartas, escritas de Paris, quando não por chamadas telefônicas, que, pensava eu, deviam lhe custar uma boa parte do pouco dinheiro que ele economizara para a viagem.

– *Lá vai o trem com o menino, lá vai a vida a rodar* – murmurou Wagner, olhando pela janela, quando nosso trem partiu, devagar, sacolejando suavemente, trocando de trilhos na saída da estação.

– E as partituras perdidas? Alguma novidade?

– Já fui visitar o apartamento da praça Saint-Michel! Quer dizer, tentei visitar. Fui lá, só por curiosidade. Queria ver o apartamento por dentro; tentar sentir a presença do Villa-Lobos. Tipo quando você entra numa casa velha e sente a memória dos mortos impregnando as paredes? Era isso o que eu queria sentir.

– Conseguiu?

– Só consegui entrar no prédio. Aproveitei a saída de um vizinho, que abriu a porta e me deixou passar, pensando que eu fosse morador. Depois, já no terceiro andar, eu tentei me lembrar de umas fotos antigas para calcular qual seria a porta certa. São fotos em que você vê o Villa na sacada, olhando para a câmera, de costas para a praça Saint-Michel. Depois, cheguei até a tocar uma campainha, mas ninguém respondeu.

– E o Villa morava sozinho nesse apartamento?

– Naquela primeira viagem, sim. Ele mal tinha dinheiro para se manter sozinho na França. Não tinha como trazer a mulher, a Lucília. E como ele falava francês muito mal, a solução foi fazer contato com os artistas brasileiros que já moravam em Paris. Quanto mais gente ele conhecesse no meio artístico, melhor. Nessa época, o Oswald de Andrade e a Tarsila do Amaral já moravam juntos, no apartamento dela, perto da praça de Clichy – lembrou Wagner. – Era ali que ela organizava a feijoada semanal que ficou famosa entre os brasileiros. O Villa-Lobos chegou a frequentar a feijoada. Pelas cartas da Tarsila, a gente sabe que o Villa foi convidado, pelo menos, uma vez. Chegou lá, todo gentil, levando flores e uma garrafa de vinho debaixo do braço.

"Vinho? Deixe isso para lá!", disse-lhe Tarsila, colocando a garrafa de lado. "Tenho aqui uma caninha brasileira que desce muito melhor com a feijoada. Passou na alfândega como produto de beleza!", brincou, jogando a cabeça para trás com uma gargalhada que ecoou nas paredes do hall de entrada. "Mas venha aqui que eu quero apresentar você ao pessoal", disse, puxando Villa-Lobos pelo braço, levando-o para o salão, decorado com pinturas cubistas, tapetes com padrões geométricos, dominado por um imenso piano de cauda.

No meio do salão, Villa apertou a mão de um homem alto, magro e narigudo, cujo cabelo, armado em topete, dava-lhe a altivez de um galo francês.

"Heitor Villa-Lobos, Jean Cocteau", apresentou-os Tarsila.

Na sequência, Villa conheceu o compositor Erik Satie, o mais velho de todos, com cavanhaque grisalho, e o poeta Blaise Cendrars, que, maneta, ofereceu-lhe a mão esquerda, recebendo de Villa-Lobos um aperto de mão enviesado. Depois, Villa abraçou Oswald de Andrade, dando-lhe fortes tapas nas costas, e o pianista brasileiro João de Souza Lima, ambos velhos conhecidos.

– O Cendrars era maneta? – perguntei, curioso.

– Sim! Perdeu a mão na guerra – explicou-me Wagner.

Entre os franceses, continuou Wagner, Jean Cocteau já se destacava como um dos mais completos artistas do movimento modernista.

Era poeta, escritor, dramaturgo... Sentando-se numa poltrona no canto do salão, Cocteau cruzou as longas pernas, terminando de enrolar um cigarro com fumo-de-corda que Tarsila trouxera do Brasil.

"Enrolo, mas não fumo uma coisa dessas de jeito nenhum!", disse Cocteau, guardando o cigarro pronto no bolso do paletó. "Vou levar de presente para o Stravinsky. Ele vai ficar espantado!".

"Não pode ser pior do que isso aqui", emendou Satie, bebericando a cachaça de Tarsila. "Tem gosto de tintura de iodo!", falou, contorcendo a boca como se chupasse um limão.

"Que deselegância!", respondeu Tarsila, rindo. "Só me falta vocês reclamarem da feijoada...".

Depois do almoço, na indolência de espíritos plenos de álcool, e barrigas cheias de feijão, quando Satie já aceitava cachaça como digestivo, sem entortar a boca, Tarsila levantou-se do canapé, sugerindo uma rodada de improvisações ao piano. Começaram com Souza Lima, que, já sentado na banqueta, tocou umas sonatas nostálgicas, que fizeram Tarsila rodopiar sobre o tapete, confessando a saudade que sentia do Brasil. Enquanto a plateia, chafurdada no sofá, aplaudia sob o eco da última nota no salão, a anfitriã convocou Villa-Lobos para fazer a improvisação seguinte. E que fosse algo original, com sabor de Brasil! Se, em casa, Lucília era o seu braço direito (e esquerdo) ao piano, ali, sem a mulher por perto, desafiado a tocar algo novo diante de Erik Satie, Villa-Lobos, que dominava o violoncelo, mas arranhava as teclas do piano, não titubeou. Levantou-se da poltrona, atravessou o salão e, sentando-se na banqueta, juntou as mãos, esticou os braços, estalando os dedos com um estrépito que fez Tarsila crispar o rosto numa careta de agonia.

"Espere! Espere!", gritou Cocteau, levantando-se do sofá. "Quero ouvir isso bem de perto", disse, deitando-se no chão, embaixo do piano, equilibrando uma taça de vinho sobre o peito.

Villa olhou sob o piano, fez um gesto de ombros e, fechando os olhos, pôs as mãos sobre o teclado. Começou a tocar o que lhe vinha à mente, com gestos hesitantes e a imperícia dos dedos desabituados.

"Isso é Debussy!", gritou Cocteau de baixo do piano.

Villa parou de tocar e, sem responder à provocação do francês, recomeçou numa outra escala, mais alta, com notas que soavam vacilantes, formando frases...

"Isso é Ravel! Puro Ravel!", acusou Cocteau, rindo da sua própria astúcia. "Você não tem um estilo próprio?", indagou, saindo de debaixo do piano. "Você vem lá do Brasil para tocar isso?"

– Aquela provocação, aquela crítica debochada, assim, na frente do Erik Satie, da Tarsila, do Oswald, deixou o Villa-Lobos furioso – contava-me Wagner, quando o trem fez a primeira parada na estação de Creil. – Ao mesmo tempo, eu acredito que tenha sido um dos momentos mais importantes na história da música erudita brasileira. Eu diria que há um Villa-Lobos antes e outro depois daquela ligeira fricção entre o ego dele e a ironia do Cocteau – especulou Wagner. – O deboche do Cocteau, indiretamente, resumiu tudo o que o Villa tinha que aprender naquela primeira viagem: que a música moderna e a arte em geral deviam se inspirar nas raízes culturais de cada nação. Não era copiando os europeus que os artistas brasileiros iam conseguir produzir arte verdadeira. Pelo contrário, eles tinham que olhar para dentro de si mesmos, pesquisando seu folclore, suas próprias tradições nacionais. Quando essa ficha caiu, o Villa-Lobos deu início à fase mais autêntica e produtiva da carreira dele. A fase dos choros! Essa, sim, inspirada profundamente na música popular e indígena brasileira – explicou Wagner. – E não foi só a ficha do Villa que caiu em Paris. Foi a do Oswald e da Tarsila também! Só depois daquela temporada em Paris, o Oswald vai escrever o *Manifesto antropofágico*. Só depois daquela temporada em Paris, a Tarsila vai se voltar para os temas nacionais. Aí que ela vai pintar *A caipirinha,* o *Abaporu* e *Carnaval em Madureira*! A ironia disso é que, ao se inspirar na sua própria cultura, os modernistas brasileiros estavam fazendo arte para francês ver! Uma arte que pudesse ser aceita e apreciada pela crítica francesa, que pedia: "Retratem o Brasil!". E o que era o Brasil aos olhos dos franceses? Não, ainda não era o país do futebol. O Brasil era um país distante, exótico, selvagem! Tão selvagem quanto seria a antropofagia do Oswald e a música do Villa! – concluiu Wagner. – Por isso, essa primeira viagem do Villa é tão importante para a sua formação como compositor genuinamente nacional; embora, do ponto de vista da divulgação da sua música, a viagem não tenha sido tão proveitosa.

– Por quê?

– Porque o dinheiro acabou! E ele só conseguiu fazer um recital, sem maiores consequências. Foi aí que ele escreveu para o Arnaldo Guinle, pedindo mais dinheiro. Só que o Guinle não cedeu. Aconselhou o Villa a meter o violoncelo no saco e voltar para o Brasil. Por isso, essa primeira fase do Villa na França foi tão curta. Pouco mais de um ano em Paris. De repente, ele estava de volta ao Rio. Como sempre, cheio de pompa! O Manuel Bandeira, que era muito amigo dele, não perdoou: "Villa-Lobos acaba de chegar de Paris. Quem chega de Paris, espera-se que venha cheio de Paris. Entretanto Villa-Lobos chegou de lá cheio de Villa-Lobos".

– Você está com a sua passagem? – perguntei, percebendo a aproximação do cobrador. Wagner me deu o bilhete, eu tirei o meu do bolso, entregando-os ao funcionário, que, uniformizado com quepe, gravata e paletó, os verificou com atenção, pela frente e pelo verso, antes de escaneá-los e devolvê-los, desejando-nos uma boa viajem.

Na saída da Gare du Nord, o trem atravessara a região suburbana de Paris, na qual cidades dormitórios, habitadas por trabalhadores e imigrantes, destacam-se pelo cinza de conjuntos habitacionais e instalações industriais, interrompido apenas pelos muros grafitados por garotos que aprendem sobre "liberdade, igualdade e fraternidade" na teoria das salas de aula, sem jamais as terem experimentado na prática cotidiana. A meio caminho de Compiègne, a paisagem se transformava, deixando a energia irreverente do grafite para trás, retratando, agora, com pinceladas impressionistas, florestas de árvores desfolhadas e campos de terra escura, recém-cultivados, à espera de dias menos frios, quando deixariam brotar o colorido do milho, da beterraba e dos girassóis. Ao longe, torres de transmissão de energia, aqueles gigantes esqueléticos, faziam a sua dança estática, elevando cabos como fitas de uma festa folclórica.

— Como o interior da França pode ser tão diferente de Paris... — observou Wagner, sem tirar os olhos da paisagem.

Depois se questionou, como se falasse sozinho, sobre o que teria feito da vida se tivesse permanecido na França em vez de ter partido para a Inglaterra. Questionava-se se Paris o teria influenciado tanto quanto influenciara Villa-Lobos.

— Talvez você não fosse tão diferente assim...

— Para começar, eu seria chamado de *Wagnér* – riu, forçando o sotaque francês. Depois, ficou sério, e emendou: – Acho que muito da minha personalidade, do meu caráter teria sofrido outras influências; teria passado por outros acasos e encontros determinantes. Enfim, eu seria uma outra consequência de outras causas.

— E se você tivesse escolhido a mesma carreira? Hoje, talvez, você fosse professor de uma grande universidade francesa, em vez de uma inglesa – argumentei.

— Pouco provável – respondeu, rápido. – Acho, realmente, que não escolhemos nada. Não passamos de marionetes manipuladas pelo acaso, nos debatendo umas contra as outras, lutando para nos manter vivas nesse breve teatrinho tragicômico. A minha marionete francesa, com certeza, teria um outro papel na vida, sem que eu tivesse escolha alguma.

– Não sei, não. Acho que você pode até escolher errado, mas escolha você tem! Senão, a vida fica meio sem sentido. Como se a gente não tivesse a capacidade de decidir nada; como se tudo seguisse um roteiro inevitável, determinado pela sorte, pelo azar, o que for. E, pior ainda, ninguém seria culpado de nada! Seria tudo culpa do acaso! – protestei.

– Mas é verdade! Não somos culpados de nada assim como não temos mérito algum. Tanto o vilão como o herói são personagens do destino.

– E você acha que Villa-Lobos não fazia suas escolhas, não tinha vontade própria, determinação? – cutuquei. – Você acha que Villa-Lobos não tinha talento ou mérito algum?

– Villa-Lobos, como todos nós, acreditava na sua própria ilusão – respondeu, levantando os ombros. – Diante de uma vida sem sentido, nós nos agarramos a narrativas inventadas, pura ficção, que nos dão algum alento. Uns se agarram à religião, outros à política, outros ao dinheiro. Ou se agarram a tudo isso, em diferentes proporções. No caso do Villa, ele se agarrou à mais fugaz, à mais inverossímil de todas as narrativas: a autoconfiança. Ele acreditou na sua própria história! A história de um gênio que, por estar décadas à frente dos seus pares, era mal compreendido. Por isso, a luta tão árdua pelo reconhecimento do seu trabalho, para que outros, no Brasil e no exterior, compartilhassem da sua própria ilusão.

– Deve ser duro estudar um compositor que você mesmo acha uma farsa... – impliquei.

– De modo algum! – rebateu. – No contexto da grande farsa universal, dentro da qual todos nós vivemos, Villa-Lobos era, de fato, genial! Disso eu não tenho a menor dúvida. Outros compositores também inventaram as suas narrativas, mas, talvez, não tenham acreditado nelas com a mesma força que o Villa acreditou na dele. Basta comparar!

Não tive tempo de comparar. O alto-falante do vagão interrompeu a conversa com o anúncio da nossa chegada a Compiègne. Enquanto eu me levantava para apanhar nossos casacos, Wagner fazia uma careta em resposta às meninas que nos espiavam por sobre o assento à nossa frente.

– Apanhe o seu cachecol que caiu no chão – disse a mãe para uma das crianças, de pé no corredor. – Venha! – ralhou, puxando pela mão a menor, que, voltada para trás, ainda mostrava a língua para Wagner.

Eram quase dez e meia quando desembarcamos na estação de Compiègne, saltando sobre a plataforma, coberta por uma fina camada de sal-gema, que, no inverno, derrete o gelo e a neve acumulada. Ouvindo o quebrar dos grãos sob nossos sapatos, seguimos a multidão de passageiros, descendo um lance de escadas rumo à saída principal da estação, do outro lado da linha do trem. Entre os passageiros, muitos rapazes e moças de Compiègne que, estudando em Paris, iam passar o domingo com os pais, enquanto outros, ao contrário, estudantes da universidade local, voltavam para os seus dormitórios, depois de passar o fim de semana em Paris. Antoine, que tinha a vantagem de morar e estudar na mesma cidade, devia estar à nossa espera no saguão.

8

A luz do cinto de segurança se apagou, sinalizando que o avião alcançara a altitude de cruzeiro após a decolagem. Wagner se inclinou um pouco para a frente, aproximando o rosto da janela, observando a ponta da asa, iluminada pela lua cheia, que fazia as nuvens, lá embaixo, parecerem um mar infinito de flocos de algodão. Não era a primeira vez que viajava de avião. Havia alguns anos, quando Catarina ainda era solteira, os Krauses passaram férias na Bahia, aproveitando a promoção de uma companhia aérea, um pacote para famílias que viajassem na baixa temporada. Pena que tenham passado pouco tempo em Salvador, e nem sequer tenham postos os pés nas praias da costa baiana. Do aeroporto, pegaram um táxi para a rodoviária, onde embarcaram num ônibus intermunicipal. Depois de três horas de viagem, contornando a baía de Todos os Santos, chegaram a Cruz das Almas, no Recôncavo Baiano, terra onde dona Lúcia nascera e onde ainda moravam duas de suas irmãs, as únicas que, trabalhando numa fábrica de charutos, não migraram para o Rio ou para São Paulo.

A família morava numa casa larga, de um só pavimento, com portas e janelas pintadas de azul-marinho, em contraste com a branquidão da fachada caiada, que refletia o sol nordestino. Da porta de entrada, um longo corredor, fresco e escuro, levava à peça principal, com chão de concreto bruto, que servia de sala, copa e cozinha. Nas paredes, retratos emoldurados, feitos por lambe-lambes itinerantes, apresentavam casais com expressões apáticas, maridos de bigodes finos, mulheres com cabelos em coque, posando lado a lado, trajando a roupa da missa, com as bochechas rosadas pelo pincel do fotógrafo, que podia até mudar a cor dos olhos, ao gosto do freguês. Irmãos, parentes, antepassados de dona Lúcia, gente que se fora para o sul ou para o cemitério, em todo caso, para nunca mais voltar.

Naquela casa, sem piso e sem laje, dormiram os Krauses num só quarto, sob um teto de telhas rústicas, desalinhadas, que se deixava penetrar pela réstia da Lua, a mesma luz pálida que, sobre o mar de algodão, iluminava o céu que Wagner agora atravessava, deixando para trás dona Lúcia, aquela mãe postiça, que, tão jovem quanto ele, deixara Cruz das Almas carregando duas sacolas de náilon, em busca de uma vida melhor, que a alforriasse do trabalho no roçado, sob o sol escaldante, colhendo o pouco que a terra ressequida podia lhe dar. Nunca imaginara que, no Rio de Janeiro, trocando a foice pelo fogão, a enxada pelo tanque de lavar roupas, ganharia, mais do que o salário mínimo, uma família inteira, assim, pronta, com duas crianças, que, em pouco tempo, já a chamavam de mãe. Dona Lúcia que aprendeu a ler ao mesmo tempo que Waguinho, quando os dois liam, quase soletrando, "O bar-qui-nho a-ma-re-lo" e, depois, exercitavam a mão no caderno de caligrafia, com letras gordas, redondas, desenhadas ao som da pronúncia alongada, *aaaaa, bêêêêê, cêêêêê*. Dona Lúcia que, mesmo sem cuidados, nunca deu a seu Jorge mais filhos, sem jamais saber por quê. Dona Lúcia que, no aeroporto do Galeão, mal conseguiu dizer adeus a Waguinho, entre tantos beijos, tantos abraços, tantas lágrimas. Se cuide, meu filho, ligue pra gente quando você chegar lá, ligue a cobrar, viu? não tem problema não, é caro, mas seu pai vai aceitar, deixe comigo que eu vou conversar com ele, ele é teimoso, mas se preocupa com você, eu bem queria que ele tivesse vindo, eu falei, insisti, briguei, mas ele é danado, deve ter ficado lá, se roendo de raiva, trabalhando até tarde na oficina, mas, não se apoquente, não, vá com Deus, que a gente vai ficar aqui rezando por você.

Desembaraçando-se da mãe, Wagner curvou-se para abraçar Catarina, Raul e Serjão, prometendo-lhes que escreveria. Depois, segurou-me pelos ombros, desejou-me boa sorte nos meus projetos (eu já planejava pedir demissão do *Jornal do Brasil*), antes de me dar um abraço apertado, enquanto eu, dando-lhe tapinhas nas costas, pedia-lhe que não nos esquecesse. Abaixou-se, apanhou o violão e a mochila, jogando-a sobre o ombro direito. Das mãos da irmã recebeu o casaco de náilon, grosso, ouvindo as últimas recomendações, proteja-se, agasalhe-se bem, não vá ficar doente. Enfim, Waguinho sorriu, abaixou a cabeça, dando-nos as costas para entrar na área de embarque. Alguns passos adiante, virou-se pela última vez, acenando-nos sem muita convicção, dizendo apenas "tchau", com um fio de voz que jamais nos alcançou.

No balcão da polícia, entregou o passaporte e a passagem ao agente, que, indiferente a tudo o que se passava entre a cabeça e o coração do passageiro, conferiu sua foto, checou seu nome no computador, antes de carimbar a data de saída numa página qualquer. Depois, Wagner passou por seguranças que revistaram sua mochila, apalparam seu casaco, seus bolsos, descendo as mãos pelas pernas de suas calças até a bainha. Liberado, hesitou como se não soubesse para onde ir, olhando para um lado e para o outro, até ouvir a voz de um segurança pedindo-lhe, quase lhe ordenando, que avançasse rumo ao saguão. Wagner obedeceu, sentindo a cabeça leve, desorientada, olhando para outros passageiros, buscando uma cara conhecida, um olhar cúmplice de quem também viajava só, de quem também estava diante do novo, do desconhecido, do abismo dentro do qual ele se jogaria sem outra opção que não fosse voar. De repente, dava-se conta de ter deixado para trás o pai, a família, os seus melhores amigos. Depois de meses de preparação, o plano se concretizava. A ideia inicial, enfim, se tornava realidade. Wagner partia para a Europa, onde começaria uma vida nova ao lado de Lorena. Não, não devia olhar para trás, não devia pensar no que deixava, a estabilidade do emprego, a proteção da família, a cidade que ele dominava da Leopoldina ao Leblon, mas, sim, pensar no desafio, nas lutas e conquistas que encontraria mais à frente. Cabia-lhe levar a cabo, sem hesitar, o processo ao qual dera início, dizia a si mesmo, tentando se convencer de que tomara a melhor decisão.

Por outro lado, sentia-se forte como um boxeador que, depois de meses de treinamento, subia ao ringue para a grande luta. Teria medo, o boxeador? Sentiria aquele frio na espinha ou na barriga quando encarasse o adversário no outro extremo das cordas? Não, contra aquilo, contra aquela incerteza sabotadora, o boxeador havia dedicado horas de trabalho, preparando-se psicologicamente, visualizando a luta, numa espécie de projeção mental, na qual saía sempre vencedor com um golpe de direita que, já no primeiro assalto, nocauteava o oponente. A luta de Wagner, contudo, não seria tão rápida. Para começar, tinha dificuldades em visualizar um único adversário. Imaginava que levaria meses, quiçá anos, enfrentando um oponente diferente em cada assalto: a língua estrangeira, um emprego precário, o frio do inverno, as saudades de casa. Sentia-se forte, porém, não porque se considerasse tão bem-preparado como o boxeador, mas porque o desafio, a descoberta do novo, a possibilidade de expandir sua visão do mundo, de repente, o extasiavam.

Mas como? O que acontecera com aquele Wagner de ambições modestas, horizontes limitados, que, vendo na vida mais ameaça do que desafio, abraçava-se a um emprego público, entediante, mas seguro, como se fosse uma boia de salvação no inexorável naufrágio de toda existência humana? Era como se aquele Wagner houvesse morrido, extinguido-se entre os braços de Lorena. Como se da paixão, da voracidade sexual, um outro Wagner houvesse nascido entre as pernas de Lorena. Verdade que, como o boxeador, ainda se sentia só. Mas, contra aquele sentimento, lembrava a si mesmo que logo estaria junto à companheira, que o esperava, confiante e serena, do outro lado do oceano.

Sentado na classe econômica do avião, Wagner tomava cerveja, folheando seu passaporte até encontrar a marca do carimbo de saída. Departamento de Polícia Federal, 13 de janeiro de 1993. Uma nova data de aniversário. O dia em que sua vida mudava de maneira jamais cogitada, pensou, guardando o passaporte no bolso do casaco que deixara na poltrona desocupada a seu lado. Depois, enfiou a mão no bolso das revistas, nas costas no assento à sua frente, onde guardara o seu toca-CDs. Colocou os fones de ouvido na cabeça, ligou o aparelho para ouvir a *Terceira sinfonia* de Brahms. Saltou os dois primeiros movimentos, parou no terceiro, apertou o *play*. Fechou os olhos, recostou-se na poltrona, limpando a mão na estopa enquanto seu Jorge assoviava um dos seus movimentos favoritos.

– Como assim, vai para a França? – perguntou o pai, quando Wagner lhe interrompera para dizer que estava planejando acompanhar Lorena, emigrando para a Europa.

Wagner expôs-lhe os motivos, começando pelos mais vagos, uma vontade de viajar, de "dar um tempo", depois, como se de repente encontrasse razões mais concretas, citou a instabilidade política, a eterna crise econômica, a falta de esperança de que o Brasil se tornasse um país melhor.

Seu Jorge ouviu as explicações de Waguinho achando que, num primeiro momento, não estava entendendo. Depois, entendeu, mas logo voltou atrás, dando-se conta de que não havia entendido nada. Partia de férias para a França? Ótimo! Partia para fazer um curso, pedindo uma licença no trabalho? Melhor ainda! Não? Partia de vez? Para voltar quando as coisas melhorassem no Brasil? Aquele país que mal saíra de uma ditadura militar para entrar num mundo de oportunistas, que enchiam os bolsos nas mamatas de Brasília? Não, filho, dizia, você precisa ter paciência! As coisas não vão melhorar assim, de uma hora para a outra. E não é fugindo da luta que ele poderia ajudar a construir um país melhor. Tampouco deveria envolver-se em política, aquela pocilga onde chafurdam os porcos. Um grande país se faz de grandes cidadãos, gente honesta, trabalhadeira e honrada, que não espera nada de um bando de pulhas que se autointitulam governantes com votos trocados por sacolas de comida e chinelos de dedo. O país tinha jeito, sim! Só dependia dele, e de muita gente honesta, que, trabalhando em harmonia, formaria, consequentemente, uma verdadeira nação.

– Já estão até tirando o presidente! Não é verdade?! – indagou abrindo as mãos, como se apresentasse um fato irrefutável.

No fundo, Wagner sabia que, naquela família, em que eleição era sinônimo de feriado, em que políticos, padres e pastores evangélicos mereciam consideração igual, ele não poderia apresentar uma forte (e repentina) paixão política como argumento para deixar o Brasil, como se ele fosse um militante que partia para o exílio, desgostoso com os rumos que o país tomava. A crise econômica tampouco lhe servia como argumento. Wagner era funcionário público, ganhava relativamente bem, e ainda poderia ser promovido, se estudasse, participasse de novos concursos, investindo naquela carreira que só se encerraria na aposentadoria. Precisava, então, de um motivo mais convincente, que, aos olhos do pai, não fosse tão fraco como estar apaixonado, comprometido com uma mulher que ele conhecera havia poucos meses. Precisava de um argumento que apelasse aos sonhos e inclinações de seu Jorge, talvez algo a ver com música, marcenaria... Não, nada disso faria sentido se significasse renunciar à carreira no fórum, desprezando aquele sacrifício de anos, atravessando a baía de Guanabara todos os dias, quando frequentava a faculdade de direito. Precisava de algo mais forte, algo que mexesse com as emoções do pai, como, por exemplo, suas raízes alemãs. Isso, família! Wagner alegou, então, que andava curioso, que gostaria de saber mais sobre seus antepassados, que, morando na França, poderia facilmente viajar à Alemanha para conhecer seus parentes, aqueles primos distantes, reestabelecendo o elo entre o lado brasileiro e o alemão da família.

— E você quer refazer essa corrente de família se afastando da gente? – questionou seu Jorge, olhando por cima dos óculos, debruçado sobre um motor, suspeitando que os argumentos de Wagner estavam longe da verdadeira razão daquela viagem. – Mande uma carta! Eu lhe dou o endereço, e você escreve para os primos na Alemanha.

Daquela primeira negociação, Wagner saiu desanimado. Não que cogitasse abandonar seus planos, mas nutria parcas esperanças de que pudesse viajar com a bênção do pai. Poucas vezes na vida discordara de seu Jorge. A troca de faculdades, quando abandonou a de engenharia para estudar direito, fora uma delas. Vencera a batalha depois de muitas horas de conversa, argumentação, explicando ao pai, aos poucos, sua insatisfação e seus novos projetos. A questão, agora, era mais complexa. Wagner sentia que o pai via em sua partida uma ousadia bem maior do que ter abandonado os estudos de engenharia. Não se tratava mais de frustrar os planos do pai que sonhava em ter um filho engenheiro, mas, sim, de romper a coesão daquela família, recomposta por seu Jorge depois que a mulher desaparecera no mundo, sabe Deus com quem, ou talvez nem Deus soubesse, porque só seu Jorge sabia, ou pensava que somente ele sabia, e não contava para ninguém.

Abandonar a família, fosse por que motivo fosse, era, na visão de seu Jorge, uma afronta, um ato indigno, vergonhoso, qualificado, a seu ver, como a pior de todas as traições. Pois Wagner, aquele filho que tanto se assemelhava a ele, não era mais do que fruto daquela família, parte indissociável daquele todo. Tudo na vida e na maneira de ser de Wagner refletia o que aprendera e absorvera intuitivamente no clã dos Krauses, tão pequeno, tão unido contra os efeitos nefastos de uma antiga história de traição, que vinha agora ser ressuscitada por aquele despropósito de Waguinho querer ir embora, assim, como se pudesse ser feliz estando distante, realmente distante, da família que o educara e orientara em todos os passos da vida. Não, aquilo, segundo seu Jorge, não tinha o menor cabimento.

– Carne ou massa? – perguntou uma voz sobre a música de Brahms.

– Desculpe, não entendi – respondeu Waguinho, tirando o fone das orelhas, observando a aeromoça que o encarava, pilotando um carrinho de metal.

– Carne ou massa? – voltou a perguntar, falando mais alto, olhando para os passageiros que, atrás de Wagner, ainda não haviam sido servidos.

Wagner optou pela massa, um canelone de espinafre, servido numa quentinha de alumínio que lhe queimou a ponta dos dedos. Faminto, comeu assoprando cada garfada, resfriando a boca com goles de cerveja. Precisava comer mais devagar, mastigar melhor a comida, dizia-lhe Lorena quando jantavam nos apartamentos vazios da Zona Sul. Dependendo da luminosidade, das janelas menos expostas, podiam se dar ao luxo de levar comida de restaurantes, garrafas de vinho, talheres, taças e guardanapos que Lorena trazia na mochila para o banquete. Comiam sentados no chão, de pernas cruzadas, às vezes sob a luz de uma vela, enfiada no gargalo de uma garrafa vazia. Comiam antes ou depois do sexo, vestidos ou nus, sempre em silêncio, sussurrando as palavras, complementando-as com sinais de mãos, bocas e olhos. Talvez por ser a organizadora daqueles encontros clandestinos, talvez pelo risco de ser responsabilizada, caso fossem descobertos, ou talvez, simplesmente, por ser mais madura, hipótese que Wagner não chegava a considerar, Lorena parecia comandar as operações dentro dos apartamentos. Um controle que, indo além da organização dos detalhes, como hora e lugar, também determinava o que faziam depois que fechavam a porta e encontravam o cômodo mais discreto. Assim, por exemplo, Lorena surpreendeu Wagner na noite em que propôs um jogo, para não dizer "na noite em que *impôs* um jogo". Vestidos, sentaram-se nos colchonetes, sempre de pernas cruzadas, com os olhos fechados, calados por alguns minutos, ainda que Wagner semicerrasse as pálpebras, tentando enxergar o que Lorena estava fazendo.

– Respire com o abdome, esqueça o tórax. Agora, inspire o ar, contando até quatro, inflando a barriga – disse Lorena, com voz hipnótica e olhos fechados, acreditando que Wagner fazia o mesmo. – Agora expire, contando até oito, encolhendo a barriga até as costas.

Depois, prenderam o fôlego por alguns instantes e, de olhos fechados, tentaram se concentrar, visualizando um ponto de luz branca entre as sobrancelhas. Cinco, seis, sete repetições do exercício até que Lorena lhe pediu para abrir os olhos, que, então acostumados à escuridão, puderam vê-la com mais clareza. Encararam-se por alguns minutos sem dizer palavra, respirando suavemente, Lorena com o olhar imóvel sobre os olhos de Wagner, que, hesitante, tentava se fixar tão somente nos olhos dela, deixando que tudo ao redor se apagasse na penumbra do quarto. Sem dizer nada, Lorena tirou a blusa, o sutiã, as calças, esperando que Wagner fizesse o mesmo. Peça por peça, despiram-se cuidadosamente, sem atropelos ou excitação, ainda que, a cada peça despida por Lorena, Wagner sentisse a tensão crescendo no púbis, uma vontade excruciante de agarrá-la, deitando-a no colchonete. "Não," parecia lhe dizer o olhar de Lorena, sério, direto, quase como se ela não estivesse mais lá. Enfim nus, continuaram sentados, encarando-se, a poucos centímetros um do outro. Lorena levantou o braço para acariciar o rosto de Wagner e, quando ele tentou fazer o mesmo, ela balançou a cabeça, reprimindo-o, pedindo, sem dizer nada, que ele se mantivesse imóvel. Sentindo a carícia no rosto, Wagner fechou os olhos, concentrando-se nos dedos de Lorena, que já lhe desciam pelo pescoço, acariciando-lhe o peito, o ventre, alcançando finalmente seu sexo, tocando-o delicadamente, sem pressão ou fricção. De repente, sentindo a respiração ofegante de Wagner, Lorena parou. Retirou a mão e, levantando-se, disse:

– Agora, vamos jantar.

Wagner custou a se acostumar àquela técnica, que Lorena, segundo ela mesma, aprendera numa revista feminina no consultório do dermatologista.

– É a técnica Teem! – dizia ela. – Provoque a sua sede até não aguentar mais! A agonia do clímax adiado é proporcional à intensidade do prazer – explicava, rindo, exibindo aquela arcada de dentes imaculados, brancos e alinhados.

Só depois do jantar, do vinho e da sobremesa, Lorena permitiu que Wagner a tocasse, a princípio da mesma maneira, fazendo com que ele só a acariciasse com uma das mãos, concentrando-se em seu lóbulo, em seus mamilos, no *piercing* do umbigo, antes que eles, finalmente, abraçassem-se, matando a sede que os deixava ofegantes, trêmulos, sem voz.

Fora dos apartamentos vazios, Wagner e Lorena frequentavam rodas de amigos, mais dela do que dele, nas quais Wagner se esforçava em parecer à vontade, tentando dar a impressão de que estava acostumado àquela gente da Zona Sul, que vivia em casas na Gávea ou em grandes apartamentos, com piso, de mármore ou tábuas corridas, bem encerado pela empregada uniformizada, apartamentos que ocupavam um andar inteiro, com vista panorâmica sobre a Lagoa ou a praia do Leblon. Gente que colecionava livros, obras de arte, pinturas, expostas ao lado de fotografias emolduradas, espalhadas sobre os móveis, retratando filhos em estações de esqui e pais passando férias em Nova York.

– Você gosta mais de *Cats* ou *Les Misérables*? – indagou a mãe de uma amiga de Lorena, doutora em literatura na PUC, mulher de um cirurgião plástico, que ficou surpresa ao ouvir a resposta de Waguinho: que ele nunca estivera nos Estados Unidos e pouco conhecia os musicais da Broadway.

– Em compensação, o Wagner sabe tudo sobre o Villa-Lobos – cortou Lorena, tentando encaixar o namorado naquele ambiente que, a Wagner, podia parecer um pouco afetado, mas, que, na verdade, explicava-lhe Lorena, era natural, tão natural para aquelas pessoas como comer caviar, *foie gras*, tomando uísque ou champanhe todos os dias.

– Prefiro jantar na sua casa – respondia Wagner, fazendo referência ao apartamento em que moravam Lorena e a mãe, dona Maria Emília, ou melhor, a Mila, como ela mesma exigia que Wagner a tratasse. Um apartamento de primeiro andar, em Ipanema, de frente para a rua, um pouco ensombrado pela copa da amendoeira que crescia sem poda na calçada. Um quarto e sala sem obras de arte ou móveis de luxo, encolhido pela quantidade de livros que abarrotavam as estantes ou subiam pelas paredes em pilhas de mais de um metro de altura, sobre as quais Capitu, a gata, equilibrava-se tenuemente, saltando de Flaubert a Machado de Assis, trocando o colo de Madame Bovary pelo de Dom Casmurro. Ali, passando as lombadas em revista, sob o atento olhar da gata, Wagner examinava os livros, folheando os clássicos franceses, enquanto esperava que Lorena saísse do banho. Sozinho, sussurrava uma ou outra frase que lia, forçando os erres, suprimindo os esses, imaginando o quanto de francês ainda teria que aprender. Dava-se conta, de repente, da sua ignorância, da sua preguiça, do tempo que perdera na vida sem ter lido aqueles livros! Ali, percebia com clareza as semelhanças e diferenças entre a pequena família de Lorena e o que ele chamava "as madames da Zona Sul". Se, por um lado, Mila e Lorena levavam uma vida simples, limitada pela falta de dinheiro, por outro, não deixavam de fazer parte daquele ambiente das "madames", não por vaidade ou pretensão, mas, de fato, por compartilhar com elas daquele universo culturalmente rico e intelectualmente sofisticado. Enquanto o caviar e o *foie gras* eram servidos como arroz e feijão nas coberturas da Vieira Souto, ali na casa de Lorena, Wagner percebia a fome do saber, a curiosidade humana incentivada e saciada de forma natural, sem presunção ou esnobismo, numa espécie de círculo virtuoso, em que a leitura de um livro levava à descoberta de outro, estimulando sinapses neuronais página a página. Compreendia, enfim, o que Mila queria dizer com "a realização do potencial humano em sua plenitude". O potencial intelectual, profissional, amoroso, baseado na busca constante do conhecimento, equilibrada, claro, pela resignada aceitação da irremediável e infinita ignorância de cada um.

— E viajar faz parte disso, Wagner! – acrescentava Lorena, quando os dois jantavam com Mila numa sexta-feira à noite.

– Viajar, não como turista, mas como explorador! Sair do seu cantinho, da sua zona de conforto, para conhecer o mundo, entender outros povos, outras culturas, gente que vive do outro lado do planeta, gente que acredita em outros deuses. Viajar, arriscar, perdendo ou ganhando, é aprender! Sempre! – resumia Mila, acendendo um cigarro antes da sobremesa.

Aos sessenta anos, Mila perdera o encanto que Lorena, aos vinte e seis, ainda exibia nos menores gestos, mas não perdera uma certa força, quase uma ferocidade felina, expressada nos olhos, tão verdes quanto os de Lorena, e no sorriso que, se às vezes parecia cansado, em outros momentos se abria com ironia amistosa, quando caçoava de Wagner pelos hábitos que ele trazia de casa, como pedir licença cada vez que entrava no apartamento, ou dizer "desculpe por qualquer coisa" quando, à porta, despedia-se dela.

– Está desculpado – respondia Mila, sorrindo, fazendo Wagner enrubescer com a resposta inesperada, quebrando o protocolo que ele julgava polido, ainda que retórico.

Com o tempo, Wagner foi se dando conta de como Lorena se parecia com a mãe, não somente nos olhos, no nariz afilado e nos lábios bem desenhados, mas também no espírito de temperamento forte, que podia, de repente, se adocicar, derretendo-se num gesto de ternura, quase infantil. Diferente do amor que Wagner observara em outras famílias, o amor de Mila por Lorena parecia incluir um respeito quase religioso pela privacidade da filha, por suas ideias e vontades, como se, entre as duas, o elo de amizade fosse mais forte que a distante memória de um cordão umbilical. Por outro lado, claro, Lorena já tinha uma certa maturidade. Não se poderia esperar que a mãe a controlasse ou a colocasse de castigo. Mas, pelas mães que Wagner conhecia, a idade da filha, sobretudo quando solteira, pouco importava. Seria sempre filha, e, se não houvesse animosidade ou concorrência entre as duas, haveria, com certeza, um certo domínio da mãe, sempre preocupada com o futuro incerto daquela menina. Criada de outro modo, não espantava a Wagner, então, que Lorena pudesse, às vezes, reagir de maneira um pouco agressiva quando sentia uma tentativa, por mais inconsciente que fosse, de controle sobre ela. Se, por um lado, isso o incomodava, porque ele mesmo não se dava conta dos seus hábitos patriarcais, quando não, puramente machistas, por outro, reconhecia que era uma oportunidade para se conhecer melhor, observando suas próprias intenções, analisando-as e julgando-as, antes de tomar qualquer atitude em relação a Lorena. Vivia, de certo modo, sob tensão, sustentando-se entre a espontaneidade e o autocontrole, como um passageiro que, com medo de voar, tenta esquecer que está num avião.

– Senhoras e senhores passageiros e tripulação de cabine, permaneçam sentados com os cintos afivelados. Estamos atravessando uma área de turbulência – avisou o comandante pelos alto-falantes da cabine.

A luz do cinto de segurança foi acesa novamente quando Wagner, depois do jantar, relia uma das cartas de Lorena, digitada, entre uma aula e outra, no computador da faculdade.

O tempo anda muito feio por aqui. Faz dias que nao vejo o sol (e até agora nao encontrei o til neste teclado francês). Fazer o quê? É o inverno de Paris. Mesmo assim, a cidade é muito bonita. Acho que há tipos de beleza diferentes. Uma para cada estaçao. Agora no inverno é a beleza da arquitetura que mais me impressiona. Como as árvores nas calçadas nao têm folhas, dá para ver toda a fachada dos edifícios. A grande maioria deles é do século passado. Você vai achar isso aqui uma velharia... Paris é um museu a céu aberto. Nada mudou nesses dez anos em que eu passei no Brasil. Fiquei superfeliz de reencontrar os lugares da minha

*infância. Até o carrossel da pracinha está lá! Fiquei emocionada quando
vi as crianças montadas nos cavalos, girando, girando, entre a igreja e a
prefeitura. Tudo iluminado com a decoraçao de Natal. Lindo!*

    *De resto, tudo bem. Estou A-DO-RAN-DO as aulas do mestrado.
Outro dia assisti a uma palestra com o Lévi-Strauss, você acredita?!
Auditório lotado para ouvir o velho. Oitenta e quatro anos e continua
trabalhando, firme e forte! Ficou meio sem jeito quando lhe pedi para
autografar a minha cópia do Tristes trópicos. Mas foi gentil. Assinou
(um rabisco ilegível) e, quando soube que eu era brasileira, conversou
um pouco em português comigo.*

    *Lá no apartamento, as coisas estao melhorando. No início, foi
um pouco difícil de me acostumar, dividindo a cozinha e o banheiro
com duas outras pessoas. Nao só pela espera..., mas também pela falta
de espaço (na cozinha, quero dizer). Mas a pentelha, aquela francesa
que estuda moda, foi embora – e ainda largou para trás uma pilha de
revistas de moda que, se ela nao vier buscar, vou jogar na lixeira! Depois
que ela saiu (alívio!), fiquei sozinha com o Lafayette (ele é brasileiro e
detesta esse nome – prefere Lafa). Mas, aí, um irmao dele veio de Sao
Paulo e ficou com a gente uma semana...*

– Afivele o cinto de segurança, por favor – comandou a aeromoça, em francês, fazendo Wagner hesitar antes de apertar o cinto
e voltar à carta.

*Enquanto isso, continuo a acompanhar o Lafa no seu projeto de mapear
Paris seguindo os passos de Pixinguinha, quando ele se apresentava com
os Batutas. A gente tem conhecido cada lugar incrível. Teve um dia em
que a gente encontrou um antigo music hall, que hoje funciona como
sapataria. Só que lá dentro nada mudou. Os caras mantêm o palco,
as luzes e a decoraçao como se ainda fosse um cabaré dos anos vinte.*

A ideia do Lafa é que, no que diz respeito à formaçao da identidade de uma arte "genuinamente brasileira", Pixinguinha e os Batutas foram muito mais importantes do que toda a turma reunida na Semana de Arte Moderna em Sao Paulo. Afinal, enquanto os modernistas copiavam os franceses, Pixinguinha já botava Paris para sambar em 1922! É uma história fascinante. O Lafa é um cara muito culto, sabe tudo de música, ópera, literatura. Vocês dois vao se dar superbem.

Bom, está quase na hora da minha aula, já tem fila aqui na biblioteca para usar o computador. Acho que essa é a minha última carta (espero que ela ainda pegue você no Brasil!). Nao se esqueça de me telefonar para marcarmos o encontro no aeroporto quando você tiver os detalhes.

Estou morrendo de saudades, beijos, beijos, beijos e abraços sufocantes.

Lorena

O nome ela não digitara. Assinara com aquele L enorme, escrevendo *orena* dentro do L, com uma caneta azul, de feltro, tipo Paper Mate. Embaixo da assinatura, ainda desenhou um triângulo que vestia uma boneca sorridente, de braços abertos e cabelos arrepiados, um resquício de infantilidade, uma espécie de marca pessoal. Dobradas em quatro, as folhas haviam sido metidas num envelope branco, pequeno, no qual se lia o endereço de Wagner com a palavra BRÉSIL sublinhada, quase gritada naquele excesso de maiúsculas. Num lapso de clichê romântico, Wagner tentou sentir o perfume de Lorena, farejando a carta, que só cheirava a papel.

O avião jogou, balançou, subindo e descendo aos solavancos como se passasse por uma estrada esburacada, fazendo a passageira atrás de Wagner invocar o seu Jesus Cristo enquanto outro, mais além, preferia a sua Nossa Senhora. Wagner segurava com firmeza os braços da poltrona, mas não chegava a sentir medo. Talvez sentisse até uma certa euforia, como na montanha-russa do parque Shanghai, na Penha, onde largava a barra de segurança para levantar os braços, gritando na excitação da descida principal. De repente, tinha vontade de sacolejar o avião ainda mais, como se, sentindo-se responsável pela turbulência, pudesse fazê-la parar a qualquer momento, espantando para longe de si toda e qualquer possibilidade de sentir medo – o medo da noite, agora que a Lua fora encoberta pelas nuvens, o medo de voar através da escuridão sem ver um centímetro à sua frente, sem ver para onde estava indo.

– Está cego ou maluco! – dizia seu Jorge a um empregado, quando Wagner voltara à oficina, semanas antes de partir para a Europa.

Nem cego, nem maluco, interveio Wagner, puxando o pai para o escritório, cuja janela de vidro voltada para dentro da oficina permitia que os empregados acompanhassem o bate-boca entre pai e filho sem, no entanto, poder ouvi-los. Wagner alegava já ter idade o suficiente para decidir o que era bom para si. Sempre estudara e trabalhara, com honestidade e dedicação, sem jamais questionar as regras impostas pelo pai. Aos vinte e cinco anos, julgava-se, então, capaz de escolher um novo caminho. Não estava abandonando a família, nem ninguém. Estava simplesmente tomando as rédeas da sua própria vida. Dando um sentido a seu viver, que fosse fruto de suas próprias escolhas, e não somente uma submissão à vontade do pai.

– Quer dizer: vai se submeter à vontade *dela* – cortou seu Jorge, fechando com força uma gaveta da escrivaninha, coberta de papéis, enquanto procurava no bolso do macacão o seu maço de cigarros.

Toda pessoa se submetia a alguém, nem que fosse ao próprio estômago quando se trabalhava por uns trocados para aplacar a fome.

Mas esse argumento não vinha ao caso, pensou Wagner. Preferia ser menos vago, citando, sem rodeios, o nome que o pai não conseguia pronunciar.

– Lorena é uma pessoa muito legal, ela só tem me ajudado… Ela me ajuda a crescer, a ver a vida de um modo diferente… Tem vida inteligente além da Penha, pai! – disse, com a voz abafada, evitando falar mais alto, sentindo o sangue que lhe subia à cabeça.

– Wagner, você está deixando uma mulher, uma coisa passageira, tirar você do bom caminho! Caia na real, porra!

– Lorena é diferente, pai! Não é coisa passageira. É coisa para a vida inteira!

– Nunca pensei que você pudesse ser tão idiota, meu filho – disse, suspirando, abanando a cabeça.

– Idiota, eu, pai? – perguntou, apontando para si mesmo. – Não é porque a sua mulher foi embora, que toda mulher é puta! – encerrou Wagner, dando as costas ao pai para abrir a porta, enquanto seu Jorge o mirava, com o olhar vago, sem saber o que responder.

– Vá com Deus, Waguinho – disse, enfim, para si mesmo, quase um minuto depois que Wagner saíra da sala, dando tchau aos mecânicos, deixando a oficina.

– Senhoras e senhores, começamos agora o nosso procedimento de descida. A temperatura em Paris é de doze graus, com céu encoberto – informou o comandante, acordando Wagner, que, depois da turbulência, dormira durante toda a viagem, embalado pela cerveja e pelo leve jogar do avião. – Tripulação, pouso autorizado.

9

Só agora, semanas depois que Wagner morreu, eu me dou conta da importância daquela visita a Compiègne. Não pelo passeio em si, que poderia ter acontecido em qualquer outro lugar, mas pelas coisas que Wagner me disse, algumas das quais, num primeiro momento, não ficaram muito claras. Fazendo uma análise retrospectiva, forçada pela tragédia, eu volto às nossas conversas, especulando, deduzindo, compreendendo ou, pelo menos, achando que compreendo aquilo que foi ouvido de modo casual, como num bate-papo entre dois amigos que perambulam pelos cômodos de um castelo, dividindo a atenção entre a conversa e os detalhes históricos.

Vestindo sua japona vermelha e o indefectível gorro andino, que lhe emprestava orelhas de Pateta, Antoine nos esperava na estação de Compiègne, um espaço modesto, com uma pequena loja de jornais e revistas, duas ou três máquinas que vendem refrigerantes e chocolates, além de um piano público, intocado. Saindo da estação, atravessamos a ponte sobre o rio Oise, passamos pelo centro da cidade, onde fica a histórica sede da prefeitura, andando cerca de um quilômetro até a entrada do castelo de Compiègne, o palácio de inverno do imperador Napoleão III, "sobrinho do Bonaparte", como nos informou Antoine.

– Curioso como os turistas brasileiros confundem os dois Napoleões – comentou, virando-se para Wagner, quando entramos na fila para comprar as entradas para visitar o palácio. – Não sabem que a Paris que eles tanto adoram, com toda aquela arquitetura, aqueles grandes bulevares, é obra do Napoleão III.

Antoine explicou que Napoleão Bonaparte só tivera um filho, Napoleão II, que morreu de tuberculose aos vinte anos, sem jamais exercer cargos políticos. Já o sobrinho, Luís Napoleão Bonaparte, foi eleito presidente e, dando um golpe de Estado, logo se intitulou "imperador Napoleão III". Foi ele quem encarregou o barão Haussmann de reordenar e revitalizar Paris, abrindo bulevares largos e modernos, gabaritando e padronizando os edifícios da cidade.

– Por isso que se chama a arquitetura *haussmaniana* de Paris – completou Antoine, exagerando levemente os erres, pela falta de prática em falar português.

Wagner sorria, ouvindo meu filho, observando sua maneira curiosa de se expressar. Precisei lhe explicar que Antoine se alfabetizara em português lendo os gibis do Cebolinha que sua avó brasileira lhe enviava pelo correio.

– Então devia dizer "Palis", capital da "Flança" – disse Wagner, fazendo Antoine rir.

Desde o primeiro dia, quando fez a palestra na embaixada, Wagner estabeleceu um canal de comunicação inédito com meu filho. Antoine sempre foi um pouco arredio, mais tímido e delicado que extrovertido e audacioso. Puxou ao pai, que, no recreio da escola, preferia os recantos tranquilos, as rodas sossegadas, longe dos arruaceiros, da algazarra dos esportistas e, especialmente, dos colegas mais agressivos. Acho que meu filho tem um perfil adequado, sereno e sonhador, para quem estuda história e toca o violoncelo num quarteto de cordas formado por colegas da faculdade. É o filho que eu recomendaria a qualquer pessoa, admitindo, sem falsa modéstia, que mereço pouco crédito por sua educação. Afinal, Antoine foi criado pela mãe e pelos avós, vendo o pai nos fins de semana, quando a disciplina cedia espaço à diversão. Até seus nove anos, nós já havíamos explorado, em Paris, dezenas de salas de cinema, assistindo a tudo que fosse estrelado por Charles Chaplin ou Buster Keaton, com acompanhamento musical executado por um pianista no palco, quando não por um grupo de músicos, algo que sempre fascinou Antoine.

– O Villa-Lobos também trabalhava no cinema – lembrou Wagner. – E vocês tocam alguma coisa dele no quarteto? – perguntou a Antoine quando já explorávamos o primeiro cômodo do palácio, uma galeria comprida, com pé-direito altíssimo e paredes decoradas com gigantescas tapeçarias.

Antoine respondeu que não, mas estavam abertos a sugestões. Dali em diante, os dois seguiram em frente, deixando-me para trás, enquanto eu observava com mais atenção a mobília do salão nobre: uma mesa de jantar à qual podiam se sentar mais de cem fidalgos com perucas e crinolinas; o salão de jogos, com mesas de carteado e bilhar; o quarto de Napoleão, com seu penico imperial; e o da imperatriz, que dormia sob um dossel de seda branca, sustentado por anjos dourados que, constrangidos, testemunhavam as visitas noturnas do imperador, rezando pela fertilidade da soberana.

Wagner seguramente seria um bom pai, pensei, quando os reencontrei na saída, ainda discutindo o repertório do quarteto. Os dois conversavam de igual para igual, sem que, em nenhum momento, Wagner usasse um tom professoral ou condescendente. Conseguia fazer com que um jovem de vinte anos o tratasse como um amigo, e não como aquele coroa, velho amigo de seu pai. Apesar da minha curiosidade, eu ainda não havia conversado com Wagner de modo mais íntimo, que me permitisse compreender por que ele nunca tivera filhos (até então, eu nada sabia sobre uma menina chamada Lucília Krause). Como já me dissera, ele havia sido casado com Raquel, a espanhola, durante dez anos quando morava em Londres. A ausência de filhos podia ter sido uma escolha sua ou uma decisão do destino. Pensando melhor, tendo em conta o Waguinho que eu conhecia desde a infância na praça Panamericana, eu duvidava de que não tivesse tido filhos por escolha. Wagner, assim como seu ídolo, adorava crianças. Dizia que Villa-Lobos não hesitava em abandonar as partituras, pondo-se de quatro no chão para brincar com os pequenos sobrinhos que lhe visitavam. Talvez por isso, tenha adaptado tantas cantigas de roda ao seu repertório de música erudita, quando não fazia música original, como a "Prole do bebê", com suas bonecas e bichinhos. Nem Arthur Rubinstein, o pianista, resistira a "Cavalinho de pau", "Baratinha de papel" ou a "Cachorrinho de borracha", que Villa-Lobos compusera para os filhos que nunca teve.

Assim me parecia Wagner, enternecido pelas crianças e, segundo me dizia, protegido por elas. Se seu Jorge, descendente de alemães, esquecera o protestantismo luterano dos antepassados, dona Lúcia, por outro lado, não descuidava de suas raízes baianas. Não encontrando um terreiro de candomblé no subúrbio da Leopoldina, passou a frequentar, sem julgamentos ou preconceitos, o centro de umbanda da Cabocla Jussara, cujos membros se reuniam aos sábados para realizar sessões dedicadas às entidades infantis. Levado pela mãe, com mais indiferença do que autorização do pai, Wagner, aos sete anos, observava com olhos arregalados homens e mulheres que, descalços, trajando roupas brancas, usando colares de miçangas, sacudiam-se ao ritmo de tambores, cantigas e palmas, até caírem no chão, aparentemente desfalecidos, antes de despertarem com um olhar vago, gestos descoordenados, pedindo, numa voz infantil, pipoca e guaraná. Comiam chupando os dedos, babavam-se, riam, choravam, tomando de assalto aqueles corpos adultos que lhes serviam de cavalo. Ali Wagner conheceu Pedrinho, que morrera afogado, Mariazinha, que morrera num hospital, os erês que, segundo lhe disseram, o protegeriam pelo resto de seus dias.

Aquele involuntário misticismo pautou a vida de Wagner durante exatos sete anos, o tempo que levou para se curar da asma, a despeito das centenas de quilômetros nadados na piscina olímpica do Olaria, fizesse frio ou calor; tempo no qual dona Lúcia comprava, a cada mês de setembro, caixas de doces, dúzias delas, nas lojas do centro da cidade. Eram cocadas, suspiros, bananadas, que, com a ajuda de Wagner e Catarina, ela colocava em sacos de papel, um para cada criança, centenas de crianças, da Quito e das ruas vizinhas, de toda a Penha, que, no alvoroço de vozes e choramingos, no atropelo de braços atravessando o gradil do portão (Me dá mais um, moça? É para levar pro meu irmão), recebiam os sacos decorados com a imagem dos santos gêmeos, desfalcados de seu pequeno irmão, Doum, que, diziam, andava passeando no cavalo de Ogum.

– Foi Cosme e Damião quem curou Waguinho! – dizia dona Lúcia, sem a menor dúvida, concordando os verbos como se os santos fossem uma só entidade.

Distribuir os doces uma vez por ano, pelo bem da sua saúde, não chegava a incomodar Wagner. Pelo contrário. Na alegria da festa, que se espalhava por toda a Zona Norte (afinal, ele não era o único menino a sofrer de asma, alergia, lombriga), chegou a inverter de posição, indo ele mesmo "correr atrás de doces" na vizinhança, trazendo para casa, em braçadas, sacos com balas, pirulitos e paçocas. Pior era usar a roupa branca. Uma insistência de dona Lúcia, que, às sextas-feiras, já deixava a roupa de sábado lavada e passada. No início, Waguinho cedeu, mas, com o passar dos meses, foi inventando desculpas, roupa branca suja muito, estou parecendo um enfermeiro, quando não um pai de santo. Só conseguiu dobrar a mãe quando, com o apoio de seu Jorge, alegou que não poderia se aproximar de uma oficina mecânica trajando shorts, camisa, meias e tênis imaculadamente brancos. Ganhou a parada, sim, mas com uma concessão. Aos sábados se vestiria com roupas claras e, recebendo três balas de dona Lúcia, as deixaria no jardim da praça ou de outro lugar qualquer, como oferenda a Doum, Cosme e Damião. Um gesto que se tornaria hábito, repetido com frequência, mesmo quando Wagner não era mais criança, como o gesto automático do católico que se benze quando passa diante de uma igreja ou de um cemitério.

— Estou morto de fome! – disse Antoine antes de ir ao banheiro, no fundo do salão, quando nos sentamos à mesa de um restaurante em Compiègne, com vista para a Igreja de Saint-Jacques.

— Você nunca pensou em ter filhos? – perguntei a Wagner.

— Sim, mas acho que a vontade e a oportunidade nunca coincidiram – respondeu, folheando o cardápio. – Depois, o tempo vai passando, você vai se habituando a essa espécie de orfandade às avessas, o pai que não tem filhos. Até que um dia você acorda, se olha no espelho e se dá conta de que já tem cinquenta anos e que botar um filho no mundo, a essa altura do campeonato, seria injusto com a criança. Quando o moleque tiver dez anos, os colegas da escola vão perguntar a ele se o pai é o avô… Além disso, você pode não viver o bastante para ver seu filho se formando na faculdade. Mas, tudo bem – concluiu, levantando os ombros, esticando o beiço para a frente, quando o garçom, tamborilando a caneta num bloco de papel, chegou à mesa para nos atender.

Pedimos três cervejas e um prato de frios de entrada, enquanto esperávamos por Antoine para escolher seu prato principal.

– Por outro lado, acho que não ter filhos tem aspectos positivos também – retomou Wagner. – O Antoine é um garoto bacana, você tem sorte. Mas eu tenho amigos que se arrependeram de ter tido filhos. Só não admitem publicamente. Tem adolescente que leva os pais à morte, lenta e gradual. O que, do ponto de vista puramente biológico, parece até normal.

– Será? – duvidei.

– Claro! Veja bem – disse, ajeitando-se na cadeira. – De você, a natureza não quer mais do que a procriação. Você nasce, cresce e fica com uma vontade doida de transar. É a natureza enganando você, lhe oferecendo um prazer enorme para que ela alcance o seu objetivo. E a natureza não tem escrúpulos, não é politicamente correta. Se fosse, os tarados nasceriam impotentes! Para a natureza alcançar o seu objetivo, qualquer meio é valido. Ela o seduz, manipula e, depois, o descarta. Por isso que alguns, mais vulneráveis, permitem que a cabeça do pau fale mais alto do que o cérebro. É a natureza dizendo, sussurrando no ouvido deles: "Vamos lá, olhe só que gata! Tá dando mole para você. Que camisinha o quê, rapaz!". Até que você acaba cedendo, entrando no jogo da natureza, fazendo filhos com a mulher que você ama, ou com uma garota qualquer, que você só vai conhecer depois de já ter ejaculado, depois de já ter apresentado o seu DNA ao DNA dela. Para a natureza, quem você seduz é um detalhe irrelevante, ainda que você seja programado para dar preferência às mais jovens e saudáveis, com mais chances de gerar um embrião. A partir daí, cabe a você garantir que o moleque sobreviva à infância. E, até nisso, você é programado geneticamente, embora muitos homens se rebelem, abandonando as crias. Depois, você já pode morrer, ou fazer mais filhos, porque o seu substituto já está no mundo, com a mesma missão de procriar, proteger as crianças até uma certa idade, antes de morrer também. Qual o sentido disso? – perguntou, abrindo os braços. – Nenhum! Os únicos sobreviventes são os genes, que programam o seu comportamento, principalmente a sua sexualidade, para que eles, e somente eles, sobrevivam de geração em geração. Acho que por isso eu resolvi mandar a natureza para o quinto dos infernos. Me rebelei! Não vou ser instrumento de gene nenhum! Minha vida, ou a narrativa que eu fiz dela, passou a ter um sentido por si só, sem ser justificada como uma ponte descartável entre duas combinações genéticas. Se Deus existe, eu lhe dei o calote! Aceitei o prazer que ele me ofereceu e fugi sem pagar a conta.

– Se você tivesse filhos, não pensaria assim – argumentei, antes de experimentar a cerveja que o garçom deixara sobre a nossa mesa. – Os filhos abrem bifurcações na trilha da vida, que levam você a lugares surpreendentes. Uma coisa que, sem filhos, você nem sequer pode imaginar. Com filhos, você amadurece, se torna mais generoso e, de certa forma, mais sábio também. A vida, de repente, ganha uma dimensão inusitada, que vai muito além de tudo o que você pode alcançar sozinho. Depois que o Antoine nasceu, a minha vida pré-filhos pareceu mesquinha, sem propósito, quase irrelevante. No final, você acaba se perguntando como é que, antes, podia viver sem filhos!

– Não discordo disso – respondeu Wagner. – Mas é aquele tipo de coisa da qual você só sente falta quando tem, ou já teve. Daí que essa maravilha toda que você está falando não me cativa, não me sensibiliza. Além disso, na minha experiência de vida, eu tenho percebido que as pessoas que não têm filhos parecem mais conservadas, fisicamente mais saudáveis. A Florence e a Séverine são bons exemplos! – disse, apontando para mim, como se mostrasse uma obviedade. – É como se a natureza não tivesse desistido delas. "Vamos lá, ainda dá tempo!". Por isso, também, aos cinquenta anos, você anda por aí, cheio de tesão, querendo mulheres mais novas. A natureza é surda! Ela ainda não percebeu o recado que você está enviando para ela: não quero ter filhos, ponto! Se a natureza fosse vingativa, ela fazia você impotente na hora, tipo um raio divino como punição! – concluiu, rindo, quando Antoine voltou, juntando-se a nós.

Eu não chegaria a dizer que, no argumento de Wagner, eu captava um certo despeito. Não, não era despeito, e muito menos inveja da minha relação com meu filho, o que eu percebia nas entrelinhas do seu discurso. Mas, definitivamente, ele não me convencia. Pelo menos, não totalmente. A meu ver, sua atitude tinha algo de resignação e, ao mesmo tempo, revolta, ainda que essa revolta pudesse estar enterrada nos subterrâneos do seu inconsciente. Ou, quem sabe, expressa através da sua negação. Dizia "não quero ter filhos" com raiva, com a raiva de quem queria ter filhos e não teve. Wagner, o protegido dos erês, o homem que adorava crianças, o professor universitário que falava com jovens de igual para igual, não poderia ser tão pragmático. Algo daquele Wagner jovem, estudante, com quem atravessei tantas vezes a baía de Guanabara, daquele Wagner mais convencional, que queria ter uma família, algo dele deve ter sobrevivido, mesmo que estivesse sepultado como um morto-vivo.

Depois do almoço, Antoine sugeriu que pegássemos um táxi para irmos à floresta de Compiègne. Ali, explicou, fora organizada a reunião secreta que mais impacto teria na história do século XX. A reunião que encerrara a Primeira Guerra Mundial, lançando as sementes da Segunda. Pelo que nos contou, entusiasmado pela audiência, a reunião fora marcada para acontecer à noite, no sigilo da floresta, onde dois trens especiais se encontraram em linhas férreas paralelas, usadas por militares. No primeiro, vindo de Paris, viajava um marechal francês, o comandante-chefe das forças aliadas. O outro, vindo de Berlim, transportava o alto-comando das forças armadas alemãs. Reunidos num vagão do trem francês, políticos e militares passaram dias discutindo o acordo de cessar-fogo da Grande Guerra.

– "Discutindo", na verdade, é modo de dizer. Os Aliados impuseram condições sem margens de negociação para terminar o conflito – lembrou Antoine, quando visitávamos o vagão dentro do qual o armistício teria sido assinado. – A Alemanha estava um caos, e os alemães não tinham muitas opções.

A guerra acabara, li numa placa afixada à mesa de reunião, no centro do vagão. *Os canhões finalmente se calaram, cedendo a vez ao dobrar de sinos em toda a França. Depois de quatro anos de conflito, que dizimou toda uma geração de jovens, os sobreviventes podiam abandonar as trincheiras. Mas o cessar-fogo de Compiègne se revelaria uma bomba-relógio. Era o primeiro passo para a assinatura de um tratado, que, impondo condições humilhantes aos derrotados, abria caminho para um novo conflito, maior ainda.*

– Acontece que esse não é o verdadeiro vagão da reunião! – revelou Antoine. – O vagão original foi guardado num museu em Compiègne. Vinte anos depois, quando as tropas nazistas ocuparam a França, Hitler ordenou que o vagão fosse retirado do museu e trazido de volta para cá, para o mesmo lugar onde foi assinado o armistício da primeira guerra. Os alemães queriam se vingar, forçando os franceses a assinarem a rendição no mesmo local e no mesmo vagão. Depois, o vagão foi enviado para Berlim, para ser preservado como peça de museu. Mas aí, já no final da guerra, quando Berlim estava sendo invadida pelos soviéticos, Hitler mandou seus soldados botarem fogo no vagão. Tinha que ser destruído. Ele nunca aceitaria que a Alemanha, derrotada outra vez, assinasse uma segunda rendição no mesmo vagão.

– Não podia aceitar a revanche da revanche, uma nova vingança – comentou Wagner, parando diante de uma fotografia de soldados e oficiais, posando ao lado de políticos após a assinatura do acordo de cessar-fogo.

Enquanto Antoine usava o seu celular para nos chamar outro táxi, pensei em como o armistício de Compiègne trouxera Wagner até ali, exatamente cem anos depois. Momentos históricos, de relevância mundial, podem repercutir eternamente em nossas vidas e nas vidas das futuras gerações como um DNA que segue adiante, sobrevivendo séculos, quiçá milhares de anos, depois que cada geração se extinguiu – isto é, se tiveram filhos. A derrota do Império Alemão na Grande Guerra levara o país ao caos. Um período de profunda angústia para o povo alemão que, deprimido pela derrota militar, aturdido pelo fim do império, sacrificado pelas impagáveis dívidas de guerra, procurava uma saída para a sua torturante crise política e econômica. Para os Krauses, a saída estava além-mar, na América do Sul, num país de cafezais que lhes prometia oportunidades de trabalho, um clima ensolarado, um futuro radiante. Poderiam ter ido para os Estados Unidos, para o Canadá ou para a Argentina. Mas escolheram o Brasil. Mais precisamente, o Rio de Janeiro, aquela cidade que não podia ser mais diferente de Berlim ou qualquer outra cidade alemã. Nela geraram seu Jorge, que gerou Wagner, que decidiu não gerar ninguém. Seu DNA morreria com ele, sem encontrar um novo corpo que desse continuidade à saga da família através da história.

Mas que história? A dos Krauses que emigraram ou a dos Krauses que ficaram na Alemanha?, eu me perguntava quando saímos do táxi em frente à estação de Compiègne. Porque ali, naquela decisão de deixar a *Vaterland* para trás, o DNA da família seguiu caminhos opostos, marcados pelo sonho, de um lado, e pela catástrofe, de outro. Esse apocalipse, que os Krauses migrantes instintivamente evitaram, apresentava-se então, diante de nossos olhos, de maneira sutil e indireta, evocando, pela metonímia visual, toda a sua monstruosidade.

– O que é isso? – indagou Wagner apontando para dois vagões, aparentemente abandonados, depois que Antoine se despediu de nós na plataforma da estação, onde esperávamos o trem para retornar a Paris.

Aproximando-nos, percebemos que os vagões eram de fato velhos, mas não estavam abandonados. Pelo contrário. Haviam sido colocados em posição de destaque, sobre um recuo da plataforma, para que todos os passageiros os pudessem ver. Eram vagões de madeira, que, provavelmente, transportavam carga antes de terem as janelas gradeadas com arame farpado para transportar seres humanos. Como gado. Compunham trens que haviam chegado a Compiègne com milhares de homens, mulheres, velhos e crianças, deportados de todas as regiões da França. Ali, num campo de concentração, eram triados por sexo, idade, religião e atividade política, antes de serem embarcados, sob a mira de fuzis, com empurrões e coronhadas, em outros trens. Talhada numa lápide de mármore, uma inscrição lembra, hoje, o destino e o número total de passageiros que partiram: AUSCHWITZ, 5.152; MAUTHAUSEN, 4.698; BUCHENWALD, 13.609, DACHAU, 4.295...

– Entre eles, os avós da Séverine – disse Wagner, aproximando-se da lápide.

– Ela lhe contou?! – perguntei, surpreso.

– Hãhã – respondeu, passando os dedos pelos números, como se os lesse em braile.

Reli a inscrição, tentando imaginar as feições daquelas pessoas, judeus, na sua grande maioria, mas também comunistas e ciganos, enviados para o primeiro abatedouro de seres humanos em escala industrial. As câmaras de gás nos campos de concentração nazistas. Enviados por iniciativa, não de Hitler, mas do próprio Estado francês, orgulhoso da sua voluntariosa colaboração com o mais abominável regime da história.

Mas que história? A dos Krauses que emigraram ou a dos Krauses que ficaram na Alemanha? Porque ali, naquela decisão de ficar, os

Krauses da Alemanha passaram pelo inimaginável, pela euforia de um novo império, renascido das cinzas da guerra, liderado por um psicopata, cuja loucura contaminou toda a nação. Acreditaram nas mentiras, fecharam os olhos para a selvageria, sofrendo, finalmente, suas consequências: a humilhação de uma nova derrota, a dor da perda de quem se ama e o mais lancinante, mais insistente de todos os tormentos: o remorso. O único tormento que passou, e ainda passa, como o DNA, de geração a geração.

– O pior – disse Wagner –, o pior é que tudo isso pode acontecer de novo… Quando o horror vira história, ele se multiplica, sem controle. Há versões diferentes para todos os gostos. Versões que podem até fascinar quem não passou, nem de longe, por nada disso – falou, apontando para os vagões. – Já para a gente… Herança, memória, filhos? Para quê? – perguntou, quando nosso trem para Paris já chegava à estação.

10

Um jovem de cabelos revoltos, rosto apolíneo, com uma expressão severa, sem piedade. Seu corpo musculoso, seminu, mal coberto por uma túnica, equilibra-se sob enormes asas que lhe emprestam elegância e harmonia na perenidade do gesto violento, imobilizado há séculos na mesma posição: a mão esquerda ao alto, com o dedo indicador levantado, como se pregasse um sermão; a mão direita, acima da cabeça, empunhando uma espada, pronta para o golpe, eternamente suspenso. Caído sob seus pés descalços, outro jovem, com asas de morcego e um par de chifres nas têmporas, mira com rancor e ódio o seu agressor.

– O arcanjo Miguel metendo a porrada no capeta – resumiu Lorena, quando parou ao lado de Wagner para observar a estátua na fonte da praça Saint-Michel.

Fazia menos de vinte e quatro horas que Wagner desembarcara no aeroporto Charles de Gaulle, onde Lorena o esperava, trajando calças jeans, tênis, casaco de lã cinza e um cachecol cor-de-rosa. Abraçaram-se, beijaram-se, enquanto Wagner murmurava palavras de carinho e saudade, sob os olhos de outras pessoas, que esperavam outros passageiros, que, com mais ou menos contato físico, declarariam a mesma coisa, o mesmo carinho, a mesma saudade, ainda que por ângulos diferentes, como o de pai para filha, de mãe para filho, de irmão para irmão. Desembaraçando-se da multidão, Wagner empurrou o carrinho com o violão e duas malas, uma para ele, outra para Lorena, que lhe havia pedido que trouxesse o que sobrara no seu guarda-roupa no Rio de Janeiro.

Do aeroporto, tomaram o trem para Paris, sentando lado a lado, falando sobre coisas triviais, o cansaço do voo, a turbulência, a comida do avião, os temas banais que parecem dominar a conversa de duas pessoas que se reencontram depois de meses de espera e ansiedade, quando queriam, no fundo, estar falando das grandes verdades, das questões pendentes, dos planos futuros. Mas calma. Primeiro os amantes se readaptam à realidade da voz de um e do outro, dos rostos por tantos meses imaginados, reconstruídos com fragmentos de memória, com ou sem o apoio daquela fotografia guardada na carteira de documentos ou no porta-retratos. Agora era o toque da mão de Wagner sobre a mão de Lorena, a redescoberta dos dedos, que se acariciavam delicadamente, dizendo tanto em tão pouco movimento, tão pouco contato. Sob o ruído dos trilhos, conversavam, sorriam, Wagner contando, Lorena escutando, Wagner ouvindo, Lorena apontando, aqui ainda não é Paris, a viagem é longa, mas o trem não para, vamos direto para a Gare du Nord.

– Amanhã, nós vamos passear! Quero lhe mostrar a cidade – completou, fazendo planos a curto prazo. – Hoje não vou à faculdade para ficar o dia inteiro com você. E, como o Lafa está viajando, o apartamento é só nosso até o fim de janeiro!

Ofegando, Wagner pôs as malas no chão depois de ter subido pelas escadas até o quarto andar. Lorena abriu a bolsa, encontrou o chaveiro e, usando duas chaves, uma em cima e outra embaixo, abriu a porta que dava acesso a um pequeno hall, continuado à esquerda por um longo corredor. Do lado direito, quatro portas seguidas: uma sala e três quartos, um pequeno, dois maiores. Do lado esquerdo, uma porta para o vaso sanitário, outra para o banheiro e, no final do corredor, a porta da cozinha. Wagner achou engraçado que a privada estivesse isolada num cubículo, sem pia, fora do banheiro.

– É a latrina ou casinha! – disse Lorena. – Antigamente era no fundo do quintal; agora fica dentro dos apartamentos. Depois, você lava a mão no banheiro ou na pia da cozinha.

Na sala, com paredes brancas, um aparelho de tevê, uma poltrona e um sofá de couro surrado, sob a luz invernal que entrava pelo janelão sem cortina, com vista para a cidade. Wagner se deixou cair no sofá, puxando Lorena pela cintura, sentando-a em seu colo, enquanto ela o abraçava, beijando-lhe o pescoço. Não tinham tempo a perder. Wagner foi tomar banho, percebendo aquele banheiro pequeno, mal iluminado, onde se acumulavam as intimidades de duas pessoas, agora três, escovas de dentes, cesto de roupas sujas, toalhas penduradas. Encolheu os ombros para entrar no box minúsculo, com uma cortina de plástico que se agarrava ao seu corpo, mole e pegajosa como uma lesma. Lavou a cabeça com o xampu de Lorena – Use o meu! Um vermelho para cabelos cacheados –, sentindo a água escassa, quase uma garoa, que lhe escorria vagarosamente pela nuca, como se Wagner tivesse que espremer o chuveiro para ter mais volume d'água. Saiu do box, secou-se com uma toalha que Lorena lhe dera – Pegue essa azul que é mais nova – e só não fez a barba porque estava com pressa, que fazer barba o quê, barba por fazer é mais sensual, pensou, saindo do banheiro, buscando a porta do quarto de Lorena.

– Você tem certeza de que é aqui? – perguntou ela, em frente à fonte de Saint-Michel, sugerindo, pelo tom de voz, um princípio de impaciência.

– Acho que sim – respondeu Wagner, desdobrando um mapa de Paris. – Praça Saint-Michel, número onze. Deve ser um desses prédios – disse, apontando os edifícios ao redor com um movimento de cabeça.

Depois, redobraram o mapa e, seguindo pela esquerda, tomaram o bulevar Saint-Michel, entraram à direita na primeira rua, quase uma viela, virando novamente à direita no final.

– Saímos no mesmo lugar – observou Lorena.

– Só que a praça mudou de nome! Aqui já é Saint-André-des-Arts – respondeu, sem parar de andar, até que a praça voltou a se chamar Saint-Michel vinte metros adiante.

– Bem-vindo a Paris! – disse Lorena. – Praça que não é praça, quarteirões triangulares… Isso dá um nó na cabeça de qualquer um!

Ali, naquele pedaço de rua chamado praça Saint-Michel, por conta da fonte do arcanjo, que fica na esquina, Wagner encontrou o prédio número onze, que exibe, ao lado da porta de entrada, três placas comemorativas. Duas, embaixo, lembram a morte de franceses que ali tombaram em luta armada contra os nazistas durante a Ocupação da França. Outra, mais acima, em mármore branco, com texto gravado em letras douradas, informa: O COMPOSITOR HEITOR VILLA-LOBOS VIVEU NESTE EDIFÍCIO DE 1923 A 1930.

– Heureca! – disse Wagner, sorrindo como um menino que acabou de achar um saco de doces e balas. – E foi aqui, nesse prédio, que ele compôs os *Choros 13* e *14*, que se perderam na poeira da história – completou.

Na cama, Lorena se virou de lado, dando as costas para Wagner. Ele a abraçou, encostando os lábios na sua nuca, sentindo o aroma de seus cabelos, antes de lhe perguntar se tudo estava bem.

– Tudo bem – respondeu, sem se virar, encarando o armário branco de madeira laminada, que refletia a luz da janela.

Não, não estava tudo bem, e Wagner pressentia isso. Saindo do banho, jogara-se na cama, enfiara-se sob o edredom com a ansiedade que se acumulava havia três meses. Talvez tenha sido afoito demais, tenha ignorado as carícias indispensáveis, tenha se saciado antes da hora. Pudera. Durante meses, esperou por aquele momento, visualizando, imaginando Lorena nos sonhos que o mantinham acordado, até que, não suportando mais, permitia ao corpo inteiro entrar no sonho, pressionando os quadris contra o colchão, contra o travesseiro, contra qualquer coisa cuja maciez lhe trouxesse o encaixe das pernas de Lorena, meu amor, que saudade, vou gozar, estou gozando, sentindo, ao mesmo tempo, o prazer da distensão e a melancolia da ausência, no contato frio com os lençóis inertes, inanimados.

Agora, o sonho acabou. Tornou-se realidade. Ali estava, em Paris, abraçado ao corpo nu de Lorena, no aconchego da cama, com o rosto escondido nos cabelos dela. Mas era como se ela não estivesse lá. Era como se ele abraçasse o corpo, e tão somente o corpo de Lorena. Faltava-lhe o espírito, a risada, a seriedade quase cômica de seus rituais amorosos, a firmeza do olhar que devorava Wagner, fazendo-o gozar três, quatro, cinco vezes na penumbra de um apartamento vazio. Faltava reciprocidade àquela ânsia que Wagner não conseguia controlar, àquele desejo de que os dois recomeçassem do mesmo ponto onde tudo fora interrompido quando Lorena viajou para Paris. Wagner estava pronto. Para ele, nada mudara. Ou mudara para melhor. A distância, a ausência, as cartas só aumentaram aquilo que ele já sentia por ela. Aquela vontade de estarem juntos na cama, no cinema, na cama, na cozinha, na cama. Como se a técnica Teem houvesse se expandido, transcendendo o espaço da alcova para ser aplicada a toda a sua vida. Quanto mais tempo ficara longe de Lorena, quanto mais tempo adiara o prazer de revê-la, maior era, agora, o alívio, o gozo de abraçá-la, tocá-la, agarrando-a com a sofreguidão de quem mata a sede tomando um refrigerante no deserto.

Mas Lorena não estava lá.

– Não é nada – respondeu, cedendo à insistência de Wagner. – Acho que a gente se desacostumou um pouco. Só isso. Mas vai passar – disse, forçando um sorriso que não alcançou seus olhos.

Sim, talvez passasse. Mas não seria naquele dia, nem no seguinte, domingo, quando eles saíram para passear, incluindo no roteiro uma visita ao prédio onde morara Heitor Villa-Lobos, cujo endereço Wagner descobrira lendo velhas biografias, encontradas em sebos do Rio de Janeiro.

– Dê mais um passo para trás – disse Lorena, enquadrando Wagner no visor da máquina fotográfica, enquanto ele posava ao lado da placa que celebra a estada de Villa-Lobos em Paris.

Depois, atravessaram a rua, sentaram-se no interior de um café, evitando o frio da varanda. Pediram uma fatia de torta e dois cafés, observando, enquanto esperavam, o movimento da rua, o vaivém de turistas que, a caminho da ilha da Cité ou da praça do Odéon, faziam fotografias em frente à fonte de Saint-Michel.

– O apartamento do Villa ficava no terceiro andar – disse Wagner olhando para o prédio do outro lado da rua. – Na verdade, o apartamento era da família Guinle. Emprestaram a chave e ainda bancaram a temporada do Villa em Paris – explicava quando a garçonete voltou com os pedidos, colocando a torta entre os dois, junto com a conta e dois garfos de sobremesa. – Agora, escute essa: antes que o Villa embarcasse para a Europa, o Carlos Guinle ofereceu a ele umas dicas de sobrevivência na sociedade francesa. Disse que, quando chegasse a Paris, o Villa tinha que mandar imprimir cartões de visita; que ele ia precisar para conhecer pessoas e formar uma rede de contatos na cidade. O cartão, como se fazia na época, devia informar o dia em que o Villa recebia os amigos em casa. Depois, o Guinle deu a ele uma lista de nomes, todos VIPs, a quem deviam ser enviados os cartões, assim que ele tivesse se acomodado no apartamento. A lista era enorme, e o Villa ficou muito preocupado. Não tinha como comprar comida e bebida para tanta gente! Mesmo assim, ele mandou fazer o cartão como o Guinle tinha sugerido: "Senhor Heitor Villa-Lobos recebe ao segundo domingo de cada mês". Depois, acrescentou à mão: "Traga o que comer"!

Lorena riu, tapando a boca, quase se engasgando com a torta, acusando Wagner de ter inventado aquela história, enquanto ele se defendia, alegando que era tudo verdade.

– Está na biografia do Rubinstein! Ele mesmo foi um dos VIPs que recebeu o cartão pelo correio – disse, citando a fonte como prova irrefutável da sua história, sentindo-se satisfeito, sobretudo, por ter feito Lorena rir pela primeira vez desde que chegara.

Na segunda-feira, Wagner se sentiu melhor, menos incomodado pela aparente apatia de Lorena. Não que eles houvessem conversado sobre o assunto. Sentia-se melhor porque Lorena saíra cedo para ir à faculdade, deixando-o só durante todo o dia. Assim, teve tempo de refletir, questionando-se sobre o que estava acontecendo. Se o mal-estar com Lorena se limitasse à cama, Wagner poderia deduzir que se tratava, realmente, de um estranhamento, uma certa frieza, consequência do tempo e da distância que os separaram. Prestando mais atenção, porém, ele se dava conta de que aquele "descostume" de Lorena parecia ter contaminado todo o relacionamento. Enquanto, no aeroporto, ela lhe parecera feliz por recebê-lo, à medida que o fim de semana avançava, o entusiasmo de Lorena arrefecera até chegar àquele ponto morto, em que ela mantinha silêncios insondáveis, fitando a calçada diante do café, soltando suspiros injustificados, como se pensasse em dramas passados ou tragédias futuras. Temendo se tornar inconveniente, Wagner fingira aceitar suas explicações, aquele "não é nada" que não lhe convencia. Por outro lado, não queria alarmar-se, exagerando algo que, de fato, podia e deveria ser passageiro. Tentando refletir com a maturidade que almejava ter, chegou à conclusão de que devia dar tempo ao tempo, até que as coisas voltassem à normalidade entre os dois. A ele, caberia a elegância de se mostrar equilibrado, compreensivo, dando à Lorena todo o apoio que ela precisasse até que os dois entrassem, uma vez mais, em sintonia.

Por isso, abriu a janela, respirou o ar frio, observando os telhados que se estendiam para o sul, onde despontava, mais à direita, a silhueta da torre Eiffel, diminuta, bem longe, no outro lado da cidade. Lá embaixo, ao pé do edifício, via uma praça arborizada, com balanços, escorregas e gangorras, abandonados àquela hora da manhã, numa segunda-feira de inverno. Ficar ali, naquele apartamento que não lhe pertencia, que não conseguia ainda chamar de casa, não valeria a pena. Precisava sair, conhecer o bairro, a cidade, misturar-se com as pessoas na rua, no metrô, no mercado, testando o francês que aprendera às pressas naquelas aulas noturnas em Botafogo. Colocando a questão Lorena temporariamente de lado, precisava dar início à sua nova vida. Senão, poderia tornar as coisas ainda mais difíceis entre os dois. Não viajara para a França para depender de Lorena, não poderia sobrecarregá-la com aquele fardo. Não cabia a *ela* procurar-lhe um trabalho. Cabia a *ele* mostrar que podia e conseguiria se integrar à sociedade francesa, viabilizando aquele projeto em comum. Sim, encontrar um emprego, aquela era a primeira missão. Suas economias não durariam para sempre. E quanto menos gastasse delas, melhor. Verdade, contudo, que, com exceção da namorada, não conhecia ninguém em Paris. Não tinha, como Villa-Lobos, o patrocínio de um mecenas e tampouco cartões de visitas a imprimir. Por isso, a *sua* lista de contatos, da qual não constaria nenhum VIP, seria, inevitavelmente, fornecida por Lorena. Mesmo que a ideia não lhe agradasse, somente através da namorada, ele poderia conhecer pessoas que saberiam lhe indicar os melhores caminhos, as oportunidades de trabalho – se bem que ele mesmo já esperasse ouvir um "está difícil", um "vai ser complicado", um "volte daqui a seis meses". Naqueles últimos anos de governo socialista, fábricas haviam sido fechadas; negócios, desfeitos; operários, demitidos, gerando insatisfação entre os franceses de todas as classes. O momento não era o mais propício para a chegada de um novo imigrante, antigo funcionário público, com larga experiência em arquivamento de processos e atendimento a famílias em litígio, portando um diploma de direito que nada valia numa terra cujas leis ele desconhecia. Ali estava o obstáculo. Para superá-lo, Wagner precisava se reinventar. O que não lhe parecia, necessariamente, uma má notícia. Afinal, Fernando devia ter razão: a vida podia ser enfrentada como uma ameaça ou como um desafio. Cabia a Wagner fazer a sua escolha.

No jornaleiro da esquina, escolheu um guia de Paris, com mapas e informações turísticas. Vinte francos bem investidos. Era o seu primeiro instrumento naquele projeto de integração. Precisava localizar-se, adaptar-se à cidade, entendendo aquele labiríntico traçado urbano, sem baía de Guanabara ou oceano Atlântico que pudesse lhe servir de limite. Paris não acaba nem começa no calçadão da praia. Interrompe-se na murada do rio Sena, mas continua na margem esquerda, tão extensa como na direita.

Na estação de metrô de Gambetta, pegou a linha três, saltando em République. Seria o seu primeiro ponto de referência na cidade. Uma praça, sem jardim ou balanços, pouco mais do que uma rotatória, centrada na enorme estátua de uma mulher, que, com seu olhar solene, parece controlar o trânsito, enquanto seu protetor, um leão de bronze, observa, altivo, o redemoinho de carros, ônibus e lambretas.

Caminhando sem pressa, Wagner observa os edifícios antigos, bem preservados, como se Paris, poupada na guerra, permitisse-lhe uma incoerente viagem no tempo. O cenário de um século passado contradito pela motocicleta que passa apressada, forçada, logo adiante, a parar no semáforo. Para os pedestres, uma pequena luz verde se acende. As pessoas atravessam a rua, caminhando sobre faixas brancas pintadas no asfalto. Lá vai a cabeleireira, a dentista, o representante comercial. Lá vem, devagar, a velha puxada por um cão, seguida por garotos a caminho da escola, portando na cabeça um minúsculo chapéu. Quipás. Judeus. Na esquina, um edifício, uma placa: À MEMÓRIA DOS ALUNOS DESTA ESCOLA QUE FORAM DEPORTADOS PORQUE NASCERAM JUDEUS, VÍTIMAS INOCENTES DA BARBÁRIE NAZISTA COM A CUMPLICIDADE DO GOVERNO FRANCÊS. TODOS EXTERMINADOS NOS CAMPOS DA MORTE. NÃO OS ESQUEÇAMOS JAMAIS. Sim, exterminados: campos de concentração, câmaras de gás, famílias inteiras que nunca mais voltaram. Wagner desvia o olhar, avança rápido, atravessa outra rua.

Ali, um restaurante chinês, uma sorveteria italiana, uma loja de chás orientais. Paris, cidade aberta. Redimindo-se do passado. Esforçando-se para cicatrizar a ferida mal curada, latente, pronta para se reabrir a qualquer momento. A cada esquina, a cidade se revela em sons, cheiros e cores inusitados, fragmentada como um quebra-cabeça de um zilhão de peças. Esta encaixa nessa. Mas essa não encaixa naquela. Bota de lado, espera. Só o tempo poderá lhe ajudar. Precisa ter paciência. No quebra-cabeça da cidade e da vida. Mais adiante, uma nova peça. Bares e butiques sofisticados. Rapazes andando de mãos dadas. Uns fortes, bigodudos, outros nem tanto. Uma bandeira se repete. Aqui, lá, acolá. Tem as cores do arco-íris. Fica pendurada, imóvel, na tarde sem vento. Ou exposta em lojas, como adesivo nas vitrines. Onde encaixar essa peça?

Fome. O que é isso? Falafel! Falafel? Bolinho de grão-de-bico! Meia dúzia. Uma caixa. Dez francos. Come, sentado à mesa da lanchonete. Observa a rua, exclusiva para pedestres: Paris, cidade-museu, atração turística. Parisienses impacientes driblando turistas distraídos. Comeu todos os bolinhos? Lorena: você tem que comer mais devagar! Ele sabe, mas se esquece. Levanta-se, caminha duas, três quadras, até chegar ao palácio. Que palácio? Prefeitura de Paris, explica o guia. Ali, cavalos, zebras e unicórnios giram, subindo e descendo suavemente, carregando crianças que riem, balançando as pernas e acenando para os pais. Lorena também andava no carrossel, lembra-se. Talvez não fosse nesse, instalado em frente à prefeitura, mas num outro qualquer, perto da sua casa, quando era criança. Devia ser como aquela menina de cabelos ondulados que, montada num unicórnio azul, agarra-se, então, à barra vertical, jogando a cabeça para trás e as pernas para a frente. Sorri, gargalha, soltando uma das mãos para chamar a atenção da mãe. Lorena, a menina francesa, a mulher brasileira, a estudante de antropologia que o catapultara da Penha para Paris num rompante de paixão e aventura. Lorena que, no carrossel da vida, parece-lhe agora distante, como se o unicórnio houvesse se cansado das voltas sem fim, saltando para a rua, levando-a consigo num galope disparado pelas ruas da cidade.

Não, não podia se deixar levar pelo pessimismo, censurou-se, dando as costas para a prefeitura, partindo sem direção. Romantismo barato tampouco lhe ajudaria a recolocar aquele carrossel no seu eixo. Difícil, entretanto, era não permitir que Lorena lhe retornasse à mente, provocando-lhe aquela inquietação que dava voltas e mais voltas, num círculo vicioso do qual tentava escapar. De repente, o relacionamento parecia brincar num carrossel mágico, dando muitas voltas para trás. Voltava no tempo, meses, até aquele momento em que Wagner se sentia uma fraude perante a mulher que tanto o impressionava, quando ele se movimentava com cuidado, premeditando seu modo de andar, falar, gesticular. Quando se sentia vestido numa fantasia que não era a sua. Então, pelo menos, podia perder a fantasia, sabendo que estava em casa. No Rio de Janeiro, tinha trabalho, família e amigos. Sem fantasia, voltaria a ser o Waguinho da Penha, filho do seu Jorge, o mecânico, reassumindo sua vida, sua rotina, como devia ser, e não como um projeto de amor destrambelhado, que o tirara do seu eixo. Mas, ali, em Paris, naquela cidade que lhe parecia tão bela quanto estranha, Wagner não tinha nada. Não tinha trabalho, não conhecia ninguém, e o parente mais próximo estava em outro continente, sem levar em conta aqueles obscuros primos na Alemanha, concluiu, quando chegava, sem se dar conta do caminho, à fonte de Saint-Michel, onde Satanás, o traidor, apanha eternamente do arcanjo Miguel.

11

O pior é o antes e o depois. Antes, você chega coberto por três ou quatro camadas de roupas, dependendo da temperatura lá fora. Você faz fila, compra o bilhete de entrada, passa na roleta, chegando ao limite da área onde se pode andar calçado. Ali, você tira os sapatos e, ainda vestido, avança por um corredor gelado, calçando chinelos, se você, mais precavido do que eu, não os tiver esquecido em casa. Ao longo do corredor, várias cabines privativas, uma vazia, você entra, despe o casaco, o suéter, a camisa e as calças. Depois, veste a sunga, sai da cabine seminu, sentindo-se ridículo perante os estranhos, acostumados, no frio das ruas, a não ver um centímetro sequer de pele alheia que não seja do rosto ou das mãos. E você, ali, expondo publicamente aquela barriga branca, obscena, parecendo um melão colado ao seu corpo magro.

Carregando suas roupas, você procura um armário vazio, com tranca acionada por uma moeda de um euro. Você guarda todas as roupas e, antes de fechar o armário, dá-se conta de que só tem alguns centavos na bolsa. Expondo o melão à curiosidade pública, mirando sempre em frente para evitar olhares indiscretos, você volta à recepção, lá na frente, para trocar as moedas. Só então você pode voltar, trancar o armário, amarrar a chave no pulso e partir para as duchas. Ou melhor: não pode! Você esqueceu a toca dentro do armário que você acabou de fechar. Você volta para buscar a toca, mas qual era mesmo o número do armário? 159? 195? Era por aqui, mais ou menos na altura dos seus olhos.

Isso tudo é o *antes*. O *depois* se dá em ordem inversa, de modo agravado: você está molhado, com frio, cansado e, geralmente, com fome. Todo esse esforço para evitar que o melão vire melancia. Duas sessões semanais de natação numa piscina pública, onde a circulação em cada raia é ritmada pela aposentada que nada cachorrinho à sua frente, enquanto aquele tubarão de vinte anos avança impaciente na esteira das suas pernadas. Tráfego intenso, quando não violento, com inevitáveis patadas e trombadas aquáticas.

– Quantos metros? – indagou Wagner, sentado na borda da piscina, lambendo o interior dos seus óculos de natação.

Era a primeira vez que nadávamos juntos. Finalmente, aos cinquenta anos, mestre e pupilo, ídolo e fã compartilhavam a mesma piscina. Disse-lhe que faria quarenta raias, provavelmente no mesmo tempo em que ele faria oitenta. Quem gosta de correr, exercitando-se na paisagem de praias e florestas, diz que nadar é contar ladrilhos no fundo da piscina. Verdade. Por isso, para evitar a entediante e nem sempre confiável contagem, uma, duas, três voltas, aplico a técnica que aprendi com Wagner quando ainda estudávamos na Conde de Agrolongo. Só que, enquanto ele associa cada volta na piscina a uma peça de música clássica – *Primeira sinfonia* de Beethoven, *Segunda sinfonia* de Mahler, *Terceira sinfonia* de Brahms, ouvindo mentalmente a melodia entre as braçadas –, eu me agarro ao que sei: títulos de filmes. *Uma ponte longe demais, Dois filhos de Francisco, O terceiro homem*, sempre tentando visualizar as cenas do filme até completar a décima segunda volta (*Os doze condenados*), quando, por falta de fôlego e de repertório, descanso e recomeço do zero (*Zero de conduta*).

Wagner nadou quase uma hora sem interrupções, fazendo a virada na borda da piscina, enquanto, entre uma volta e outra, eu me agarrava à escada de alumínio, recuperando o meu fôlego de fumante. Depois da última sinfonia, trocamos a piscina de natação pela de relaxamento, menor, mais rasa, com água quase tépida, onde crianças brincam e adultos fazem hidroginástica, sob a luz do sol que trespassa a claraboia, aberta em dias menos frios.

– Como é que está a pesquisa das partituras perdidas do Villa--Lobos? – perguntei, boiando ao lado de Wagner.

– Quase afundando! Mais difícil do que eu imaginava.

Depois disse que ainda não se encontrara com o antigo funcionário da editora Max Eschig que teria alguma pista sobre o paradeiro das partituras. O problema era que a empresa havia sido incorporada por outra editora, uma multinacional com sede em Paris, perto da Ópera Garnier. Wagner os contatara, enviando um e-mail para o departamento de relações públicas. Apresentou-se como professor universitário, mencionou a estada de Villa-Lobos em Paris, detalhou sua pesquisa, explicando por que precisava, então, encontrar aquele antigo funcionário, chamado Ariel Cohen. O assunto interessou à encarregada, uma Nathalie, que, mesmo sem jamais ter ouvido falar de Cohen, convidou Wagner para tomar um café na empresa.

Numa terça-feira à tarde, sob um céu de chumbo que parecia oprimir os pedestres na calçada, Wagner chegou à sede da editora, empurrando uma imensa porta de madeira, antes de tomar um elevador estreito e claustrofóbico. No quarto andar, a editora transformara a arquitetura do século XIX num amplo espaço aberto, com poucas divisórias, que ofereciam mais privacidade a um ou outro chefe. Ao lado da mesa que fazia as vezes de recepção, Wagner esperou por

Nathalie, observando, através da janela, o edifício da ópera, do outro lado da rua, decorado com bustos de compositores nas laterais, estátuas sobre o telhado e uma cúpula de cobre, esverdeada pela oxidação. A Ópera Garnier, um marco arquitetônico do império de Napoleão III, que lembrava a Wagner o Theatro Municipal do Rio de Janeiro.

Nathalie, uns quarenta anos, alta, com cabelos médios, terminando pouco acima dos ombros, apertou a mão de Wagner com delicadeza, convidando-o a acompanhá-la. Juntos, avançaram pelo corredor, ladeado por mesas onde trabalhavam moças e rapazes sob o olhar severo de Satie, Debussy, Stravinsky, em painéis que cobriam as paredes do teto ao rodapé.

– E o senhor já procurou na internet? – perguntou Nathalie, inserindo uma cápsula de café na máquina, instalada no final do corredor.

Wagner explicou que Cohen era um nome relativamente comum na França. Havia encontrado centenas dele no Google e no Facebook. Mas nenhum Ariel Cohen que tivesse mais de oitenta anos, ou que tivesse uma conexão qualquer com o universo da música clássica.

Um café para Wagner, outro para ela, puderam enfim se sentar à sua mesa, coberta por maços de papéis e pilhas de CDs. Nathalie disse que não só conhecia como apreciava a música de Villa-Lobos, cuja obra ainda fazia parte do catálogo da empresa. Por isso, sentia-se atraída pelo projeto de Wagner, que, talvez, pudesse enriquecer o repertório da editora.

– Isto é, se conseguirmos encontrar esse Ariel Cohen – ponderou Wagner.

Batendo com a ponta de uma lapiseira no queixo, Nathalie fez um breve silêncio, mirando, além da janela, o edifício da ópera, cuja ornamentação, com as estátuas folheadas a ouro, brilhava agora sob um raio de sol que, como num filme bíblico, rompia a barreira de nuvens. Voltando-se para Wagner, considerou a hipótese de consultar o departamento de recursos humanos. Quem sabe não teriam algo arquivado, um telefone ou endereço daquele antigo funcionário? Não lhe prometia nada. Mas valeria a pena tentar.

Na sexta-feira daquela mesma semana, Wagner recebeu por e-mail uma resposta de Nathalie. Nos arquivos do departamento de recursos humanos, infelizmente, nada havia sido encontrado. Depois da fusão entre as duas editoras, todo o arquivo morto da Max Eschig, com mais de dez anos, fora incinerado. Se Cohen se aposentara na década de noventa, não haveria mais registro algum da sua passagem pela empresa. Mas Nathalie ainda nutria esperanças. Fizera suas pesquisas, seguira pistas até chegar ao nome do último presidente da Eschig, antes da incorporação. Por telefone, o antigo presidente não só se lembrou de Cohen, como disse que não seria difícil encontrá-lo. Cohen ainda trabalhava! Fazia um serviço voluntário no conservatório de música de Romainville, um município na periferia de Paris. Pelo menos era a última notícia que tivera dele, quando antigos funcionários da Eschig se encontraram para um jantar de confraternização.

– E você foi ao conservatório? – perguntei, quando saíamos da piscina, rumo às duchas.

Wagner disse que telefonara para a direção da escola. Falou com a própria diretora, uma mulher de voz esganiçada, que, se não foi muito acolhedora ao telefone, pelo menos informou-lhe tudo que sabia. Cohen não trabalhava mais como voluntário havia quase um ano. Parecia que andava doente. Morava ali mesmo, em Romainville, mas, claro, por uma questão de respeito à privacidade, a diretora não poderia lhe informar seu telefone ou endereço. Se Wagner quisesse, entretanto, ela poderia tentar passar um recado a Cohen. Wagner agradeceu, resignado, sentindo-se como alguém que lança uma mensagem numa garrafa em alto-mar.

Na semana seguinte, quando atendia a dois alunos, seu celular recebeu uma chamada, um número desconhecido, alguém que lhe deixou um recado. A garrafa fora encontrada! Pena que não ouviu a voz de Ariel Cohen na gravação. Mas, sim, a de seu filho, Samuel. Wagner retornou a ligação, sentindo um aperto no peito, temendo ouvir o pior. Samuel, gentil, falando abertamente, disse-lhe que o velho Cohen estava internado num lar para idosos. Tivera um câncer, fora operado várias vezes. Os médicos não haviam dado muitas esperanças à família. Aos poucos, no entanto, ele se recuperou. Passou a usar uma bolsa de colostomia e, precisando de cuidados diários e especiais, foi internado num asilo, com assistência médica vinte e quatro horas por dia. Wagner perguntou se o filho não se importaria se ele, Wagner, visitasse Cohen no asilo. Samuel disse que não. Malgrado o câncer e o difícil período de recuperação, Cohen ainda estava muito lúcido e, talvez, gostasse da visita. Mas que Wagner estivesse preparado: o velho tinha seus caprichos, alertou Samuel sem entrar em detalhes.

– Vou lá na quarta-feira, depois da aula na Sorbonne – disse-me Wagner, segurando meu ombro, quando nos despedimos do lado de fora da piscina.

Há anos, eu cultivo o hábito de anotar meus compromissos numa agenda sóbria, de capa preta, devidamente arquivada em dezembro, sendo substituída por uma nova, idêntica, em janeiro. Um ritual que repito com muito zelo, passando para a nova agenda aqueles compromissos anuais e inescapáveis como o aniversário de parentes, os festivais de cinema e a data da entrega do Oscar, do César (o Oscar dos franceses) e do Bafta (o Oscar dos ingleses), eventos que podem parecer fúteis, mas que funcionam como prazos para a entrega de artigos, além de serem boas fontes de informações para o meu trabalho de colunista e crítico de cinema. Assim, no decorrer do ano, a agenda me ajuda a organizar minhas atividades sociais e profissionais, tornando-se uma ferramenta sem a qual eu não saberia dizer que dia é hoje. Às vezes, chego a temer que o costume de tantos anos tenha de algum modo atrofiado aquela parte do meu cérebro que, em pessoas normais, tem a missão de lembrar a elas o que não pode ser esquecido. Sem a agenda, sinto-me um amnésico do futuro, com os pés chumbados no momento presente, sufocado pela falta de perspectiva.

Por outro lado, duvido de que você se lembre do filme que viu no domingo, 12 de junho de 2011. Esse é o encanto da minha coleção de agendas. Tornara-se, nos meus vinte e poucos anos de vida em Paris, um minucioso banco de dados irrelevantes. Um compêndio de nulidades que marca a passagem do tempo, lembrando-me a monotonia do cotidiano, uma longa sequência de trivialidades, pontuada aqui ou ali por um fato mais ou menos relevante, como o nascimento de um filho ou a revisão de rotina no dentista. Nada me angustia mais do que folhear uma agenda antiga, descobrindo, por imperdoável negligência da minha parte, uma sequência de dias sem nenhuma entrada, nenhuma informação por mais banal que seja, como uma conta a ser paga ou um procrastinado exame de próstata. Dias que passaram em branco! Meu Deus, o que fiz da minha vida?! Essa é a sensação. Como se, na falta de um verdadeiro sentido para a existência humana, uma visita ao proctologista pudesse lhe dar um certo propósito.

É graças a essa mania, que Florence prefere chamar de neurose, que eu posso, hoje, lhe dizer que eu e Wagner nadamos pela primeira vez juntos no domingo, 15 de abril de 2018. A data em que fomos à piscina, na verdade, pouco importa. A data relevante nesse caso, mesmo que a página da agenda esteja em branco, foi a do dia seguinte, quando Wagner teve o encontro que se desdobraria de maneira catastrófica na sua vida. Ariel Cohen? Não. Cohen, que você vai conhecer mais adiante, não lhe causaria tantos problemas. Naquela segunda-feira, 16 de abril, quando nada aconteceu na minha vida, na vida de Wagner uma nova personagem surgiria, dando à sua existência contornos trágicos, de modo muito sutil e inesperado.

– O debate sobre a influência do Stravinsky na obra do Villa-Lobos ainda provoca disputas acirradas. Entre defensores e detratores do Villa-Lobos já houve até tapas e pontapés em sala de aula – disse Wagner, descontraindo a assistência, uns cinquenta rapazes e moças, alunos de vários cursos, que enchiam a sala de conferências na Sorbonne. – Por isso, sugiro que nós façamos um teste. Primeiro, esqueçam tudo que vocês já ouviram do Villa-Lobos ou do Stravinsky. Eu quero que vocês se concentrem somente no que vão ouvir, sem julgamento ou preconceito, como se estivessem ouvindo essas músicas pela primeira vez – disse, antes de premir um botão no computador, instalado sobre a mesa dos professores.

O som de oboés, clarinetes e fagotes invadiu a sala, com uma melodia suave, que foi crescendo em volume e intensidade até se perder por completo no emaranhado de várias camadas sonoras sobrepostas. Ali, Wagner interrompeu a música.

– Agora, vamos escutar um trecho de uma outra composição.

De novo, o som de oboés, clarinetes e fagotes, sugerindo agora uma aura de mistério, de floresta encantada, introduzindo uma narrativa musical que, de repente, mudava de rumo com três fortes pancadas no teclado do piano.

– Então? – perguntou Wagner, interrompendo a música. – Perceberam a diferença ou a semelhança?

Diante do silêncio da plateia, continuou.

– Em primeiro lugar, acho que ficou claro que se trata de duas peças bem distintas. Logo, obviamente, não estamos aqui falando em plágio. Agora, existe, de fato, uma certa familiaridade entre elas. A primeira peça que vocês ouviram, como muitos devem ter reconhecido, é *A sagração da primavera* do Stravinsky, executada pela primeira vez em 1913. A segunda peça, o *Noneto* do Villa-Lobos, composto dez anos mais tarde. Se vocês perceberam a semelhança entre as duas, saibam que não estão sós na sua opinião. Os críticos franceses, mesmo tendo elogiado bastante o *Noneto*, foram taxativos em apontar a influência do Stravinsky.

— E o Villa-Lobos nunca assumiu essa influência? – perguntou um aluno brasileiro, na primeira fileira, aproveitando a generosidade daquele professor, tão diferente dos franceses, que não só esperava, mas também incentivava a participação dos alunos, como se a conferência não fosse uma transmissão de saber em mão única, mas, sim, uma troca de ideias entre duas gerações.

— Se o Villa não fosse tão vaidoso, talvez pudesse reconhecer essa influência – respondeu Wagner balançando a cabeça, premendo os lábios. – Mas não! Preferia dizer: "Sempre que sinto uma influência, eu me sacudo todo!". Pura vaidade!

— Em compensação, o Stravinsky também deve ter se inspirado em alguém, não? – indagou outro aluno, com forte sotaque francês e uma barba incipiente que mal disfarçava a sua pós-puberdade.

— Claro! Se o Stravinsky abriu mão dos clássicos alemães, que tanto influenciavam os compositores russos, ele bebeu fartamente de outra fonte: a música folclórica russa. E fez aquilo que os franceses queriam ouvir: música que brotava das raízes culturais de cada compositor. Por isso, acredito que nada venha do nada! Nas artes, não existe geração espontânea! Toda obra artística, assim como toda invenção tecnológica, faz parte de um processo de evolução hereditária que começou lá atrás, quando o homem dominou o fogo e representou o mundo que via, pintando animais na parede das cavernas. Desde aquela época, a arte vem se desenvolvendo através de *memes*.

– *Memes*? Como nas redes sociais? – cortou uma aluna, sorrindo.

– Não! *Memes* como tendências e movimentos passados de geração a geração – explicou Wagner. – Veja bem: há milênios, mestres educam ou empregam aprendizes, permitindo aos jovens que observem e copiem a sua técnica, até que eles soltem as asas da imaginação nos seus primeiros voos solos. Por isso, podemos dizer que, na natureza, não há gênios! O conceito de genialidade artística é muito relativo, muito circunstancial. O que há é um processo permanente de criação e inventividade, sacudido, de vez em quando, por um artista mais talentoso, nascido no lugar certo, no momento certo e, principalmente, apoiado pelas pessoas certas. Exemplos – disse Wagner, pronto para enumerá-los com os dedos da mão direita: – Mozart, na música; Picasso, nas artes plásticas; Joyce, na literatura (que, aliás, se inspirou profundamente nas epopeias gregas). Logo, o fato de ter se inspirado em Stravinsky, e mais tarde em Bach, não faz do Villa-Lobos, de modo algum, um artista menor. No século vinte, o Villa-Lobos foi, com certeza, o mais prolífico compositor de música erudita do continente americano. E só não digo "o maior" porque, aí, já estaríamos fazendo um juízo de valor. Há quem prefira outros, com certeza.

– Seguindo isso que o senhor falou, eu me pergunto quem teria dado continuidade a música do Villa-Lobos? Quer dizer, quem foi influenciado por ele? – perguntou outra estudante que, sentada no fundo da sala, preferiu se levantar para fazer a pergunta, falando mais alto, com um ligeiro sotaque francês.

Pela primeira vez, Wagner hesitou. Não respondeu de imediato, com a segurança que acumulara em tantos anos de trabalho como professor universitário. Hesitou como se não soubesse a resposta. Balbuciou um som ininteligível, gesticulou, deu de ombros, tentando escapar daquela sensação de queda num abismo, por poucos segundos, que lhe pareciam uma eternidade perante os alunos que o encaravam à espera de uma resposta. Não um abismo vazio, como se ele houvesse esquecido a resposta, mas um abismo de imagens passadas, histórias de uma outra encarnação naquela mesma vida. Histórias de um Waguinho.

Memes, sim, como genes. A transmissão da cultura e do conhecimento humano através de *memes*, aquelas unidades de ideias e conceitos que passavam de uma geração à outra, como a língua, os rituais, as artes. Você cantou o "Atirei o pau no gato"? Sua avó também. *Memes*. A transmissão de ideias, como a transmissão genética. Os genes que, passando de pai para filho, de mãe para filha, fazem com que tenhamos os olhos da mãe, os cabelos do pai, aquelas mãos que, segundo a tia solteirona, eram iguaizinhas às do avô.

Só a genética poderia explicar a causa daquela queda no abismo. Só a transmissão genética poderia explicar o que Wagner via diante de seus olhos, fazendo-o viajar para trás na máquina do tempo. Os mesmos cabelos, a mesma altura, o mesmo tom de pele. Senão, como era possível aquilo? Como poderia ela abordá-lo assim, em sala de aula, fazendo-lhe uma pergunta qualquer, como se não lhe conhecesse? Não, aquilo não era realmente possível. Ficara parada no tempo? Ou fora ele que havia sido empurrado para o passado?

Não. Nem uma coisa, nem outra. Pelo som, percebia que se enganava. Tratava-se de uma ilusão de ótica, revelada pela voz, menos rouca, mais aguda, quase infantil daquela Lorena que continuava de pé, fitando-o, à espera de uma resposta.

– Não – disse Wagner desviando o olhar, buscando o fio da meada, tentando lhe responder como se de uma aluna qualquer se tratasse. – Não, assim como não teve filhos, o Villa-Lobos não teve herdeiros na música contemporânea. Não podemos apontar esse ou aquele compositor como "profundamente inspirado" por Villa-Lobos. Nesse sentido, pode-se dizer que, fora do Brasil, o Villa era um compositor único, cuja inventividade terminou nele mesmo. Até porque, mesmo emprestando os elementos rítmicos do Stravinsky, a música do Villa-Lobos estava impregnada de cultura brasileira: os choros cariocas, as cantigas de roda, os cantos indígenas. Se um europeu seguisse por aquele caminho, estaria inevitavelmente compondo pastiches...

– E os *memes*? Não haveria um *meme* do Villa-Lobos que se reproduziu na história da música brasileira? – insistiu aquela Lorena, afastando-se cada vez mais da verdadeira pela maneira de falar mais doce, mais charmosa, pelos erres dobrados, guturais como os de Antoine.

– Sim, por essa ótica, podemos considerar *memes* de dois tipos – sentindo ainda o coração apressado, a respiração ofegante, dificultando-lhe a fala. – Há os *memes* que o Villa-Lobos recebeu, transformando-os antes de passar adiante, como os choros e as cantigas de roda citados por ele. E há os *memes* criados a partir dessa citação! Isto é, *memes* que se combinaram, evoluindo para a geração de um novo *meme*. Nesse caso, por exemplo, que brasileiro não sabe cantarolar um trecho de "O trenzinho do caipira"? Um fragmento de música, uma bachianas, que vai se perpetuando através das gerações. Um *meme* que, por sua vez, já sofreu uma espécie de mutação com a introdução de uma letra, composta por um poeta brasileiro, chamado Ferreira Gullar...

Uma batida suave, um rosto de mulher, sorridente, aparecendo na brecha da porta entreaberta, lembrou a Wagner que seu tempo se esgotara. Precisava ceder o auditório. O professor agradeceu aos alunos, que se levantaram ruidosamente, vestindo casacos, conversando em voz alta, enquanto ele fechava seu computador sentindo um leve tremor nas mãos. Lutando contra a curiosidade, tentava não voltar os olhos para o fundo da sala, onde a aluna vestia seu casaco, soltando o cabelo preso na gola, perguntando à colega ao lado se almoçariam juntas. Não. Enganava-se. Ela já estava ali, a seu lado. Na sua luta interna, Wagner conseguira focar unicamente em seu computador, em seus papéis, sem ver o que se passava no resto do auditório, enquanto a aluna driblava colegas e cadeiras para abordá-lo, como o fazem tantos estudantes depois de uma aula que os cativa pelo interesse do tema, engrandecido pelo carisma do professor.

Quantos segundos se passaram entre a abordagem e a resposta, Wagner não saberia dizer. Temia ser desmascarado, reconhecido. Wagner Krause, quem diria, você por aqui, mas como está acabado, tão envelhecido! Temia o *flashback* da derrota, da humilhação, tantos anos depois. Temia, especialmente, perder a calma, a elegância, afinal, sim, ele estava ali; sim, envelhecido, mas, vivido, professor universitário, solteiro, sem filhos, realizado. E você, Lorena? Ainda não acabou seu mestrado? Duas décadas para terminar um curso?

– Professor, posso lhe fazer uma pergunta?

Tarde demais, Wagner Krause. Ela apertou o gatilho. A pergunta vinha como uma bala, rápida, incandescente, em rota de colisão com o seu coração. Não daria tempo de se esquivar, não havia espaço para onde se pudesse correr. Só lhe restava levantar o rosto, encarar a mulher atrás da arma, permitindo que ela o executasse ali, à queima-roupa, deixando-o sem ação, sem resposta.

– Eu ainda não escolhi o tema da minha tese de mestrado, mas queria fazer algo sobre música clássica brasileira – disse a estudante, forçando Wagner a encará-la, sentindo o bater do coração no pescoço, apertando-lhe a garganta.

– Tem muita coisa ainda a ser explorada – respondeu, ouvindo sua voz sair fina, apagada, esgotada pelo esforço de passar espremida pelas cordas vocais. Ao mesmo tempo, encarando a mulher atrás da arma, dava-se conta, por fim, de que a ameaça não se concretizava. Lorena, sim. Lorena, não. Lorena nos cabelos ondulados, nos olhos verdes, nas marcas de expressão (precoces) que iam das abas do nariz aos cantos dos lábios. Mas havia menos Lorena na voz, no gesticular mais contido, e ainda menos Lorena no nariz e nas bochechas cobertas de sardas.

– Será que o senhor poderia me dar umas dicas?

– Claro – agora, mais calmo, a respiração mais controlada, o coração voltando para o seu lugar no fundo do peito.

Lorena, não. Camille. Francesa, nascida em Paris. Interessada em feminismo e música erudita brasileira. Dois temas que ela ainda não conseguira amalgamar numa só ideia. Combinado. Procuraria Wagner na sala dos professores. Fariam uma reunião rápida para levantar ideias, ponderar as dificuldades de cada tema, o acesso à bibliografia e aos arquivos sonoros, a possibilidade de entrevistas, enfim, os recursos e fontes a serem explorados no trabalho de pesquisa. Na quarta-feira, às dez da manhã. Perfeito. Obrigada.

– Até quarta – disse Wagner, ainda confuso, entre a angústia da curiosidade reprimida e um pressentimento obscuro, incômodo, quase negativo. Acaso, coincidência ou genética? Questionou-se, observando Camille deixar a sala, enquanto outros estudantes chegavam para a próxima aula.

12

– E duas Peronis bem geladas – repetiu Wagner, escrevendo os pedidos num caderninho, antes de recolher os cardápios das mãos dos clientes, um casal de cabelos grisalhos, um homem com cavanhaque, o outro com óculos de leitura na ponta do nariz, amarrado a uma corrente de plástico, pendurada no pescoço.

O trabalho de garçom é coisa séria, muito séria, na França. Não está tão aberto, como em outros países, a jovens artistas que, enquanto esperam pela fama, vestem aventais e carregam bandejas para pagar as contas no final do mês. Na França, o garçom faz carreira, ambicionando trabalhar em restaurantes premiados pelos guias especializados na arte da gastronomia. Por isso, Wagner nem tentou. Como poderia, com seu francês claudicante, explicar ao freguês de que modo e com quais ingredientes, frescos, tudo feito ali naquela cozinha, preparava-se o *cassoulet* à moda do chefe ou a coxa de rã crocante com alho negro e rambutã? Não, Wagner não teria como aprender, ao mesmo tempo, vocabulário e culinária no nível esperado pela clientela francesa. Por isso, procurou, e encontrou, trabalho numa pizzaria. Afinal, italiano todo mundo fala: *margherita*, *napoletana, quattro stagioni*. O proprietário, Giuseppe, calvo, barrigudo, com os braços peludos, não questionou o currículo, impresso em letras grandes para ocupar toda uma página, que comprovava a experiência do candidato em pizzarias do Rio de Janeiro, cujos nomes Wagner se lembrava, como freguês e grande consumidor de pizzas. Mentira, por sugestão de Lorena, mas confiava na sua capacidade de entender os pedidos, sem a preocupação de explicar como se fazia uma *margherita*, que todo mundo conhecia, fosse numa pizzaria de São Paulo ou de Nova York. Em Paris, não seria diferente. E, trabalhando no coração do Marais, Wagner ainda tinha a sorte de atender muitos turistas, que, de férias, pareciam menos exigentes do que a freguesia parisiense habitual. Sem contar que falavam francês tão mal como ele, ou pior do quê, preferindo, às vezes, apontar com o dedo o que pediam da longa lista impressa no cardápio.

– Flamengo? – perguntou Giuseppe, sorrindo, quando Wagner lhe entregara o currículo na primeira visita à pizzaria.

Sem entender a pergunta, Wagner já dava o emprego como perdido.

– Flamengo ou Fluminense? – insistiu Giuseppe, sem perder o sorriso.

– América! – respondeu, aliviado.

O italiano deu de ombros, esticando os beiços, antes de dizer que nunca ouvira falar do América Football Club, time que Wagner herdara de seu Jorge, tão naturalmente como quem herdara os cabelos ruivos e a brancura da pele. Torcedor do Napoli e da Azzurra, Giuseppe disse que respeitava a Seleção Brasileira, ainda que não fosse mais a mesma dos anos sessenta. O Brasil era, então, freguês de Paolo Rossi, quando não de Maradona. Pena que, na França, Giuseppe tivesse tão pouca oportunidade de falar de futebol. Os homens franceses pareciam mais capazes de discutir culinária que de fazer um comentário inteligente sobre aquele passe genial, aquele erro da arbitragem, aquele gol no último minuto que roubou do Napoli o título tão sonhado. Wagner ouvia, sorria, concordava com a cabeça, tecendo comentários soltos, repetindo o final das frases de Giuseppe, que grande jogada, que belíssimo gol, que juiz filho da puta, é verdade, deixando o italiano perceber que ele entendia tanto de futebol como de pizza. Contratado. Começava no dia seguinte, no almoço. Chegue às dez e meia, disse, apertando com força a mão de Wagner, o agora garçom e grande apreciador da arte da bola.

Chez Pepe, assim se chamava a pizzaria de Giuseppe, onde Wagner encontrou seu segundo e mais duradouro trabalho em Paris. O primeiro não passou de um dia. Mestre Sakho, médium e curandeiro internacional, pagava cinquenta francos a quem se dispusesse a passar o dia em frente a saída do metrô distribuindo seus panfletos. Retorno da pessoa amada, proteção contra mau-olhado, impotência sexual, vestibular, exame de condução. Não havia obstáculo espiritual ou terreno que pudesse resistir aos poderes de Sakho, um senegalês magro, com quase dois metros de altura, que atendia em casa ou por telefone, garantindo resultados em três dias.

– Troque o pagamento por uma consulta! – sugerira Lorena, almoçando com Wagner em casa. – Quem sabe ele arranja outro trabalho para você em três dias?

Wagner riu, dissimulando a mágoa. Esperava mais de Lorena. Não esperava apoio incondicional, mas, sim, compreensão, solidariedade, respeito pelo esforço que ele fazia na tentativa de encontrar trabalho, qualquer coisa que fosse, naqueles primeiros dias em Paris, sem querer depender dela ou de seus amigos.

Por outro lado, apesar da ironia, Lorena tinha razão. Wagner se desesperava. Em vez de traçar um plano de ação que o ajudasse a encontrar um emprego, atirava-se à primeira oportunidade de ganhar alguns trocados, como se não tivesse o que comer. Sacrificava assim o tempo que precisava para refletir, preparar-se e agir.

– Eu tenho um colega na faculdade que trabalha numa pizzaria – disse Lorena, dando o pontapé inicial para que ele vestisse a camisa do Chez Pepe.

Wagner argumentou que não tinha a menor experiência como garçom e muito menos como pizzaiolo.

– Invente! – respondeu Lorena, levantando os ombros enquanto se servia de mais um copo de vinho, quando terminavam de almoçar na estreita cozinha do apartamento. – Faça uma lista de pizzarias onde você trabalhou, eu imprimo o currículo na faculdade e dou uma cópia para o Fabiano. Mesmo que ele não possa ajudar você, o CV já vai estar pronto para outras pizzarias. Melhor do que ficar na rua distribuindo panfleto de macumbeiro! – disse, sem conter o riso.

De novo, Wagner preferiu não responder. Abaixou a cabeça, passando a lâmina da faca suavemente sobre a toalha de mesa, fazendo um montículo com os farelos de pão que caíram fora do prato.

– Uma bresaola e uma marinara – pediu Wagner ao pizzaiolo, que não perdia a oportunidade de repetir o pedido em voz alta, imitando o sotaque daquele garçom brasileiro, que estava aprendendo mais italiano do que francês em Paris.

Wagner abriu a porta de vidro da geladeira, pegou duas garrafas de cerveja, dois copos longos, colocando tudo numa bandeja. Na mesa quatro, encostada à janela, abriu as garrafas perante duas meninas que, em inglês, disseram que haviam pedido Coca-Cola. Wagner se desculpou, respirou fundo, refletiu por um segundo, tentando se concentrar no trabalho. Claro, as cervejas haviam sido pedidas pelo casal de senhores, sentados à mesa três, que riram do seu engano quando Wagner, finalmente, os serviu.

– Adoro ver você rindo – disse, quando jantava com Lorena, na mesma cozinha estreita do apartamento, na noite em que completou três semanas de trabalho na pizzaria. – Pena que você ri tão raramente hoje em dia. Você já foi mais alegre. Mais feliz, talvez? – sugeriu, pontuando a pergunta com um levantar de sobrancelhas.

– Não sei. Me sinto diferente, com certeza. As coisas mudaram. Mas acho que a felicidade só pode ser avaliada em perspectiva. Sabe aquele clichê: "Eu era feliz e não sabia"? Acho que é por aí. Só depois, daqui a anos, quem sabe, eu vou poder julgar se eu sou feliz agora.

– Mas as coisas não podem ser tão ruins assim. Você está na França, em Paris! Está realizando o sonho de fazer um mestrado na Sorbonne…

– É, mas a vida não é só isso! – respondeu, antes de beber o vinho que restava no copo, servindo-lhes novamente, completando o copo dele, reenchendo o dela – O problema não é a Sorbonne. Tem outras coisas que estão me grilando…

– Então, vamos conversar! Os seus grilos estão afetando a nossa relação. Eu estou sentindo você distante, ausente…

– É difícil.

– O quê?

– É difícil me abrir com você, quando, na verdade, Wagner, *você* é o problema – sentenciou, mirando o copo de vinho, sem o encarar.

– Eu? Então, fale! A gente tem que encarar o problema de frente. Eu prefiro a sua franqueza do que viver nessa dúvida, sem saber o que está passando pela sua cabeça! O que é que está acontecendo?

– Acho que nós ficamos muito tempo separados. Eu fiquei sozinha aqui, de repente bateu uma carência, sei lá…

– E daí? – indagou Wagner, suspendendo a respiração.

– Daí que eu conheci um cara.

Conheceu um cara, pensou Wagner. O eufemismo que, em poucas palavras, dizia tudo. Como na Bíblia, quando Adão conheceu Eva, gerando Caim. Ali, naquela cozinha apertada, com ladrilhos encardidos, piso de azulejos manchados, sacos de arroz e macarrão fechados com pregadores de roupa, Wagner olhava ao redor, procurando um ponto de apoio, onde pudesse se fixar, onde pudesse se ancorar para reter a náusea que lhe dominava, como se ele houvesse bebido tanto quanto Lorena. Conheceu um cara. Enquanto Wagner estava no Brasil, enquanto ele trabalhava para comprar a passagem, enquanto ele enfrentava a fúria de seu pai, Lorena conheceu um cara.

– Agora, não sei. Me sinto confusa – completou, suspirando, enquanto ajeitava seus talheres sujos, com a lâmina da faca voltada para dentro do prato.

Wagner pegou os pratos, perguntou ao casal se queria uma sobremesa, o mais novo disse que não, o mais velho hesitou, mas acabaram aceitando que Wagner trouxesse novamente os cardápios, nem que fosse apenas para dar uma olhada.

"Confusa", lembrou-se Wagner, entregando a louça suja na cozinha, onde Raj, um indiano de sobrancelhas grossas e unidas, operava a máquina de lavar pratos. Confusa, como se tudo o que eles haviam vivido no Brasil não contasse para nada. Como se o compromisso e os projetos em comum não passassem de conversa fiada, especulações, delírios sem consequência. Bateu uma carência? Nova oportunidade para provar o seu amor. Aguente firme! Carência é coisa que dá e passa. O amor já está chegando, falta pouco. Mas o que ela fez? Foi lá e afogou a carência na cama com outro cara. Assim: sem o menor pudor, sem pensar duas vezes sobre o que estava fazendo. Tudo bem, o Wagner estava no Brasil, não ia saber de nada. Depois, o tempo passaria, e ela mesma poderia se esquecer do deslize. Só que não se esqueceu. Pistoleira! Isso, sim! Não conseguia ficar só. Deve ter passado três meses sozinha, atirando para todos os lados. E ele, ali, com aquela cara de idiota, achando que ela estava apaixonada, achando que viviam um amor único, fundamentado no respeito, na confiança mútua, no interesse pelo bem-estar um do outro. Que nada, pensou, entregando os cardápios para o casal, prometendo voltar em cinco minutos, depois de ter limpado a mesa ao lado.

— Raj, você é casado? – perguntou, quando retornou à cozinha, abrindo com um pontapé a porta, que bateu e voltou, quase derrubando os pratos que ele trazia na bandeja.

— Ainda não – respondeu o indiano, abrindo a máquina de lavar. – Meus pais estão negociando isso com o resto da família.

— Negociando?

— Sim. São eles que vão escolher a minha mulher.

— E você aceita isso?

— Pra gente é normal – respondeu, levantando os ombros.

— E se você não gostar dela?

— Pode acontecer, mas acho difícil. Afinal, ninguém me conhece melhor que os meus pais. A escolha é sábia. Eles só querem o melhor pra gente.

— Vai ser amor à primeira vista? – provocou Wagner, passando-lhe uma pilha de pratos sujos.

— Isso é coisa de cinema! O amor vem depois. Com o tempo.

Quem seu Jorge teria preferido se Wagner tivesse lhe dado a oportunidade de escolher uma nora? Lorena, com certeza, estaria fora do páreo. O velho apresentara todos os argumentos possíveis para que Wagner não se "enrabichasse" pela garota. Talvez porque conhecesse o filho melhor do que ninguém. Talvez porque Lorena, por tê-lo afastado da família, tornàra-se *persona non grata* para o pai. Se pudesse escolher, seu Jorge, com certeza, daria preferência a uma menina da Penha. Modesta, trabalhadeira, de uma família conhecida no bairro. Neta de portugueses, na falta de imigrantes alemães. Mas, claro, o velho jamais chegaria àquele extremo. Os tempos, obviamente, eram outros. Além disso, havia o trauma da experiência própria. A história já fazia parte do folclore da família. Jorge, garoto, aos dezoito anos, chega em casa e descobre, deitada na sua cama, inteiramente nua, a filha do vizinho, uma menina roliça que conquistara o coração da velha Rosalinde Krause, a vó Rosa, de quem Wagner pouco se lembrava. Só depois de muito choro, a menina, enrolada no lençol de Jorge, confessou que a ideia fora de dona Rosa. Não, seu Jorge não faria uma bobagem daquelas. Reprovara Lorena, mas não se atreveria a ir além disso. Até porque, quando finalmente se casou, enfrentou ele mesmo a oposição da mãe, mais forte e muito mais feroz que a sua própria implicância com Lorena.

– A família dele tem uma casa na Normandia. A gente passou um fim de semana lá, na praia – explicou Lorena, esfregando os olhos, esticando as pálpebras como se estivesse massageando o rosto. – Foi só isso.

– Só isso?! E você acha pouco? – indagou Wagner cruzando os braços, recostando-se contra a parede de ladrilhos da cozinha.

– Depende.

– Depende do quê?

– De como você vê as coisas, de como você julga as pessoas.

Julgar? Não se tratava de julgar! Para Wagner, tudo estava muito claro. Não era uma questão de julgamento moral, baseado em seus próprios valores. Ele fora traído, levara uma facada pelas costas. Ponto. A sentença para aquele ato egoísta, covarde, era automática. Prescindia de julgamento. Romperam-se os laços de confiança, ruíra a ponte que os unia, abrira-se um fosso entre ele e ela. De repente, via, do outro lado do fosso, uma mulher que ele não mais conhecia. Através de seus atos, através de sua confissão, Lorena se transformava diante de seus olhos, como a mulher-gorila que, na praça Panamericana, deixava de ser humana para se transformar em fera. Assim, Lorena escapava da jaula para revelar toda a sua bestialidade em Paris, onde Wagner não tinha para onde correr.

– Você está exagerando, Wagner! Relacionamento não é posse, não é propriedade da alma ou da carne. Aconteceu. Pronto. Acabou! – argumentou, abrindo as gavetas da cozinha para guardar o saca-rolhas e a toalha de mesa, já dobrada.

– Acabou pra você, Lorena! Acabou pra gente! – sentenciou Wagner, levantando-se do banco, saindo da cozinha sem olhar para trás.

Como podia ser tão cínica?, pensava, vestindo o casaco, enquanto descia as escadas do prédio em busca de ar fresco. Precisava respirar, precisava sentir o ar gelado da rua para tentar esfriar a cabeça, tentar sair daquele turbilhão de pensamentos que misturavam a traição do passado, o impacto do presente e a incerteza do futuro. De repente, nada mais fazia sentido. Todo o sonho, todos os planos se desmoronavam, dando a Wagner a sensação de que a própria vida havia perdido o seu propósito. O que ele, aquele cara da Penha, estava fazendo ali em Paris? Onde é que foi se meter? Com quem foi se envolver? Agora se dava conta da sua cegueira, de como, inconscientemente, deixara-se levar por ideias românticas, pueris, como se a vida fosse um desafio que pudesse ser vencido. Não! A vida era foda! A vida era luta, trabalho e família! Na sua ilusão, afastara-se daqueles que mais o amavam para se jogar numa aventura irresponsável. Sim, irresponsável! Porque abria mão da responsabilidade pelo grupo, pelo todo, como se fosse um radical livre, que não pertencesse àquela molécula chamada "família Krause". A molécula que um dia se partira, mas logo se recompusera para lhe garantir uma infância feliz. E agora? Como pudera depositar tanta confiança numa estranha? Numa mulher que se deixava levar pelo prazer efêmero, a curto prazo, em detrimento do investimento sólido numa relação a dois, numa parceria que, a longo prazo, só traria benefícios para ambas as partes? Que mancada, Wagner Krause! Que saudade dos velhos, da Catarina, do Nando, pensou, atravessando a rua sem olhar para os lados, ouvindo uma buzinada, o grito de um motorista – *Conard!* –, antes de chegar a outra calçada, onde resolveu voltar para casa. Ela veria, sim, senhor! Ela sentiria, pela primeira vez, o sangue quente de Wagner Krause.

– Onde é que você foi? – perguntou Lorena, com os olhos molhados, quando o recebeu à porta do apartamento.

– Lugar nenhum! – respondeu, despindo o casaco, pendurando-o no gancho atrás da porta.

– Venha aqui, vamos conversar como dois adultos, por favor – disse-lhe, segurando-o pela mão, levando-o para a sala como uma criança embirrada.

O fato de estar confusa não significava que ela não o amava, explicou Lorena, sentando-se na beira do sofá, enquanto Wagner se sentava na outra ponta, sem a encarar. Talvez estivesse confusa exatamente *porque* o amava. Caso contrário, as coisas seriam mais fáceis. Mas, ao mesmo tempo, sentira-se e ainda se sentia atraída por Patrick.

Patrick! O nome, dito assim, de uma maneira tão natural, com a intimidade e o respeito que se tem por um amigo, trouxe a figura do outro para dentro da pequena sala, fazendo Wagner se sentir novamente nauseado. De repente, eram três ali, conversando, como se não se tratasse do fim do mundo, mas, sim, de uma conversa amigável para se resolver uma disputa menor. Inspirando fundo, Wagner se levantou do sofá, andando em círculos pela sala, mantendo a cabeça baixa, as mãos nos bolsos, sem dizer palavra. Sentia que o discurso de Lorena era tão absurdo, tão incoerente, que não merecia nem sequer resposta.

– Eu sei que não é legal – continuou Lorena. – Mas a gente também não precisa ser tão rígido. Quer dizer, eu não estou propondo um relacionamento aberto, cada um para o seu lado. Não é isso! Mas eu estou realmente precisando de um tempo, eu preciso repensar sobre nós dois. Quando você ainda estava no Brasil, eu fui construindo a minha vida aqui em Paris... De repente, lá vem você, com mala e cuia, e eu fiquei meio desorientada... Me senti um pouco invadida, para falar a verdade. Por isso, eu comecei a questionar a nossa relação. Por isso, mesmo que eu não tivesse conhecido o Patrick, acho que a gente estaria tendo a mesma conversa agora – concluiu, antes de assoar o nariz com um lenço de papel.

– Só que você conheceu esse cara! – Wagner não conseguia pronunciar o nome. – E isso torna as coisas bem piores!

– Certo – disse ela, soltando um longo suspiro. – Se você continuar a insistir nesse ponto, então, talvez seja realmente melhor que a gente dê um tempo. Mas a gente não precisa se agredir, se odiar, nada disso. Eu não posso acreditar que você vai querer se comportar como um pequeno burguês, machinho brasileiro, dono e senhor da mulher que ele leva pela coleira. Caia na real, Wagner! Isso aqui é a França! Terra de Simone de Beauvoir. Você devia ter largado a babaquice do macho brasileiro na alfândega do aeroporto! – encerrou Lorena, deixando Wagner sozinho na sala, parado diante da janela, observando ao longe, do outro lado da praça, a luz vacilante de um quarto, onde alguém cochilava em frente à tevê às duas horas da manhã.

* * *

– A noitada foi boa! – comentou Giuseppe, quando Wagner se recostou no balcão da pizzaria, tentando reprimir um largo bocejo.

Wagner passara o resto da noite deitado no sofá da sala, ouvindo os ruídos da madrugada, a sirene da polícia que soava ao longe, o vizinho urinando no apartamento de cima, alguém subindo com dificuldade a escada do prédio. Observava, no teto, os detalhes da moldura, as fissuras do reboco, a luminária barata, feita de papel. No vagar da longa noite de inverno, sentia-se amarrado a um carrossel de ideias sombrias, que girava ao redor das cenas imaginadas da traição, passava pelo discurso de Lorena, terminando nas possíveis saídas para aquela crise, antes de voltar às cenas imaginadas da traição, cada vez mais ardentes, cada vez mais ultrajantes. Agora, na clareza do dia, quando servia as mesas da pizzaria na hora do almoço, envolto por novos aromas, com o espírito desafogado pela alegria dos fregueses, pela agitação da cozinha, pelo sorriso de Raj, Wagner conseguia saltar do carrossel para analisar a situação sob outros ângulos. A raiva ainda estava ali, presente, tentando relançá-lo no redemoinho de pensamentos repetitivos, circulares, infrutíferos. Mas ele precisava resistir, refletir, ter calma. Talvez Lorena tivesse um pouco de razão. Somente um pouco. O suficiente, porém, para fissurar a casmurrice de Wagner, permitindo que ele vislumbrasse uma solução menos melodramática para aquele folhetim doméstico. E se ela estivesse falando a verdade? Tudo não passara de um flerte, que terminou em contato físico, descompromissado, sem envolvimento. Talvez não fosse nenhuma paixão, mas tão somente um namorico bobo, inconsequente, fruto da coincidência da solidão com a oportunidade. Ele mesmo já havia feito coisas semelhantes. Não com Lorena, claro. Com meninas que ocuparam menos espaço na sua vida, que lhe despertaram sentimentos superficiais, mais próximos da luxúria, da diversão inconsequente –

embora, para uma ou outra, a brincadeira talvez tenha terminado em decepção, mágoa, sofrimento. E se Wagner estivesse interpretando agora o papel de uma daquelas meninas magoadas?

Mesmo assim, não poderia se iludir. Bastava se lembrar do que fora dito por Lorena: se, por um lado, ela considerou a aventura terminada, por outro, admitiu que ainda se sentia atraída pelo tal de… pelo cara. Logo, o fim de semana na Normandia não fora tão inconsequente assim.

Precisava, então, esclarecer os fatos para tomar uma decisão. Começaria por si mesmo, pela investigação de seus próprios sentimentos. Ele queria ou não manter o relacionamento com Lorena? Quão grande era esse querer? Grande o bastante para perdoá-la? Grande o bastante para se mostrar merecedor do seu amor, eliminando o concorrente de uma vez por todas? Isto é, se ela ainda estivesse interessada na reconciliação depois que Wagner Krause, o macho, revelara-se em todo o seu esplendor varonil, em toda a sua estupidez possessiva. Era isso o que ele chamava de uma relação a dois, baseada na confiança, na compreensão e apoio mútuo? Lorena tinha razão: seu comportamento na noite anterior condizia melhor com o do macho que com o do parceiro. Tinha mais a ver com uma postura patriarcal, falocêntrica, que com a atitude do cara que ele sempre almejara ser. E quanto da sua reação, na verdade, não teria sido um reflexo condicionado pela experiência vivida por seu pai? Experiência que seu Jorge tentou passar para o filho, alertando-o contra a fraqueza, a dissimulação, o perigo das mulheres. Então, cabia a Wagner decidir. Cabia a ele fazer a escolha entre uma atitude condicionada por sua criação e um movimento de ruptura, de intransigência com o passado, de revelação e afirmação de um novo Wagner Krause, capaz de raciocinar por conta própria, assumindo a responsabilidade por seu próprio destino.

– A mesa três está procurando você – disse Giuseppe, apontando o casal de homens com um movimento de queixo.

Wagner atendeu os clientes, que, afinal, não queriam sobremesas, mas pediram dois cafés e a conta. Na volta, recebeu o pagamento em dinheiro, guardando a gorjeta de cinco francos no bolso do avental. Depois, já na cozinha, contou as moedas ganhas naquele sábado, quase quarenta francos, o suficiente para comprar alguns bilhetes de metrô. Como garçom, ganharia, no final daquele mês, o seu primeiro salário, o mínimo, remediado pelas gorjetas que deveriam cobrir, pelo menos, o transporte de ida e volta. De resto, seu salário seria consumido pela matrícula num curso de francês e, sobretudo, pelo aluguel do quarto no apartamento de Lafa, no qual Wagner guardava apenas suas roupas e objetos pessoais, preferindo dormir no quarto de Lorena, já abarrotado de malas e livros.

– E você deve ser o Wagner! – disse um rapaz, sorridente, vestido de preto da camisa aos sapatos, que abriu a porta do apartamento por dentro quando Wagner tentava enfiar a chave na fechadura pelo lado de fora. – Eu sou o Lafa – completou, apertando com força a mão de Wagner.

Com uma barba rala e os dedos de ambas as mãos decorados com uma coleção de anéis de prata, Lafa lembrava a Wagner um outro rapaz que ele conhecera na infância, que, de vez em quando, aparecia na oficina de seu pai para lhe oferecer peças de automóveis usadas, em boas condições. Seu Jorge o atendia com cortesia, fingia interesse pelas peças, mas, pelo que Wagner podia se lembrar, não comprava nada. Então, o rapaz reaparecia ali, em Paris, encarnando aquela versão intelectual, grande conhecedor de música clássica, óperas e vinhos.

– A Lorena me contou que você é fã do Villa-Lobos – disse Lafa, sentando-se na poltrona da sala.

Wagner respondeu que sim, meneando a cabeça, como se a palavra "fã", diminuta e reducionista, não honrasse uma vida inteira de estudos autodidatas sobre a obra de Heitor Villa-Lobos. Depois, desconversou, lançando a bola para o campo de Lafa, dizendo que Lorena falava muito dele, da sua erudição, das suas pesquisas. Antes que Lafa pudesse responder, Lorena entrou na sala, vestida com calças e agasalho de moletom, desembaraçando com um pente os cabelos molhados.

– Até que enfim vocês se conheceram – disse, sentando-se no sofá ao lado de Wagner, sem parar de se pentear.

Lafa pediu desculpas aos dois, dizendo que, na verdade, estava de saída quando Wagner chegou. Levantou-se do sofá e, já na porta da sala, prometeu que continuariam o papo mais tarde.

– Vamos conversar? – sugeriu Wagner, depois que Lafa bateu a porta do apartamento, deixando-os a sós.

Lorena assentiu, e Wagner, falando pausadamente, tentando escolher cada palavra, cada expressão, que, se incorreta, poderia botar tudo a perder, disse que estava disposto a esquecer tudo o que acontecera. Estava pronto para recomeçar do zero. Só dependia dela. Desde que, claro, ela ainda quisesse manter o relacionamento. Caso contrário, ele estaria pronto para fazer as malas, retirando-se da sua vida de uma vez por todas.

– Eu só quero que você me responda, se puder: você quer tentar novamente ou prefere investir no Patrick? – indagou, com a voz abafada, sentindo a garganta apertada, quase não acreditando que aquelas palavras estavam saindo da sua boca, assim tão cruas, tão frias, como se o assunto não lhe dissesse respeito, como se estivesse, simplesmente, falando em nome de um amigo que lhe pedira aquele favor.

13

Depois do almoço, Wagner passou sob o gigantesco pavilhão trans-lúcido do Les Halles, descendo pela escada rolante que dá acesso ao centro comercial, para chegar, três andares abaixo do nível da rua, ao entroncamento ferroviário que conecta o metrô aos trens suburba-nos de Paris. Ali, depois de passar pela roleta, entrou no labirinto de corredores, eternamente em obras, e placas, às vezes contraditórias, onde franceses, africanos e asiáticos, empregados, desempregados e pedintes andam apressados, em todas as direções, sem que ninguém, miraculosamente, esbarre em ninguém.

Descendo à plataforma da linha A, Wagner esperou pelo trem que o levaria, em trinta minutos, à estação de Bussy-Saint-Georges, nos arredores de Paris.

– Venha às duas da tarde! – gritara Ariel Cohen ao telefone, antes de desligar sem dizer adeus.

Enquanto o trem emergia do túnel nos limites da cidade, Wag-ner tentava dar mais clareza às suas ideias. Precisava repensar a sua estratégia naquela empreitada que já beirava a obsessão. Precisava estabelecer um limite, por uma questão óbvia de tempo e recursos

Dentes de crocodilo   181

financeiros, para aquela pesquisa acadêmica que poderia levá-lo a lugar nenhum. Com azar, Ariel Cohen seria o ponto final daquela aventura. Citado numa tese de mestrado, como, possivelmente, a última pessoa a ter visto as partituras perdidas de Villa-Lobos, Cohen, aos oitenta e cinco anos, talvez ainda se lembrasse delas. Talvez soubesse dizer como, depois de uma longa jornada de trabalho, as havia esquecido no banco do metrô. Ou as teria arquivado por engano numa pasta de recibos e contratos, depois incinerada como arquivo morto. Senão, teria devolvido os originais, décadas depois, ao próprio Villa-Lobos, que, por sua vez, os teria perdido na viagem de volta ao Brasil. Com sorte (ou muita sorte), Cohen poderia entregar a Wagner as partituras, que, durante todas aquelas décadas, estiveram ali, sob o seu colchão, sem que ele mesmo se lembrasse por quê. Amareladas, amarrotadas, manchadas com respingos de vinho, canja ou molho de tomate, as partituras poderiam, finalmente, ser enviadas ao Brasil, onde seriam analisadas, estudadas e interpretadas por orquestras de todo o país, antes de serem arquivadas no acervo do Museu Villa-Lobos. Uma descoberta revelada ao mundo pelo professor Wagner Krause, PhD do King's College, em Londres.

– Bom dia, senhoras e senhores, um pouco de música para alegrar a viagem! – anunciou um pedinte que, portando um acordeão, despertou Wagner com um *"Besame mucho"* em ritmo manuche, enquanto uma menina, com o rosto sujo e os olhos cansados, passava o chapéu pelo corredor do trem.

Na estação de Bussy, Wagner pegou um táxi que, em dez minutos, o deixou no meio de uma estrada, ladeada por uma plantação de milho à esquerda e por um espesso arvoredo à direita. Mais adiante, entre as árvores, encontrou o portão de ferro que, largo o suficiente para deixar passar uma ambulância, dava acesso aos jardins do asilo. Identificou-se pelo interfone incrustado no muro, dizendo que tinha hora marcada com um residente. Com um movimento lento e fantasmagórico, o portão se abriu enquanto Wagner olhava ao redor, percebendo o isolamento do asilo, dois prédios de três andares, com paredes de tijolos aparentes, construídos ali, no meio do nada, como uma prisão ou centro de detenção para pessoas indesejadas pela sociedade.

– O senhor Cohen está dormindo – informou a atendente, quando Wagner chegou à recepção.

– Ele marcou comigo às duas horas da tarde.

– Não é a primeira vez. Ele esquece que faz a sesta até as três – respondeu, sem tirar os olhos da tela do seu computador.

Wagner aceitou a sugestão de aguardar na sala de espera, do outro lado da recepção, enquanto Cohen não despertasse. Sobre uma pequena mesa de madeira, no centro da sala, empilhavam-se revistas caducas voltadas para o público mais velho – *Santé Senior*, *Grands-parents*, *Silver Age* –, além de um panfleto sobre as atividades para idosos oferecidas pelo conservatório de música de Bussy-Saint-Georges.

– Música erudita, sim. Mas com uma abordagem feminista – dissera-lhe Camille naquela manhã, quando os dois se encontraram pela primeira vez para cogitar temas diversos para o seu mestrado.

Wagner argumentou que, naquele meio tão dominado por homens, não havia muitas possibilidades de pesquisa sobre o papel da mulher. De qualquer modo, havia sempre Chiquinha Gonzaga, na música popular, Bidu Sayão, no canto lírico, e Magda Tagliaferro, no piano, enfim, personagens já bastante explorados pelo meio acadêmico.

– Eu preferia trabalhar com algo novo, ou melhor, menos pesquisado. Um tema que ainda possa revelar algo inédito. Uma mulher que, trabalhando nesse meio, como o senhor mesmo diz, tão dominado por homens, tenha conseguido se destacar. Pode ser cantora ou compositora. E, mesmo que seja mais uma entre tantas cantoras, que seja diferente, que tenha se destacado por algo mais do que uma bela voz – explicou Camille, enquanto Wagner observava seus cabelos brilhosos, recém-lavados, seus olhos verdes, amendoados, seus lábios, nem finos, nem grossos, o conjunto, enfim, que tanto lhe lembrava Lorena. – O senhor me ouviu?

– Perdão – pediu Wagner, recompondo-se. – Estava notando como você fala bem o português... Você é filha de brasileiros, não?

– Sim! Pai e mãe. Os dois são do Rio. A gente sempre falou português em casa, mas, fora de casa, eu sempre falei francês. Amigos, escola, livros, tudo em francês. Acho que, por isso, nunca consegui escrever bem em português – disse, contorcendo a boca numa careta de falso embaraço, como se a limitação não lhe incomodasse. – Mas, enfim, o que o senhor acha? Será que existe uma mulher assim na história da música brasileira?

– Assim, de imediato, sem fazer um grande esforço de memória, eu me lembro de duas que podem corresponder ao perfil que você está procurando – respondeu, querendo crer que havia compreendido a questão. – Duas mulheres que levaram vidas fascinantes, mas relativamente pouco estudadas, o que seria melhor ainda no seu caso – disse, fazendo uma pausa, percebendo o sorriso de Lorena abrindo-se no rosto de Camille. – A primeira, mais recente, seria uma pianista. O nome dela era Anna Stella Schic. Foi a primeira artista a gravar em discos a obra integral do Villa-Lobos para piano. Mas não é só por isso que eu a consideraria como tema para a sua tese. A Schic tinha também fortes convicções políticas.

– Na ditadura? – indagou Camille, dando a entender que era francesa, mas conhecia bem a história recente do Brasil.

– Não, muito antes! Em 1950, pediram que ela fizesse um concerto na União Soviética, em plena Guerra Fria. E ela só não viajou porque o Villa-Lobos desaconselhou. Ele disse que ele mesmo já tinha sido convidado pelo Lenin, mas nunca aceitou o convite.

– Lenin? – perguntou, com um olhar atravessado, duvidoso.

– Pois é! O Lenin já estava morto há décadas, mas o Villa adorava ver a cara de espanto das pessoas que acreditavam nas lorotas que ele contava – explicou, rindo. – Agora, se a Schic não foi para Moscou, em compensação, ela nunca abandonou as suas ideias políticas. Na mesma época, ela participou, aqui em Paris, de umas passeatas a favor da independência da Argélia. Acontece que o serviço de inteligência da França estava monitorando os protestos. Estavam procurando os estrangeiros que militavam contra o governo francês. Daí que a Schic foi identificada e logo convidada a deixar o país. O Villa ainda tentou salvar a pele dela, apelando aos amigos músicos e aos membros da Academia de Belas-Artes. Pediu que fizessem um abaixo-assinado, que se manifestassem em defesa da pianista. Ele não achava justo que ela fosse punida por causa de uma passeata. Mas não adiantou. Foi deportada. Anos depois, sempre muito grata, ela escreveu a biografia do Villa, além de gravar toda a sua obra para piano.

– Interessante – disse, meneando a cabeça. – E a outra?

– A outra daria muito mais trabalho… Seria uma pesquisa mais difícil, mas, quem sabe, mais gratificante. Você teria que estudar não só a presença dos artistas brasileiros na década de vinte em Paris, mas também nos anos quarenta nos Estados Unidos – disse Wagner, apresentando os obstáculos e a promessa de recompensa que, pela sua experiência, sempre instigavam os melhores alunos.

– Por que não? – respondeu, levantando os ombros.

– Você já ouviu falar da Elsie Houston?

– Brasileira?

– Muito!

– Nunca ouvi falar – respondeu Camille, balançando a cabeça, semicerrando aqueles olhos de Lorena, como se forçasse a vista para enxergar algo distante.

– Pode ser que lhe interesse – disse Wagner, explicando que Elsie Houston fora uma cantora lírica muito talentosa, uma das primeiras grandes intérpretes das canções de Villa-Lobos.

Melhor ainda, Elsie conseguira combinar o talento vocal com a seriedade intelectual, tornando-se uma das maiores pesquisadoras e divulgadoras da música brasileira. Entre as décadas de trinta e quarenta, Elsie, sem bananas nem balangandãs, levou para a Europa e para os Estados Unidos a música popular que se desenvolvera por todo o Brasil – o lundu, o coco, a chula, a embolada, os pontos de macumba. E tudo isso, na teoria e na prática! Elsie participava de conferências acadêmicas e, trocando a mesa pelo palco, apresentava ali mesmo, no gogó, tudo o que ela acabara de descrever.

– Pena que sua carreira tenha terminado de um modo tão trágico – disse Wagner, esperando pela reação de Camille.

– Trágico?!

– Cometeu suicídio, quando morava em Nova York. Tinha só quarenta anos.

– Por quê? – perguntou, deixando a boca aberta.

– Um mistério! Ninguém sabe ao certo. Não deixou muita coisa escrita que pudesse justificar a morte dela.

Camille baixou a cabeça, refletiu por três segundos, antes de dizer:

– Mas ela já deve ter sido muito estudada no Brasil, não?

– Curiosamente, não! A Elsie foi praticamente esquecida pela academia. Fora uma tese de mestrado aqui ou ali, há muito pouco escrito sobre ela. E, aqui na Sorbonne, tenho certeza de que não há nada. Para os acadêmicos franceses, a Elsie Houston é um enigma! Pronto para ser desvendado pelo primeiro pesquisador ou pesquisadora que estiver interessado – se bem que as dificuldades do trabalho sejam consideráveis... Tem que haver muita seriedade e dedicação por parte do mestrando – provocou Wagner.

– Podemos começar pelo verdadeiro nome dela – sugeriu Camille. – Houston, como Whitney Houston, devia ser nome artístico, não?

– Acho que não... – disse Wagner, abanando a cabeça, esticando os beiços para a frente. – Parece que o pai dela era americano, um médico ou dentista no Rio de Janeiro. Algo assim. Na verdade, o meu interesse pela Elsie sempre foi muito limitado pelo meu foco principal, que é a carreira do Villa-Lobos. Por isso, o pouco que eu sei sobre a vida dela aparece como elemento secundário nos meus artigos e conferências.

– Ela chegou a morar em Paris?

– Sim! E foi aqui que ela se reencontrou com o Villa-Lobos e a mulher dele, a Lucília Guimarães. Nessa época, já em 1927, na segunda temporada dele na França, o Villa finalmente conseguiu trazer a mulher. Tudo bancado pela família Guinle, claro.

Wagner lhe contou que, no mesmo apartamento da praça Saint-Michel, ocupado por Villa na sua primeira e curta temporada francesa, o casal Villa-Lobos organizava, aos domingos, reuniões informais com artistas brasileiros e europeus, que apareciam com uma garrafa de vinho numa das mãos e um instrumento na outra. Um trazia o violino, outro, o clarinete, enquanto Villa tirava o violoncelo do estojo e Lucília atacava o piano e o fogão. Num desses saraus, em que improvisara uma macarronada, Lucília precisou beliscar Villa-Lobos para que ele se calasse e prestasse atenção a algo novo que surgia na sala. Elsie, uma recém-chegada ao grupo, começou timidamente, cantando "Saudades da Bahia" à capela. Depois, motivada pelos aplausos, apanhou um pandeiro e, deixando que a música tomasse conta do seu corpo, sentindo que cada músculo respondia ao comando das cordas vocais, cantou com o elã e a segurança que contradiziam seus vinte e quatro anos. Com uma voz maviosa, ora dengosa, malemolente, ora matreira, espevitada, Elsie encarnava a mãe de santo, a baiana saudosa, a caipira paulista. Brincava com todo o corpo no trava-língua do "Oia o sapo", dava asas ao "Aribu" que nasceu branquinho, ou lamentava a fuga do "Guriatã de coqueiro" que tão triste deixara a sua viola. Ali, segundo Wagner, a soprano, que estudara canto lírico, transformava-se na mais completa porta-voz do cancioneiro brasileiro, com o timbre disciplinado pelas árias operísticas, com a inflexão que dava vida a cada personagem, com a dicção perfeita dos acentos regionais de quem amava, acima de todas as outras, somente uma das mil línguas que falava.

Num raro momento de quietude, em que se permitia escutar alguém que não fosse ele mesmo, Villa deixou-se levar pela cadência harmoniosa daquela menina que emprestava ao samba, à embolada e ao batuque a mesma voz que, ele já ouvira, tão bem dominava as canções de Schubert.

"Encontramos a tua soprano", cochichou Lucília ao pé do ouvido do marido.

Em agosto daquele ano, quando pôde, finalmente, apresentar-se num grande palco, a sala Gaveau, Villa-Lobos reuniu a elite dos músicos parisienses para executar a sua obra, lembrou Wagner. No piano, Arthur Rubinstein; na regência da orquestra, o próprio Villa-Lobos; e, no vocal, a novata Elsie Houston. Cantando as *Serestas* de Villa, Elsie fez levantar a plateia, cujos aplausos e gritos de bravo ela dividia com o autor das peças, o homenageado da noite. Elsie, assim, com a sua voz e o seu talento, ajudava Villa a conquistar o reconhecimento que ele, havia anos, almejava.

– Depois disso, quer dizer, depois dessa temporada, quando a Elsie cantou as músicas do Villa-Lobos em Paris, eu perdi a pista dela –

explicou Wagner. – Antes e depois, claro, houve outras cantoras importantes como a Vera Janacópulos, que ajudou muito o Villa aqui na França, e a Bidu Sayão, que divulgou a obra dele no mundo inteiro. Talvez por isso, a Elsie seja uma personagem coadjuvante quando se estuda a obra do Villa-Lobos. De qualquer modo, eu acho que ela merece que sua memória seja resgatada. Merece que o nome dela volte a constar no estudo da história da música brasileira no século vinte – concluiu Wagner, sorrindo, apoiando-se nos cotovelos para se curvar sobre a mesa, aproximando-se de Camille como se fosse lhe contar um segredo. – Por isso, acho que a responsabilidade agora é sua. Isto é, se você topar o desafio!

– Por onde começo? – perguntou Camille.

– Pela história dos imigrantes americanos no Brasil! Afinal, de onde vem esse nome? Houston? Se o Houston, pai dela, era um médico ou dentista famoso no Rio de Janeiro, com certeza deve haver alguma nota nos jornais da época. Talvez um agradecimento, um anúncio nos classificados ou uma nota nas colunas sociais. Será que ele imigrou antes ou depois da Guerra Civil Americana? Seria um *yankee* ou um confederado escravagista? Essa informação é importante porque, pelas fotos, a gente percebe que a Elsie era descendente de negros ou indígenas. Quem era a sua mãe, então? Enfim, acho que tem muita coisa a ser cavada nessa história.

Camille guardou seu caderno na bolsa, agradeceu a Wagner pela orientação. Não via a hora de começar a pesquisa. Sentia nas ideias daquele professor uma paixão pelo inédito, pelo tesouro enterrado na poeira da história, sob pilhas de alfarrábios esquecidos em velhas bibliotecas.

– Só mais uma coisa – disse Wagner quando Camille já se levantava para partir. – Eu me sinto um pouco incomodado com a formalidade francesa. Eu prefiro ser tratado por "você". Eu só encarno o professor Krause nas reuniões do corpo docente. Para você, eu sou Wagner, por favor.

Camille sorriu, assentindo com um movimento de cabeça, jogando a alça da bolsa sobre o ombro.

– Então, *Wagner* – disse, dando ênfase ao nome –, a gente se vê na semana que vem – concluiu, já abrindo a porta da sala.

– O senhor Cohen está à sua espera – disse a recepcionista no batente da porta, quando o relógio de Wagner já marcava três e quinze.

Ressentindo, depois da longa espera, as articulações dos joelhos, Wagner seguiu a recepcionista, que, no final do corredor, abriu a porta dupla da sala de recreação, um salão espaçoso, com janelões voltados para o jardim, permitindo a entrada de luz natural, o que amenizava o impacto do forte odor de desinfetante, provavelmente usado na limpeza do assoalho de linóleo. À direita de Wagner, uma televisão moderna ocupava lugar de destaque na parede, transmitindo, em alto volume, um programa no qual os participantes competiam num jogo de palavras. Sentados em largas poltronas, meia dúzia de residentes assistiam ao programa, cochilando ou olhando fixamente para o aparelho sem esboçar nenhuma reação. À esquerda, em poltronas encostadas à parede, dispostas como num salão de baile, outras residentes pareciam à espera de um convite para dançar. No meio do salão, uma mesa de carteado, cercada por velhos que jogavam, com fichas de plástico, pôquer ou outro jogo qualquer.

– Sua visita chegou – disse a recepcionista, abaixando-se para falar com um velho que, sentado numa cadeira de rodas, observava o jogo de cartas com o interesse compenetrado de quem assistia a uma partida de xadrez.

– Até que enfim! – disse Cohen, estendendo uma mão trêmula para Wagner, que a segurou com delicadeza, sentindo, sob a pele fina, a fragilidade de ossos e tendões.

– O senhor estava me esperando?

– Há muitos anos!

Sentados diante de um dos janelões, Cohen media Wagner da cabeleira ruiva aos sapatos de couro preto, como se tentasse reconhecer um velho amigo.

– O senhor sabe o que eles nos forçavam a ouvir? – indagou Cohen, sem dar tempo para que Wagner lhe recordasse o motivo da visita. – Wagner! Richard Wagner! O compositor preferido de Adolf Hitler. Era Wagner de manhã, de tarde e de noite. Senão, éramos nós que tocávamos! Schubert, Vivaldi, Mozart, o que fosse! Às vezes, tocávamos com força, com intensidade, para encobrir os gritos dos fuzilados, para não ouvir o choro das mulheres. Nossas mães, nossas irmãs, empurradas, socadas, levando chutes de coturnos e coronhadas... Eu tinha onze anos! Já tocava violino. Minha irmã também. Mas ela era mais velha. Tinha quinze anos. O violino nos salvou. Não sobrou mais ninguém. Nem pai, nem mãe, nem irmão mais velho. Fuzilado ali mesmo, logo na entrada. Assim, por nada... – disse o velho, antes de fazer uma pausa, encarando Wagner. – Ficamos quase três anos lá. Passando frio, fome, pegando tudo que é tipo de verme e parasita que o senhor possa imaginar. Dormindo em colchão fedido, cheio de pulgas e carrapatos... Até que os americanos chegaram, e tudo acabou. Ou melhor, tudo recomeçou. Porque o que acabou não foi o "tudo", mas o "nada". Aquela existência recheada de nada. Só nos restava a vontade animal de sobreviver, a única coisa a qual ainda podíamos nos agarrar. A sobrevivência. A cada minuto, a cada dia, a cada semana, nós nos surpreendíamos por termos sobrevivido... Depois, na volta para casa, o silêncio dos vizinhos. Franceses!

Sim, franceses! Tão franceses quanto nós. Um silêncio, como se nada tivesse acontecido... – encerrou, desviando os olhos para o janelão, mirando o extenso gramado, limitado ao fundo por uma fileira de ciprestes.

Wagner colocou sua mão sobre a de Cohen, apertando-a delicadamente, esperando que o toque pudesse lhe dizer o indizível.

– O senhor se lembra do Heitor Villa-Lobos? – perguntou depois de um minuto que lhe pareceu uma semana em silêncio.

– Quem é o senhor? – indagou Cohen voltando-se para Wagner.

– Krause – respondeu Wagner, evitando o próprio nome. – Professor Krause, da Sorbonne. Estou fazendo uma pesquisa sobre o Heitor Villa-Lobos, o compositor brasileiro. O senhor se lembra dele?

– Villa-Lobos? Ah, o Vilão! Eu o chamava de Vilão! – riu, mostrando os poucos dentes que lhe restavam. – Mas ele era simpático! Eu era muito novo. Estava começando a trabalhar na Max Eschig. Meu pai tinha trabalhado lá. Era uma grande editora naquela época. Uma das mais importantes da Europa... O Villa-Lobos aparecia lá, e eu, da minha sala, já sabia que ele estava no prédio. Era um cheiro forte, de charuto com colônia barata. "Royal Briar!", ele dizia para os outros. Para mim, não. Porque eu era muito jovem. Eu tinha o quê? Uns vinte anos. Deram-me o emprego em consideração à memória do meu pai. Eu era quase um assistente particular. Ficava à disposição do Vilão. Naquela época, nos anos cinquenta, ele já era muito famoso. Eu comprava charutos, reservava uma mesa no restaurante, levava a mulher dele para fazer compras... Não lembro o nome dela...

– Arminda, nessa época. Era a segunda mulher dele – disse Wagner, sem ser ouvido.

– Enfim, essas coisas que se fazem para paparicar as estrelas.

– Alguma vez o Villa-Lobos lhe falou sobre umas partituras perdidas?

– *Choros 13* e *14* – disse o velho, surpreendendo Wagner pela rapidez da resposta. – Ele me encheu a paciência com essa história! Queria encontrar as partituras de qualquer maneira. Disse que tinha deixado os originais em casa, quando morava no Quartier Latin... Ali na praça Saint-Michel. Daí foi para o Brasil, pensando que voltava logo. Só voltou vinte anos depois, quando eu já trabalhava na Max Eschig. E ainda queria encontrar as partituras no mesmo lugar! – riu, de novo.

– Por que não? – perguntou Wagner, sentindo o coração apertado.

– Porque foi tudo queimado!

– Como assim?

Cohen olhou para Wagner como se a pergunta não pudesse ser mais estúpida.

– Os alemães, senhor Krause! Os nazistas! Levaram tudo! Se pudessem teriam desmontado o Louvre, tijolo por tijolo, para remontar de novo em Berlim. De resto, usaram e abusaram de Paris. Mas não destruíram nada. Deixaram a cidade intacta. Dizem que eram ordens de Hitler. Paris, a cidade-luz, toda glamurosa; a cidade fêmea que concorria com Berlim – disse, antes de pigarrear, fazendo um ruído longo e arranhado. Depois voltou à carga: – Paris, a cidade sem vergonha que abriu as pernas para não ser violada! Com ou sem liberdade, com ou sem judeus, a festa nunca parou. Só se trocaram os convidados. Paris era uma festa, uma festa triste e profana. Tudo decorado com a suástica. Cafés, teatros, casas noturnas e, principalmente, a ópera. Os oficiais adoravam a ópera. Entravam nas coxias para correr atrás das bailarinas. Paris... O maior bordel da guerra!

– Mas... e o Villa-Lobos?

– O Vilão não tinha nada a ver com isso! Já tinha ido embora há muito tempo.

– E as partituras? – insistiu Wagner.

– Puff! – fez o velho, esticando os beiços flácidos, abrindo os braços num movimento lento e cansado que não chegou a se concluir. – O que é que eu posso lhe dizer? 1930! O ano em que eu nasci! Só sei que ele foi para o Brasil, e a Max Eschig mandou limpar o apartamento. Isso foi o que me contaram. Os funcionários pegaram os papéis, os livros, tudo o que o Vilão tinha deixado para trás, e arquivaram tudo na editora. Ele tinha dito que voltava logo, né? E as partituras deviam estar no meio daquela confusão... Mas, depois, veio a guerra, vieram os nazistas e confiscaram tudo... Adoravam música! Especialmente Wagner, senhor Krause. Gostavam tanto de música que invadiram os escritórios da Max Eschig. Não porque gostassem de Villa-Lobos, Satie ou Stravinsky. Isso para eles era arte depravada! Arte porca, sem pé nem cabeça! Para eles só existia Wagner ou as óperas italianas do século passado. O novo, o moderno, o irreverente, nada disso interessava a Hitler. Botaram tudo na grande fogueira! Ali, em pleno Jardim das Tulherias. O que não foi roubado pelos nazistas foi queimado na fogueira. Papéis, livros, pinturas... Só de Picasso, Miró, Klee, essa gente toda, foram centenas de telas. E partituras também! A música degenerada, ardendo, virando cinza e fumaça, subindo pelo céu de Paris, como o balão nas *Cirandinhas* do Villa-Lobos...

– Hora do lanchinho – interrompeu-os uma enfermeira, trazendo uma bandeja, colocando-a sobre uma mesa com rodinhas, que se encaixava na cadeira de Cohen. Depois, abriu um pote de iogurte e amarrou um babador encardido no pescoço do velho, desejando-lhe bom apetite.

– Obrigado – respondeu Cohen, observando a enfermeira se afastar, com os olhos fixos em seus quadris. – Ah, se eu tivesse dentes... E não tivesse essa bolsinha de merda aqui! Sorte tem o crocodilo. Nunca fica banguela! O dente cai e cresce de novo. Assim, automaticamente! De resto, comigo, tudo funciona – disse, olhando novamente para a enfermeira que servia outros residentes.

Os *Choros 13* e *14* incinerados pelos nazistas. Era uma hipótese, pensou Wagner. Possível? Muito. Comprovável? Não. Sabia Deus o que, realmente, fora queimado pelos alemães, roubado pelos oficiais nazistas ou salvo pela Resistência. Até hoje ainda se encontram obras de arte roubadas e escondidas na Segunda Guerra, quando não vendidas no mercado clandestino de obras raras, reservadas para grupos seletos, confrarias de colecionadores, vaidosos, inescrupulosos, grandes apreciadores de arte pilhada.

Wagner segurou a mão de Cohen, agradecendo-lhe pelas informações. Prometeu voltar outro dia para visitá-lo, sabendo que não estava sendo sincero.

– Volte sempre! – disse o velho, com um sorriso de gengivas rosadas.

O impacto da informação só surtiu efeito quando Wagner já estava no trem, voltando para Paris. De repente se dava conta de que sua missão estava encerrada. Mas encerrada de uma maneira precoce, lamentável. Se Cohen lhe dissera a verdade, não que quisesse mentir, mas podia estar enganado, se lhe dissera a verdade, o Santo Graal do professor Wagner Krause nunca seria encontrado. Fora irremediavelmente destruído, criando uma lacuna impreenchível na história da música erudita brasileira. De novo, de inédito de Villa-Lobos, provavelmente, nada mais seria encontrado. Os *Choros 13* e *14* jamais seriam executados, jamais sintetizariam, como sonhava o compositor, toda a sua obra.

Perdia sentido, consequentemente, a permanência de Wagner em Paris. A pesquisa, planejada havia anos, como um prêmio pela longa carreira acadêmica, chegava ao fim. Wagner via-se, agora, sem um propósito, sem uma meta a ser alcançada – uma estratégia que dera sentido a toda a sua vida desde que abandonara os estudos de engenharia para seguir aquilo que, então, considerava seus objetivos reais, sem a interferência do pai. Uma pena! Por outro lado, sentia, de um modo quase inconsciente, que não poderia partir. Que não poderia voltar para Londres sem levar a cabo aquele outro projeto. Aquele trabalho que lhe proporcionava uma energia, uma excitação, jamais imaginada naquela relação entre professor e aluna. Não, Wagner não poderia partir agora. Tinha ainda algo a fazer. Precisava investigar melhor, descobrir, desvendar o mistério que o inebriava. Afinal, não era pesquisador? Não sabia encontrar o inédito? O jamais visto ou jamais ouvido? Bastava então fuçar, coletar e analisar as informações. Questão ética? Irrelevante. Não invadiria a secretaria da faculdade, no meio da noite, com uma lanterna e um par de luvas de couro. Não violaria nenhum arquivo confidencial. Não precisava! Se sua intuição não lhe enganava, encontraria a resposta para o enigma na internet. Era só procurar.

14

– Quem será? – perguntou Wagner depois que a campainha do apartamento soou naquela manhã de sexta-feira.

– Madame Costa – respondeu Lorena, levantando-se, resmungando enquanto enrolava seu corpo numa toalha, antes de sair do quarto para atender a porta.

Wagner virou-se de lado, cobrindo-se, sentindo o cheiro de sexo que vinha de debaixo do edredom.

– Cartas para o seu marido! – gritou madame Costa, a porteira do edifício, uma portuguesa quase surda, que se exercitava subindo as escadas para distribuir, de porta em porta, a correspondência aos moradores.

– Obrigada! – ouviu Wagner, antes que a porta se fechasse com mais força que o necessário. – Que velha enxerida! – reclamou Lorena, voltando ao quarto com as cartas do dia.

Duas para Lafa, uma do banco para ela e, para Wagner, um envelope com as bordas decoradas em verde e amarelo, com um selo em homenagem à irmã Dulce e um carimbo ilegível dos Correios. Na frente, seu nome em cima do endereço em Paris, o que ainda lhe parecia algo estranho, irreal. Wagner Krause na rue de la Bidassoa? No verso, o nome do remetente, com a caligrafia redonda de Catarina Krause. Notícias de casa. Wagner meteu o envelope sob o travesseiro enquanto observava Lorena vestindo o sutiã, as calças de veludo e a camisa de manga comprida com estrelas bordadas no peito.

– Não vai tomar banho?

– Não. Levo o seu cheiro comigo – respondeu, abaixando-se para lhe dar um beijo. – Volto logo depois da aula. Lá pelas seis – completou, quando já saía, fechando a porta do quarto.

Wagner esperava, então, que as coisas voltassem ao normal. Não, não fora uma transa suada, sôfrega, apaixonada, como aquelas nos apartamentos vazios de Copacabana. Tampouco fizeram amor de reconciliação como nos filmes de Hollywood, em que a cena da briga é contradita, em elipse, pelo elã do casal que avança pela porta do quarto, despindo um ao outro, com a ansiedade que arrebenta botões, rompe fechos, rasga vestidos. Não. Com eles fora tudo mais delicado, mais diplomático, mais hesitante. Lorena dissera "sim". Sim, a quê?, indagou Wagner. "Sim" à nossa relação. "Sim" a tentar novamente. E o Patrick?, insistiu Wagner. Não foi nada, disse Lorena, segurando a sua mão forte, dando-lhe um delicado beijo no rosto, que Wagner retribuiu com um abraço, um beijo no pescoço, antes que, em silêncio, os dois se levantassem, caminhando para o quarto de Lorena, onde fecharam a porta, despiram-se e deitaram-se sem mais nada dizer.

Alívio. Poder encarar Lorena sem raiva, sem amarguras. Poder sorrir novamente, sentindo que, agora, depois de tudo, as coisas talvez se ajeitassem de um modo melhor. Nada como uma briga, um desabafo, umas verdades vomitadas para fazer tábula rasa, começando tudo de novo, do zero, com o vigor adquirido pela superação mútua da crise, pela ultrapassagem do obstáculo que ameaçava jogar por terra tudo o que, até então, eles haviam construído. Relação é isso, pensou Wagner, levantando-se da cama, saindo nu do quarto, aproveitando a solidão do apartamento, com janelas voltadas para a praça, sem vizinhos indiscretos. De certo modo, sentia uma ponta de orgulho de si mesmo. Era difícil explicar, mas, ao perdoar Lorena, via-se maduro, magnânimo, como se, de repente, pudesse ter uma visão superior dos problemas comezinhos da vida. Sentia-se, então, maior e mais forte do que o problema que lhe fora apresentado. Wagner Krause, aquele cara jovem, posto diante de um drama que a muitos faria perder a cabeça, soubera refletir, recompor-se e perdoar. O que, curiosamente, também lhe proporcionava uma vaga sensação de superioridade com relação a Lorena. Faria ela o mesmo por ele? Seria capaz de o perdoar? Wagner não sabia. Mas pouco importava. Naquela ação unilateral, que não demandava reciprocidade futura, Wagner sentia a força do gesto nobre. Perdoar faz crescer, refletiu. Ao mesmo tempo, se indagava se aquela sensação de superioridade perante Lorena não seria a consequência de uma irônica revanche. A sutil vingança daquele que, percebendo a pequenez moral do outro, o perdoa como forma de humilhá-lo. Perdoara Lorena como quem perdoa um cão que o morde, concluiu.

Querido Wagner, leu, após o banho, sentado na sala, sob a luz suave e difusa que entrava pela janela. *Espero que esta carta o encontre bem e feliz. Por aqui, tudo bem* [...]. *Jéssica teve uma febre esquisita esta semana, mas agora está melhor. Já engatinha e passa o dia inteiro balbuciando coisas sem sentido. Acho que quer falar, cantar, sei lá. O Thiago está cada dia mais parecido com você. Há momentos em que ele me olha de um jeito que me lembra os seus olhos. Depois quando se zanga fica igualzinho ao pai. Pena que continua agarrado demais à minha saia, mas a pediatra disse que a escola vai resolver isso. Tomara! De resto...*

E ali Catarina passou a desfiar seus problemas e aborrecimentos no banco: o sindicato convocando uma greve nacional, a agência que foi assaltada, um caixa que quase morreu do coração sob a mira do revólver do assaltante, além das fofocas e intrigas entre os colegas.

E ainda vem aquele idiota do gerente me passar uma cantada sem a mínima vergonha na cara! O Basílio fica dizendo que vai à agência tirar satisfações... Imagine! Tem medo até de barata! Agora foi ao jogo. Hoje tem Vasco e Flamengo [...]. Quanto ao papai, lamento dizer que ele anda meio chateado. Não parece mais o mesmo desde que você viajou. Há tempos não o vejo trabalhando com marcenaria. E na oficina não assovia mais. Foi o Alvinho que me contou. Não estou lhe dizendo isso para que você se sinta culpado e muito menos para que você se preocupe. De saúde papai vai bem. Firme e forte como sempre. É só um baixo-astral que, não dá para negar, parece estar associado à sua partida. De qualquer modo, mamãe está de olho nele. Disse que ele precisa aprender a respeitar os filhos e as suas decisões, que assim (ilegível). Você, Wagner, sabe o que é melhor para você. Enquanto isso mamãe reclama: diz que você ainda não respondeu à última carta dela. Manda mil beijos e abraços. Ela vem aqui mais tarde. Vai levar o Thiago ao shopping, com o filho do Alvinho.

Enfim, meu querido irmão, fico torcendo para que os seus sonhos se realizem seja onde for, com quem você quiser.

Beijos da irmã que te ama, Catarina.

O velho não assoviava mais. O canário da oficina se calara. Mas devia ser coisa passageira. Tinha que ser coisa passageira. Seu Jorge, que sequer fora ao aeroporto para lhe dizer adeus, precisava entender que Wagner tinha planos de voo solo. Deixara o ninho, era verdade, mas não *abandonara* sua família. Dava, simplesmente, continuidade à aventura dos Krauses. Como seus antepassados, atravessara um oceano em busca de uma vida nova. Não que a vida no Rio, perto da família, fosse ruim. Mas, de certo modo, era limitada.

Com Lorena, Wagner se dera conta disso. Do quanto ainda tinha a ver, ouvir e conhecer; do quanto tempo perdera arquivando papéis na vara de família; do quanto deixara de aprender quando passava suas manhãs apertando porcas e parafusos na oficina.

Por outro lado, não precisava ser tão crítico consigo mesmo. Não poderia desprezar o aprendizado humano que a vida lhe oferecera. Era uma questão de perspectiva. Se, por falta de tempo, interesse ou aptidão, não expandira seus horizontes intelectuais na adolescência, vivera, por outro lado, uma experiência humana da qual raros amigos de Lorena, mauricinhos da Zona Sul, poderiam se gabar. Apertando porcas e parafusos aprendera a ver a vida com os olhos dos mecânicos que trabalhavam para seu pai. Sobretudo com os olhos de Alvinho, o gordo, que mancava de uma perna, um joelho estropiado, a carreira de jogador do Botafogo abortada por um sarrafo maldoso numa pelada de praia.

– Eu era pra tá dirigindo uma Mercedes, com uma louraça gostosa do lado, e não pra tá consertando táxi de pé-rapado na Penha – dizia, rindo com a boca escancarada, limpando o suor do rosto com o antebraço para não se sujar ainda mais de graxa.

Trabalhando de segunda a sábado na oficina, Alvinho mantinha a sogra, a mulher, três filhos e um irmão esquizofrênico, que passava dias desaparecido até ser encontrado na rua, sujo, seminu, dormindo sob uma marquise, vivendo de esmolas e restos de comida.

– Se não fosse tarja preta, seria poeta! – explicava Alvinho. – Noutro dia, pegou um caderno da minha filha e escreveu um montão de coisa. Assim, sem que ninguém esperasse, sem que ninguém entendesse o que estava escrito. Pensei: só pode ser poesia. É o artista da família. Entendeu a vida pelo avesso.

Se a casa dos Krauses, na rua Quito, e a oficina de seu Jorge, na Nicarágua, ficavam no "lado bom" do bairro, como anunciavam as agências imobiliárias, Alvinho nascera e fora criado no outro lado da linha do trem, numa das várias favelas que haviam se proliferado nos terrenos da diocese, atrás do rochedo da Igreja da Penha. Ainda morava ali, no Complexo da Vila Cruzeiro, quando convidou Wagner para o aniversário de um de seus filhos, num sábado de dezembro, mês em que o calor parecia derreter os postes da Penha, curvados pelo peso de centenas de cabos e fios, cuja função nem a companhia telefônica conseguia mais distinguir.

Às quatro da tarde, Wagner já estava na esquina de uma das ruas que dava acesso à favela, observando um grupo de rapazes que jogava totó no botequim, enquanto era observado por um cachorro sarnento, monitorado, por sua vez, por um gato preto, paralisado no alto de um muro. Wagner esperava por Daiane, filha de Alvinho, que apareceu no fim da rua, saltitante, de mãos dadas com uma amiga, com quem o guiou pelas vielas até chegar ao pequeno largo onde morava a família. Na casa, construída em dois pavimentos, espremida por outras semelhantes, todas em alvenaria, sem pintura ou reboco, Wagner foi recebido com hostilidade por um menino de seis anos que lhe espetou a espada do He-Man na barriga, cadê o meu presente?

– Que vergonha, Anderson! – disse Alvinho, afastando o garoto, salvando Wagner da ira do aniversariante. – Quer uma cerveja? – perguntou, guiando Wagner pela sala, tomada por batmans, mulheres-maravilha e super-homens que se digladiavam com espadas improvisadas, enquanto uma dúzia de meninas fazia coro com as Paquitas, cantando, a plenos pulmões, as músicas do disco lançado pouco antes do Natal.

Wagner cumprimentou Regina, mulher de Alvinho, que lhe deu dois beijos e um copo de cerveja, pedindo-lhe desculpas pela bagunça, que ele ficasse à vontade, mas não reparasse a simplicidade da casa. Conversando com Alvinho, que estava preocupado com a pífia campanha do Botafogo no campeonato brasileiro, Wagner observou os pôsteres pendurados na parede da sala, enormes fotografias em preto e branco, já esmaecidas pelo tempo, dois rapazes da mesma idade em uniformes do exército. Um, desconhecido. O outro acendia, no fundo da memória de Wagner, uma lâmpada pequenina, bem fraquinha, sem que pudesse saber por quê.

– Aqui em casa só quem não serviu fui eu, por causa do joelho. O resto foi tudo pro quartel – explicou Alvinho, percebendo o interesse de Wagner pelas fotografias. – O Antônio Carlos teria ficado lá a vida toda se não tivesse surtado depois da morte do Zé Carlos.

– Seus irmãos?

– Sim! Zé Carlos e Antônio Carlos – respondeu, apontando um de cada vez. – Eram gêmeos. De duas placentas. O Zé queria seguir carreira no Exército. Mas morreu com um balaço da PM. Os filhos da puta executaram o cara aqui, pertinho de casa, e ainda plantaram um berro na mão dele. Quando eu cheguei do trabalho, tinha um montão de repórter aqui dentro. Tudo cercando a minha mãe, perguntando se ela sabia que o Zé Carlos era traficante. Botei todo mundo pra correr, bando de filhos da puta também. Depois, deu até na tevê, "traficante morto na Vila Cruzeiro", com retrato do meu irmão e choradeira da velha. E logo o Zé Carlos, que não fumava, não bebia, parecia crente. Só pensava no quartel e na noiva.

E a Polícia Militar não matara somente Zé Carlos, explicou Alvinho. Matara quase toda a família. Depois que o gêmeo morreu, Antônio Carlos se tornou taciturno, passou a beber e fumar demais. De vez em quando sumia, sem nada dizer. A mãe, dona Celeste, o procurava no quartel, mas nem lá sabiam do seu paradeiro. Com os sumiços e os primeiros surtos psicóticos, acabou preso antes de ser dispensado do Exército. Depois, passou um tempo internado, mas sempre dava um jeito de voltar para casa, antes de desaparecer de novo. Aos poucos, dona Celeste foi minguando, emagrecendo, curvando-se até não sobrar mais dela que uma sombra entristecida, chorando um filho que perdera a vida e outro que perdera o juízo. Ela morreu um ano depois de Zé Carlos, no mesmo dia em que Antônio Carlos foi recolhido pela assistência social, quando mendigava na praça Panamericana.

– Pileque! – disse Wagner.

– Isso! O Pileque da praça Panamericana. Só que, de pileque, ele não tem nada. Passa o dia solto por aí, como se tivesse tomado todas. Na verdade, não toma nem os remédios que devia – disse Alvinho, antes de molhar a garganta com um gole de cerveja.

– A gente gostava dele, lá na praça. Contava mil histórias!

– É poeta, eu disse! Até hoje conta. Tudo sem pé e sem cabeça... Quem mais sofreu foi minha mãe. Quando vejo meus moleques, que mal conheceram a avó, acho que consigo imaginar um pouquinho da dor que ela sentiu – disse, passando a mão na cabeça de Anderson, que corria entre a sala e a cozinha. – Mulher é diferente. A gente, homem, ama os filhos. Mas uma mulher que perde um filho querido... Foi como se ela tivesse morrido também. O coração continuava batendo, torturando a alma, mas ela já não estava mais aí. Acho que estava só esperando um empurrãozinho, que veio com o desequilíbrio do Antônio Carlos.

– Vamos cantar o "Parabéns"? – cortou Regina, em voz alta, provocando um frisson que varreu a sala, com super-heróis e paquitas correndo para cercar a mesa, onde o bolo fora cravado com a Espada do Poder.

No Natal, quando seu Jorge organizava um almoço para o pessoal da oficina, Alvinho aparecia na churrascaria, quase irreconhecível, de cara limpa e barbeada, vestindo uma camisa branca, de mangas compridas, enfiada numa calça de tergal, guardada e passada com carinho para ocasiões como aquela. Somando-se os Krauses às famílias de Alvinho, do borracheiro e do lanterneiro, o churrasco de Natal reunia vinte adultos e crianças, que se empanturravam de lombinho, cupim e maminha, servidos em espetos que pingavam sangue e gordura sobre as toalhas de papel branco que cobriam a mesa.

– Em rodízio, eu não perco tempo com arroz e farofa. Só vou na carne – dizia seu Jorge, espetando um naco de picanha que o garçom fatiava em seu prato.

Na sobremesa, tomavam sorvete, antes da distribuição de presentes organizada por seu Jorge e dona Lúcia, que chamavam as crianças, uma a uma, para ganhar uma boneca, um carrinho, a nova bola de futebol. Depois, com voz embargada, seu Jorge fazia um discurso canhestro, claudicante, que, se pudesse ser traduzido, talvez exprimisse sua gratidão pelo trabalho da equipe em mais um ano que chegava ao fim.

– Agora que o seu pai vai ficar doido – cochichava Alvinho, no ouvido de Wagner, antes de se abaixar para retirar da mochila um cavaquinho. Era o sinal para que Valdir, o lanterneiro, sacasse da bolsa um pandeiro para atacar o pagode. Enquanto as mulheres se levantavam para dançar, seu Jorge tamborilava sobre a mesa, balançando a cabeça mecanicamente, não convencendo ninguém da sua inesperada conversão à música popular.

Nós iremos achar o tom
E um acorde com lindo som
E fazer com que fique bom
Outra vez, o nosso cantar
E a gente vai ser feliz
Olha nós outra vez no ar

O show tem que continuar
Nós iremos até Paris
Arrasar no Olympia
O show tem que continuar

– E só não tocaram no Olympia porque a casa era grande demais. Mas o sucesso do Pixinguinha e os Batutas em Paris é inegável – explicou Lafa, dedilhando as cordas do violão de Wagner, que o escutava sentado no sofá da sala.

Lafa havia voltado para casa pouco depois que Lorena saíra. Ele fora à biblioteca em busca de alguns livros sobre a história de Paris, coisas que precisava entender para o seu artigo de pós-doutorado, que abordava a viagem dos Batutas à França. Então, encontrando Wagner no sofá, tocando violão, sentara-se na poltrona, tateando os bolsos à procura de seus cigarros. Aos vinte e nove anos, Lafa ainda tinha, como um adolescente, espinhas no rosto, que ele tentava disfarçar com aquela barba rala, tratada e cofiada como se fosse a barba densa de um homem mais peludo, com o mesmo esmero que dedicava aos anéis de prata e ao cachecol preto que protegia seu pescoço nos dias mais frios. Se Wagner já não o soubesse, diria que Lafa era inglês, se bem que ele mesmo jamais houvesse encontrado um inglês na vida. Estereótipos, pensou. Inglês, não pelo nome, *Lafayette*, mas pela postura, pela maneira de falar com o queixo levemente erguido, as sobrancelhas arqueadas, como se equilibrasse uma coroa invisível sobre a cabeça.

– Mesmo com todo o sucesso, a turnê francesa dos Batutas quase não teve repercussão no Brasil – continuou Lafa. – O problema é que, naquela época, a classe dominante achava embaraçoso que um bando de negros pobres, tocando chorinho e maxixe, pudesse representar o Brasil no exterior. Ainda mais em Paris! Era uma vergonha!

Agora, a grande ironia dessa história é que a viagem só foi possível graças ao Arnaldo Guinle, que era um dos maiores ícones da elite brasileira. O cara era um visionário! Bancou a viagem dos Batutas e, mais tarde, bancou a do Villa-Lobos também. Mas disso você sabe melhor do que eu – disse, tamborilando o tampo do violão, antes de o devolver a Wagner.

– De onde vem esse nome? – cortou Wagner.

– Qual nome?

– Lafayette.

– Ah, isso foi coisa do meu pai! Podia ter sido pior. Podia ter sido Thomas Jefferson! Meu pai é empreiteiro. Dono de uma construtora que faz obras para o Estado. Mas a vida toda sempre foi apaixonado pela história americana. Foi minha mãe que vetou o Jefferson, mas acabou cedendo ao Lafayette – disse antes de acender um cigarro, oferecendo um a Wagner, que o recusou.

Filho de um empresário e uma professora de história, herdeira de uma das mais tradicionais famílias do Rio de Janeiro, Lafayette da Mota Azeredo nasceu em Ipanema, mas foi criado no Leblon. Estudou na Escola Americana, fez intercâmbio na Califórnia, voltando ao Brasil com o segundo grau completo. Queria cursar história numa universidade federal, mas não passou no vestibular. Acabou estudando na Católica, cujas mensalidades eram pagas por seu pai. Depois, fez mestrado em história da arte na França, e, com uma mesada paterna, emendou a pós-graduação com o doutorado, dispensando bolsas de estudo. Formado, sem ter vontade de voltar para casa, começou a dar aulas antes de iniciar o pós-doutorado na Sorbonne. Lecionava, então, como professor substituto no departamento de língua portuguesa de duas universidades, ambas fora de Paris.

– Meu sonho sempre foi dar aulas na Sorbonne. Mas as coisas sempre foram muito difíceis para mim – disse, levantando-se para abrir a janela. – Meu pai era muito exigente, queria que eu falasse inglês melhor que português. Mas nada de cursinhos. Queria que eu estudasse nos Estados Unidos e, de preferência, fizesse a faculdade por lá. Mas eu estava mais interessado em história do Brasil e da arte, e não via por que estudar no exterior naquele momento. A não ser que fosse na França, que sempre me interessou mais que os Estados Unidos – explicou para Wagner.

Em Paris, seus horizontes se expandiram, permitindo-lhe conhecer melhor a música clássica, as óperas, sobretudo as de Richard Wagner. Noutro dia, assistira a *Tristão e Isolda*, com uma soprano espanhola. O que mais lhe encantou foi a voz, a presença de palco, o domínio da língua, como se a soprano tivesse nascido para aquele papel. Mas, confessava, ainda preferia as operetas de Mozart e as óperas italianas. Tinha se tornado membro da Ópera da Bastilha e, na temporada daquele ano, ainda não perdera uma apresentação. Gostara de *O barbeiro de Sevilha*, adorara *As bodas de Fígaro*, mas ficara um pouco decepcionado com *Aída*, numa montagem um tanto modernosa, tipo *Aída nas estrelas*, com astronautas e naves espaciais.

– E ainda tinha uns figurantes, alienígenas, que pareciam muito com o doutor Spock... Acho que foi uma releitura que se perdeu no excesso de intertextualidade. Você já deve ter visto algo assim – sugeriu, apagando o cigarro e fechando a janela antes que a sala ficasse fria demais.

– Talvez – respondeu Wagner quase num murmúrio. – De ópera, eu manjo pouco. Só conheço *O guarani* – completou, preferindo não comentar que da ópera de Carlos Gomes nunca escutara mais do que a vinheta de abertura da *Voz do Brasil*, quando ele e o resto do país desligavam o rádio.

– Então não perca tempo, cara! Você está em Paris! Tem que ver essas coisas todas, tem que mergulhar de cabeça na vida cultural. Tem que ir à ópera, aos concertos, aos museus – disse, enumerando as coisas que Wagner deveria fazer, emendando as dicas com o seu próprio exemplo, ele que já tinha assistido a todos os filmes de Godard, a todas as peças de Molière, a todas as óperas de Verdi, sem contar os concertos de câmara e de orquestra, as visitas aos museus, às exposições clássicas, modernas e contemporâneas, as participações nos eventos culturais, nos colóquios e conferências, nos congressos de musicologia na França, no exterior, na puta que o pariu, pensou Wagner, sentindo um nó na boca do estômago, como se fosse uma bola de raiva, de angústia, de arrependimento, sabia lá do quê, tudo misturado, sem que ele conseguisse entender por que aquela regurgitação despudorada de Lafa, que poderia até soar bem-intencionada, tanto o irritava. Não, ele não vira, não assistira, não experimentara, e foda-se! Em compensação, conhecia cada partitura da obra de Villa-Lobos, cada detalhe relevante ou irrelevante da vida daquele chorão carioca, órfão de pai, filho de mãe pobre, que Wagner estudara com a paixão dos melômanos e a seriedade dos acadêmicos, sem jamais ter tido compromisso com nenhuma universidade, nem do Brasil, nem da França, nem da casa do caralho. Conhecimento, na opinião de Wagner, era amor ao objeto estudado. Amor sem vaidades, sem diplomas, sem poses ou pretensões maiores do que a descoberta do desconhecido, a sensação de completude alcançada pelo preenchimento de uma lacuna, de um vazio que dói, o vazio da ignorância, que afeta cada pessoa de um modo diferente, com maior ou menor grau de intensidade. A dor do vazio para a qual só há um remédio: a curiosidade infinita. A curiosidade pela curiosidade, e não pelo diploma, pelo certificado, pelo título de doutor. Por outro lado, uma coisa não excluía a outra, relativizou Wagner, enquanto Lafa, sem interromper seu monólogo, saía da sala para apanhar uma garrafa de vinho na cozinha. Se ele, Wagner Krause, seguira caminhos menos ortodoxos, isso não lhe permitia menosprezar quem havia preferido (e podido!) seguir uma carreira acadêmica convencional. As pessoas eram diferentes. E as oportunidades também. Talvez, se ele não tivesse tido uma atitude tão comodista, tão mesquinha, tão conservadora, não teria passado todos aqueles anos no fórum sem aprender nada, além dos nomes dos juízes de todas as varas, de todas as secretárias e escrivães para quem ele distribuía processos, cujos números ele já sabia de cor. E tudo aquilo para quê? Para ter um emprego que lhe mantivesse vivo, dopado pela falsa impressão de segurança diante da vida.

– Bordeaux ou Borgonha? – perguntou Lafa, com duas garrafas nas mãos. – O Bordeaux é mais encorpado, mas esse Borgonha também é muito bom. Tem uma leveza de primavera… Só não tenho taças de vinho. Vai no copo mesmo!

15

Universidade Sorbonne. Estudos Ibéricos e Latino-americanos. Mestrando: Camille Serra da Mota Azeredo. Proposta de pesquisa: Elsie Houston, o resgate de uma memória. *Paris, 25 de abril de 2018.*

Wagner passou os olhos pelo texto impresso numa folha A4, fazendo uma primeira leitura na diagonal.

[…] Educada por um pai americano, no meio de uma elite que se pavoneava falando francês, não surpreende que Elsie fosse poliglota desde a adolescência. Ao português, inglês e francês, logo somaria o espanhol, o italiano e o alemão com a mesma acuidade auditiva que lhe permitia cantar em sete línguas.

Alemão ela aprendeu em Berlim, aos dezenove anos, quando passou dez meses estudando canto lírico com uma soprano famosa, estrela da ópera, grande intérprete de Richard Wagner.

– Não sabia que ela tinha estudado na Alemanha – disse, levantando os olhos do papel para encarar Camille, sentada à sua frente.

– Só não sei se foi um bom momento na vida dela... Mas, pelo que parece, ela aproveitou bastante.

Se, durante o dia, Elsie aprendia a cantar árias e Lieder, à noite, absorvia tudo o que acontecia na cena musical e teatral alemã. Era a Berlim dos cabarés, dos teatros, da efervescência cultural e política de um país em profunda crise de identidade, entre a derrota da Primeira Guerra Mundial e a ascensão do nazismo. A Berlim da República de Weimar, convulsa, rebelde e contraditória, onde o caos político e econômico despertou as musas, que inspiraram inovações estéticas e experiências vanguardistas.

Segundo o acervo de cartas enviadas à família, Elsie mergulhou na vida cultural da época, deixando-se impregnar pelo alvoroço que, naquela década, faria Berlim disputar com Paris o título de capital mundial das artes.

– Agora você pode imaginar o espanto provocado por ela na volta ao Brasil – disse Camille, quando Wagner acabou de ler o texto, dobrando a folha e colocando-a entre as páginas de um livro. – Ela só tinha vinte anos, mas tinha uma maturidade e experiência que não cabiam no provincianismo da sociedade carioca.

– Deve ter sido difícil para ela voltar a estudar no Brasil... – especulou Wagner.

– Ela nem esperou para ver! Mal chegou, já estava arrumando a mala de novo. Pegou as roupas, as partituras, e foi estudar em Buenos Aires. No Rio, não havia mais professoras do seu nível.

Assim como nunca houvera outra aluna com o mesmo nível de Camille nas aulas de Wagner. Camille, cuja paixão pelo objeto estudado o fazia lembrar-se de si mesmo, da sua obsessão por Villa-Lobos. Como seria bom se tivesse encontrado uma Camille na sua juventude! Ou que, agora, tivesse ele a idade dela. Poderiam, então, compartilhar aquele fascínio pelos estudos, pela música, como um casal cujos interesses vão muito além da cama, permeando toda a vivência a dois. Seria tarde? Ou poderia nutrir esperanças? Quem sabe? Poderia tentar. Assim, sutilmente, sem atropelos, sem demostrar grande interesse. Claro, era mais velho. Mas não era velho! Sentia que, em circunstâncias favoráveis, não a decepcionaria. Bastava que ela não fosse preconceituosa, que tivesse uma mente aberta, pronta para descobrir o novo no velho ou através do velho. Que não reparasse na sua pele seca, encarquilhada; não mirasse suas sobrancelhas, longas e desalinhadas; não notasse suas orelhas e narinas peludas. Não observasse seus dedos nodosos, suas mãos, com veias polpudas, azuladas. Que, simplesmente, fechasse os olhos. Que o escutasse apenas! Que ouvisse o que ele tinha a lhe dizer. Que ouvisse o que ele tinha a lhe contar daquilo que viu e viveu, daquilo que aprendeu. Em troca, ele a escutaria, como nenhum professor jamais a escutara. Como se cada palavra, cada pensamento, cada descoberta dela lhe revelasse uma nova face do mundo. Uma perspectiva jamais imaginada. Com as descobertas dela, ele complementaria as suas. Com a curiosidade dela, ele aprenderia de novo, ou aprenderia do zero aquilo que antes nunca lhe chamara a atenção.

– Nos vemos na próxima quarta-feira? – perguntou Camille, já fechando a bolsa, mas sem pressa de se levantar.

– Claro! – respondeu Wagner. Depois, hesitou: – Mas... Talvez a gente pudesse se encontrar fora daqui? Quer dizer, não sei, se você quiser... a gente poderia se reunir num café... – arriscou.

Camille sorriu, concordou, não via problema algum, disse, deixando o professor aliviado e, ao mesmo tempo, preocupado. Depois que ela saiu da sala, Wagner, sozinho, arrumou seus papéis, tentando murmurar uma melodia qualquer, que pudesse encobrir ou calar os incômodos pensamentos que tentavam lhe assaltar a mente.

★ ★ ★

– Ao Wagner e às partituras perdidas de Villa-Lobos! – falei, levantando a minha taça para o brinde, numa sexta-feira à noite, semanas depois que nadamos juntos.

– Perdidas para todo o sempre – emendou Wagner, ignorando o brinde para cortar um pedaço da torta servida como sobremesa.

– Como assim? – indagou Séverine, erguendo a sua taça.

Dessa vez, o jantar foi na minha casa, onde, finalmente, pude testar uma nova receita, servindo aos amigos uma torta de amêndoas com damasco. Eu convidara Wagner enquanto Florence, insistente, convidara Séverine. A ela, Wagner explicou que, finalmente, encontrara aquele velho que, talvez, pudesse lhe informar o paradeiro das partituras. Tudo em vão, porém. Os *Choros números 13* e *14* de Villa-Lobos jamais seriam executados. Entrariam para a história como os choros perdidos, extraviados ou, se alguém quisesse dar tons mais dramáticos à história, os choros incinerados pelos nazistas na grande fogueira da arte degenerada no Jardim das Tulherias.

– Enfim, sabe-se lá o que realmente aconteceu com as partituras – desabafou Wagner.

– E o que você vai fazer agora? – perguntou Séverine.

– Acho que ainda fico por aqui. Por algum tempo, pelo menos – respondeu, levantando os ombros.

– Eu acho que a fogueira nazista só não queimou o cinema francês – comentei, servindo uma fatia de torta para Séverine.

– É verdade, a ocupação de Paris teve um efeito interessante sobre o cinema – concordou ela. – Para começar, havia muitos judeus trabalhando na indústria cinematográfica. Gente importante, como grandes produtores e donos de salas de cinema.

– Sorte daqueles que conseguiram fugir para os Estados Unidos – emendou Florence. – O resto, infelizmente, foi deportado.

– E não havia mais cinema durante a guerra? – interessou-se Wagner.

– Pelo contrário! – disse Séverine. – A produção de filmes na França só aumentou! Os nazistas conheciam o poder do cinema sobre o imaginário do povo. Primeiro, confiscaram todas as empresas de distribuição, todos os cinemas, que pertenciam a judeus, inclusive o do meu avô. Depois, fundaram o seu próprio estúdio de produção, o Continental, seguindo uma diretriz cem por cento nazista.

– E o público francês aceitou isso, assim, sem boicotar os cinemas? – perguntou Wagner.

– O público adorou! – respondeu Séverine, esbugalhando ainda mais seus grandes olhos. – Os filmes promovidos pelo regime não eram, necessariamente, filmes de propaganda nazista. A ordem do ministério era produzir comédias ou filmes de entretenimento. Daí, produziram um montão de histórias românticas, banais e açucaradas. Só não podiam ser patrióticas demais. Tinha que ser pura diversão! *Panem et circenses*, mesmo que o pão estivesse em falta, e que os seus vizinhos judeus houvessem, estranhamente, desaparecido.

Com a inteligência, a vivacidade e a capacidade de articulação de Séverine, achei que, dessa vez, Wagner cairia, finalmente, na armadilha de Florence, que, até então, não havia abandonado a ideia de lhe encontrar uma companheira. Wagner, por sua vez, deu sinais claros de que Florence acertara a mão, sendo, como sempre, gentil e atencioso com Séverine. Um erro de leitura da minha parte que, logo, seria corrigido. A decepção veio no final da noite, quando, ao sair mais cedo, pois viajaria na manhã seguinte, para Madri, Florence partiu com Séverine, sozinha. Wagner, por sua vez, preferiu estender a noite em minha casa, para que pudéssemos conversar a sós.

– Muito simpática, a Séverine, não? – perguntei, depois de fechar a porta.

– Muito! – respondeu Wagner servindo-se de uma nova dose de uísque. – Eu sei que parece absurdo, mas… perto dela, eu me sinto…

terrivelmente culpado – disse, escolhendo as palavras, antes de se deixar cair sentado no sofá, com um longo suspiro.

Preferi não perguntar a razão daquela culpa, assumindo conhecê-la, uma culpa que vinha de longe, que vinha dos antepassados de Wagner; uma culpa latente, agora reavivada por essa temporada em Paris, uma cidade que não nos permite esquecer as glórias nem as vergonhas da sua história.

Sem dizer mais nada, Wagner pediu que eu me sentasse também e, indo direto ao ponto, anunciou:

– Estou apaixonado.

– Pela Séverine?!

– Não. Por uma aluna!

– Ui! – respondi com uma careta, prevendo o drama que escutaria, temendo pela saúde mental de Wagner, aos cinquenta anos, apaixonado por uma menina.

– É minha orientanda, na verdade. Informal, claro. Eu só lhe dou alguns conselhos. Ela está começando o mestrado e já tem um orientador da Sorbonne. É linda! Inteligente, culta e, o que é melhor, muito madura para a sua idade.

Disse que a conhecera recentemente, quando trabalhava com um grupo de alunos brasileiros e franceses, estudantes de letras, que seguiam a sua série de conferências sobre Villa-Lobos. Chamava-se Camille, devia ter uns vinte e poucos anos, ele ainda não ousara lhe perguntar a idade.

– E ela já percebeu o seu interesse? Deu algum sinal positivo? – perguntei, sem desfazer a careta, segurando o copo de uísque na mão, sem conseguir beber.

Wagner explicou que os sinais eram ambíguos, mas que ele apostava que, sim, ela estaria interessada. Mas, claro, a situação era um tanto embaraçosa. Ela podia estar se sentindo tão insegura e hesitante quanto ele. Afinal, não deixava de ser uma relação complicada, aquela entre um professor e uma aluna. Sob o ponto de vista ético, na Inglaterra, seria algo impensável, uma espécie de zona proibida para professores que prezavam suas carreiras.

– Uma mistura de puritanismo vitoriano com o politicamente correto dos americanos – julgou Wagner, abanando a cabeça. – Mas aqui, na França, tenho a impressão de que as coisas são diferentes – disse, encarando-me, como se esperasse a minha confirmação.

– Não tão diferentes assim.

Expliquei a Wagner que, a meu ver, os franceses eram definitivamente menos reprimidos que os ingleses. O próprio Wagner já sentira isso quando, tomando o metrô em Paris, percebera como as pessoas fitavam-se, admiravam-se, julgavam-se mutuamente, homens e mulheres, sem que isso fosse constrangedor como era para ingleses e inglesas, que se escondiam atrás de jornais, livros e celulares para não serem obrigados a cruzar o olhar com o passageiro sentado à sua frente.

– Mesmo assim, acho que, na relação entre professor e aluno, o interesse sexual pode ser tão complicado na França como na Inglaterra – sugeri. – A própria formalidade na sala de aula francesa é um bom sinal disso. A distância entre professor e aluno é imensa. O que, a meu ver, deve funcionar como um obstáculo à aproximação mais íntima, do mesmo modo que o politicamente correto dos americanos e ingleses...

– Sei – disse Wagner baixando os olhos, girando com o dedo o gelo no seu copo de uísque. – Mas essas coisas acontecem, não? Quer dizer, mestres e alunos se apaixonam desde a Grécia Antiga!

Eu respirei fundo, refleti por alguns segundos antes de revelar os meus pensamentos, que, eu sabia, poderiam soar rígidos demais.

– Acontece, se você permitir! Se apaixonar por alguém, na nossa idade, é um ato racional. Se apaixona quem quer. A gente não tem mais idade para dizer que levou uma flechada do cupido! Isso é coisa de adolescente em fase hormonal. E, depois, há sempre o perigo da manipulação... O professor tem o poder de aprovar a aluna, e a aluna tem o poder de seduzir o professor. Enfim, acho que essas paixonites inconvenientes e fora de hora podem facilmente ser controladas pela razão... e um pouco de inteligência!

Não, Wagner discordava. Em primeiro lugar, não se tratava de uma questão de inteligência. A seu ver, eu estava profundamente enganado a respeito da natureza humana. Era uma questão de tesão, libido animal. A inteligência não tinha nada a ver com isso. Pelo contrário: a inteligência humana estaria, segundo ele, subordinada às emoções, às intrincadas conexões neuronais que, essas, sim, nos controlariam.

– Se você não acredita em livre arbítrio...

– Cara, o livre arbítrio é uma invenção! Uma estratégia de sobrevivência da espécie humana que, em termos de milhões de anos, só foi desenvolvida recentemente. Quer dizer, na evolução humana, a ilusão de que podemos fazer a escolha *moralmente* correta ainda não está tão desenvolvida como os nossos instintos mais básicos. Instintos que são pré-históricos, que nos ajudaram a sobreviver como espécie. Mas que, hoje, podem parecer cruéis, injustos, repugnantes! E isso, obviamente, inclui o desejo sexual e nossas mais inconfessáveis fantasias e perversões!

– Não sei, não.

– Para isso inventaram o casamento, Nando! O casamento está para o sexo como as leis estão para a violência: ele regula, limita, institucionaliza o ato de foder! Com a violência é a mesma coisa. Pense na vingança, por exemplo. Bateu, levou, dente por dente, olho por olho. Um instinto bárbaro que se desenvolveu para punir quem mija fora do penico. Só que aí vieram a ética e a moral, ambas recém-nascidas, inventando leis, tribunais e cadeia para reprimir esse impulso de fazer justiça com as próprias mãos. Entendeu?

– Eu só acho que é uma questão de ética profissional – retruquei, na defensiva, tentando simplificar o debate. – As alunas são mais jovens e, obviamente, menos maduras que os professores. Essa paixonite pelo mestre é normal! Cabe a você, professor, saber se distanciar.

– Nossa!, Nando. Estou surpreso com o seu puritanismo.

Surpreso estava eu, na verdade. Surpreso por descobrir uma faceta de Wagner Krause que ainda não havia se revelado na minha presença. Do rapaz romântico, que eu conhecera, surgia agora um outro Wagner, cuja paixão não se baseava nos caprichos da juventude, no encontro da "mulher da minha vida", mas numa lógica fria, balizada por seu diletantismo filosófico. Não, eu me enganava. De repente me dei conta de que aquele Wagner já havia, de fato, se manifestado, quando conversávamos na viagem a Compiègne, e quando discutíamos sobre as dores e as delícias de se ter filhos.

– Mas, Nando, falando sério – disse Wagner diante do meu silêncio. – Eu não estou contando tudo isso para você só porque se trata de uma aluna. Essa, na verdade, é uma questão secundária. O fato de ser minha aluna ou não pouco importa. Existe uma questão muito mais séria por trás disso tudo. E é aí que eu preciso da sua opinião.

Wagner baixou a cabeça e, sem me olhar, revelou:

– Ela é francesa. Filha de brasileiros. Fala português com perfeição. O nome dela é Camille *Serra*. Esse nome lhe diz alguma coisa?

Neguei balançando a cabeça, esticando os beiços.

– Lembra da Lorena *Serra*?

– Aquela sua namorada de Ipanema? Claro!

– Pois é – disse, premendo os lábios, levantando a sobrancelha.

– Cacetada...

Que Wagner se apaixonasse por uma aluna, eu até podia entender e, abusando da nossa condição de amigos, podia desaprovar, criticar, orientar, indo talvez um pouco longe demais na intimidade que aqueles quarenta anos de amizade me permitiam. Que ele, no entanto, se envolvesse com a filha de uma antiga paixão me fez sentir um certo asco inexplicável, uma repulsa imediata e irracional. Mesmo agora, depois de tudo que aconteceu, eu não consigo encontrar um argumento que se sustente a favor da minha reação inicial. Afinal, nada mais normal que um homem de cinquenta anos se sinta atraído por uma mulher bem mais jovem. Wagner não devia nada à Lorena, nem a ninguém, não tinha por que se sentir constrangido diante daquela situação. Sorte a dele se, aos cinquenta, podia ser o objeto do desejo de uma mulher com a metade da sua idade. Talvez, o que realmente me incomodasse fosse o fato de se tratar da filha de Lorena. Que fosse filha do presidente da República ou da rainha da Inglaterra, não faria a menor diferença. Mas filha de Lorena, a mulher que ele conhecia, com quem ele convivera, soava-me como uma espécie de traição, heresia, sacanagem.

– E Lorena? – perguntei. – Você tem notícias dela?

– Não. Depois da separação, nunca mais soube dela.

Logo se corrigiu, explicando que, talvez, o termo "separação" fosse sério demais para o fim daquela aventura passageira, que não chegara a lugar nenhum. A palavra "separação" sugeria algo que, antes unido, estava agora separado. No caso dele e de Lorena, a palavra "união", a seu ver, não chegara a ser aplicada.

– Ou, talvez, aquela união tenha existido somente para mim… – disse, meneando a cabeça. – Pelo que a Camille me contou, a Lorena ainda mora na França. Por algum motivo, as duas não se falam. Ela não entrou em detalhes.

Não precisei perguntar a Wagner se Camille sabia que ele conhecia Lorena. Se ele estava apaixonado, se ele cogitava a possibilidade de se envolver com uma aluna, seria de bom-tom, julgava eu, não dizer à garota que conhecia a mãe dela. Primeiro, porque isso o envelheceria de imediato perante Camille. Segundo, porque Camille, como eu, poderia achar descabido ter um relacionamento amoroso com um ex-namorado de sua mãe.

– Claro que a Camille não sabe nada disso – adiantou Wagner, confirmando minhas suspeitas. – E, até há pouco tempo, nem eu sabia. Como pós-doutorando, fazendo conferências livres, eu não tenho lista de chamada. Por isso, só quando ela me mandou um e-mail para marcar mais uma reunião, eu descobri o nome completo dela. Depois cruzei informações na internet e… *voilà*! Camille Serra, filha de Lorena Serra.

– E o pai? É francês?

– Não. O pai é bem brasileiro! Eu sei até o nome dele: Lafayette da Mota Azeredo, o Lafa. Mas isso é outra história, que não vem ao caso agora.

No embalo de um novo suspiro, Wagner se levantou do sofá, foi até a janela, observou o asfalto molhado da rua, que refletia a luz do semáforo passando de verde a amarela.

– Ainda não aconteceu nada, e você não pode imaginar a sensação de rejuvenescimento que eu sinto nessa aventura – disse Wagner voltando-se para mim. – Ela se parece muito com a mãe. Quando eu estou ao lado dela, eu tenho a sensação de voltar no tempo, de voltar a ser o Waguinho dos anos noventa. Me sinto cheio de energia, pronto para fazer planos, com vontade de viver mais cinquenta anos. Os olhos, realmente, não envelhecem, Nando. Eu olho para a Camille e vejo viço, saúde, fertilidade. Só não vejo a minha decrepitude! Nem as minhas rugas, os meus cabelos grisalhos, as minhas manias de velho… Nela, eu vejo somente aquele poço de vigor à minha frente, aquela pele macia, os dentes imaculados, os olhos brilhantes, onde o verde dança no branco, sem aquele embaço, aquele cansaço que eu e você já temos no olhar. Ao lado da Camille, eu sinto uma euforia inusitada. Eu fico mais falante, mais articulado, sou capaz de fazer comentários irônicos, engraçados, que me deixam até surpreso. Deve ser o efeito da química cerebral, não sei. Talvez seja a natureza compensando a minha decadência física com uma certa agilidade mental para distrair a pessoa amada.

— Acho que você não está apaixonado pela Camille – cortei. – Acho que você ainda está apaixonado pela Lorena! Ou por essa visão idealizada da Lorena que você encontrou na filha dela. Um caso óbvio de transferência.

— Talvez – respondeu Wagner, surpreendendo-me pela sua falta de reação. – Talvez você tenha razão. Verdade que o fato de se parecer tanto fisicamente com a Lorena me confunde. Mas, ao mesmo tempo, eu consigo ir além. Eu consigo ver na Camille uma certa doçura, que a mãe pouco tinha. Ou, se tinha, não demonstrava com frequência – disse, voltando a se sentar no sofá. – Uma vez, eu e a Camille marcamos a nossa reunião num café. Foi a primeira vez que a gente se encontrou fora daquele ambiente sisudo da universidade. Trabalhamos muito pouco, na verdade. Ela já tinha avançado na pesquisa que está fazendo, queria me mostrar umas coisas, mas eu estava muito disperso. Pensei até que ela pudesse ficar chateada. Mas não! Pelo contrário. Empurrou os papéis para o lado, abriu espaço para uma garrafa de vinho, começou a falar sobre cinema, música. Depois, me contou sobre a infância dela, quando passava férias com os pais na Bretanha. Me falou da mãe, antropóloga, que tinha sido professora na França, dando aulas em várias universidades... Mas depois disse que, pelo que ela sabia, a mãe tinha abandonado tudo para trabalhar com crianças, num vilarejo da Bretanha. Parece que a Lorena, hoje em dia, dá aulas numa escolinha. Dessas tão pequenas que misturam alunos de várias idades na mesma sala de aula.

– Isso é muito comum na França – disse eu, sem ser ouvido.

– Eu não consigo imaginar por que a Lorena teria feito isso... A Camille diz que a mãe estava farta da vida acadêmica, das vaidades, intrigas... Não sei. Não foi muito clara. Fiquei com a sensação de que ela queria falar mais dos pais e, ao mesmo tempo, não queria. Percebi um certo conflito interno, uma narrativa meio hesitante, cheia de tropeços e desvios. Do pai, então, ela quase não falou. Eu até tentei tirar mais um pouco dela. Não perguntei diretamente, claro, mas lancei frases meio inacabadas, esperando que ela completasse as lacunas. Nada. Só disse, como eu já sabia, que era brasileiro e professor universitário. Difícil foi me controlar. Com o apelido Lafa na ponta da língua, conhecendo bem a figura (nós chegamos a dividir um apartamento), eu dava corda para ela, continuando a conversa, querendo saber mais, fingindo saber menos do que eu já sabia. E sabia bastante, porque, não resistindo à curiosidade, eu já tinha checado o Lafayette na internet. Fácil: nome completo, área de interesse acadêmico, umas poucas palavras-chave e, pronto, a porta se abriu! Lá estava o professor Lafayette da Mota Azeredo, dando aulas na Universidade do Texas.

– Uau! O melhor departamento de estudos latino-americanos do mundo, com certeza.

– Pois é. É lá que ele leciona a história da música brasileira, basicamente a geração do Pixinguinha. Só acho estranho que a Lorena e ele estejam separados. Ou talvez não estejam! Com o desinteresse dela pela academia e a ambição desmedida que ele sempre teve, a solução pode ter sido uma separação física, mas não, necessariamente, amorosa. Não consigo imaginar o Lafa morando num vilarejo do interior, plantando tomates orgânicos, enquanto a mulher dá aulas para crianças na escolinha municipal. Não era o tipo do Lafayette – disse Wagner, antes de virar o copo de uísque, bebendo o gole final.

Naquele momento, já emocionalmente tão carregado, em que discutíamos, primeiro, a inconveniência de se envolver sexualmente com uma aluna tão jovem e, depois, o constrangimento, na minha opinião, de se envolver com a filha de uma ex-namorada, eu preferi não aumentar a pressão, questionando Wagner sobre a relação dele com aquele Lafayette. Mas, definitivamente, havia uma ponta de amargura, de ciúmes, de inveja, não sei. Algo que me soava negativo, malicioso ou mesquinho permeava as palavras de Wagner quando ele falava de Lafayette, ou de Lorena em relação a Lafayette. Até então, eu nada sabia sobre a separação de Wagner e Lorena, nem sobre o papel daquele Lafayette na história. Afinal, os dois se separaram havia vinte e cinco anos. Tudo que eu sabia estava nas longas cartas que Wagner me escrevera quando partiu de Paris, nas quais não relatava nada de factual, nada de concreto. Vem daí a minha dificuldade em juntar as peças daquele quebra-cabeça, no qual o nome Lafayette aparecia como novidade absoluta, uma peça cujas saliências não se encaixavam no contorno daquelas que eu tinha à minha frente.

— Será que essa sua paixão pela Camille não teria um pouco de despeito pelos pais dela? – arrisquei, já me arrependendo das minhas palavras.

— Despeito? Não, de modo algum! Não posso sequer me comparar com uma ex-acadêmica que agora dá aulas para crianças num vilarejo perdido no fim do mundo. Com o Lafayette muito menos! Ele tinha a carreira dele e, mais tarde, eu tive a minha. Temas diferentes, se bem que no mesmo universo. Acho que eu só poderia sentir inveja ou despeito de um igual. Isto é, alguém que tivesse um histórico parecido com o meu, passado pelas mesmas dificuldades, se beneficiado dos mesmos privilégios e, finalmente, estudado o mesmo tema. Aí, sim, a sua superação, o seu sucesso acadêmico, indo além do meu, poderia provocar em mim uma certa inveja. Seríamos competidores iguais, partindo do mesmo ponto, com as mesmas oportunidades, apresentando resultados diferentes por causa da minha preguiça ou incapacidade intelectual. Mas, nesse caso, não! Não tenho inveja nenhuma da tia Lorena e suas crianças, e muito menos do Lafayette – concluiu, levantando os ombros, sem me convencer.

O meu erro foi achar que a sensível amargura de Wagner estivesse relacionada à posição acadêmica de Lafayette na Universidade do Texas. Na minha cegueira, eu não percebi o mais óbvio. Se Lafayette era pai de Camille, e se Camille tinha pouco mais de vinte anos, Lafayette não era somente alguém que Wagner conhecera em Paris, mas era, provavelmente, o namorado que o sucedera na relação com Lorena ou, quem sabe, o homem que provocara a separação entre Wagner e Lorena. Lafayette ganhava, então, contornos de vilão na história do meu melhor amigo. Mas sua vilania, só hoje posso dizer, não se compara à tragédia maior que se abateria sobre Wagner. Tragédia que só pude compreender recentemente, quando, finalmente, consegui me encontrar com Lorena em Ploemeur, nos confins da Bretanha.

16

O frio talvez não fosse o pior. A chuva, sim, incomodava, agravada pelo vento que forçava Lafa a empunhar o guarda-chuva na diagonal, quase na horizontal, para proteger Lorena, mais do que ele mesmo, das gotas geladas que desciam como uma cortina d'água, revelada pelos postes de iluminação da avenida. Acelerando o passo, olhavam para trás, procurando Wagner, que, sem guarda-chuva, ficara parado na saída do metrô antes de desembestar de cabeça baixa, levantando a gola do casaco, atravessando a avenida entre os carros que, arrastando-se na lentidão do tráfego, o iluminavam com flashes de faróis amarelos e lanternas vermelhas. Sob uma marquise, esperou Lafa e Lorena, que, ainda do outro lado da avenida, aguardavam que o sinal fechasse para atravessar pela faixa de pedestres. Wagner sacudiu a gola do casaco, tentando se secar, até que percebeu, refletido na fachada de vidro do prédio em frente, o luminoso mitológico, que ele só conhecia de fotografias, ali, agora, sobre a sua cabeça: Gaveau. Enfim, chegara. A sala Gaveau, um dos templos sagrados da música clássica em Paris; o templo no qual Villa-Lobos celebrara a sua obra, sabendo que dali o mundo o escutaria; o templo no qual, naquele sábado de inverno, frio e chuvoso, seria apresentado, em ocasião raríssima, o *Choros número 10* de Villa-Lobos, executado pela Orquestra Nacional da França.

– Então? Tomou outro banho? – perguntou Lafa, fechando com delicadeza o guarda-chuva com cabo de prata, uma relíquia que recebera de herança do avô.

– Bem que podia! – intrometeu-se Lorena. – Vocês dois ainda estão cheirando a cloro!

Pela primeira vez, desde que chegara a Paris, Wagner fora à piscina. Malgrado o inverno, com dias tristes e úmidos, ele se sentia seco como um peixe fora d'água, um bacalhau no balcão do supermercado. Havia seis semanas que não sentia a pele deslizando na água, a leveza do corpo flutuando na piscina, as braçadas marcando o ritmo da respiração, regular, hipnótica, enquanto ele murmurava mentalmente cada movimento da *Terceira sinfonia* de Brahms. Depois, terminadas as voltas, cumprida a missão, o silêncio. Deixava-se afundar, retendo a respiração o maior tempo possível, sentindo a paz que o dominava como se seu corpo flutuasse no espaço ou numa gigantesca bacia de líquido amniótico.

Foi Lafa quem lhe dera a dica, acompanhando-o na sua primeira ida à piscina do bairro, próxima ao bulevar de Belleville. Lá dentro, entretanto, mal se molhou. Enquanto Wagner cumpria sua rotina, volta após volta, sem intervalos para descansar, Lafa deu meia dúzia de braçadas, nadando de peito, sem meter a cabeça dentro d'água. Depois, saiu da piscina, avisando a Wagner que o esperaria no solário.

– Eu fico enjoado – revelou, quando Wagner lhe perguntou por que não nadava mais.

– Enjoado?

– É. Principalmente se eu virar a cabeça de um lado para o outro como você faz – explicou, abrindo sua mochila para apanhar o maço de cigarros.

– Pode-se fumar aqui?

– Dane-se! – respondeu, levantando os ombros.

Wagner puxou uma espreguiçadeira de plástico, colocando-a ao lado da de Lafa. Deitados, aproveitavam o sol tímido de inverno, cuja luz atravessava a claraboia empoeirada, sem que a temperatura ambiente chegasse aos vinte graus.

– Agora ficou melhor – murmurou Lafa, equilibrando o cigarro entre os lábios.

Sem mexer um músculo sequer, Wagner abriu os olhos, mirando a porta pela qual entravam duas meninas, uma de biquíni, outra de maiô. Calçando sandálias, com toalhas jogadas sobre os ombros, as duas abriram espreguiçadeiras, sentando-se no lado oposto do solário. Num pulo, Lafa se levantou, aproximou-se das garotas, que riram do seu comentário, sem que Wagner pudesse entender o que era dito. De repente, elas o fitaram, escutando Lafa, gargalhando agora, como se Wagner fosse o motivo daquela piada.

– Novinhas demais – disse Lafa, na volta, deitando-se na espreguiçadeira. – O bote foi certeiro, mas não valeu a pena. Há quanto tempo você e Lorena estão juntos? – perguntou, antes que Wagner pudesse fazer algum comentário.

– Tem quase um ano que a gente se conheceu. Mas, como ela veio para Paris antes de mim, a gente ficou uns três meses sem se ver.

– Paixão total?

– Acho que sim – respondeu Wagner, sentindo-se de repente incomodado pela pergunta, pela possibilidade de confessar a outro homem, ainda que fosse um amigo, o seu amor por Lorena. Era como se, ao admitir que a amava, ele estivesse pondo em jogo a imagem da sua virilidade, da sua masculinidade independente e, ocasionalmente, promíscua. Não queria que Lafa pensasse que ele era um romântico, amarrado a Lorena, dependente dela. Não, naquele papo entre homens, vestindo apenas sungas de banho, cercados por meninas seminuas, Wagner, de repente, sentia a fraqueza dos machos, a falta de forças para assumir o seu caráter irremediavelmente fiel, dedicado, monogâmico.

– Mas você veio para Paris por causa dela, não foi?

– Mais ou menos – desconversou. – Eu também tinha os meus planos de viagem. Com ou sem a Lorena, eu estaria por aqui, pela Europa – explicou, com tanta sinceridade que até ele começou a acreditar nas palavras daquela personagem que, de modo improvisado, ele acabara de encarnar. Wagner, outra vez, o macho. Agora, não mais ciumento, possessivo, mas, pelo contrário, desinteressado, desgarrado, mais objeto do que sujeito daquele amor que ele *tolerava* em troca de sexo.

– No dia em que cheguei, achei o clima meio tenso. De repente, achei que vocês tinham brigado – disse Lafa, sem olhar para Wagner, observando a chegada de um grupo de adolescentes.

– É, as coisas não andaram bem entre a gente – respondeu, mudando de tom, perguntando-se se devia ou não abordar aquela questão.

Sabia que, se falasse, não haveria volta. Não poderia apagar da memória de Lafa o que fora dito. Ao mesmo tempo, sentia o impulso de se abrir, de desabafar, poder, enfim, contar a alguém sobre a crise pela qual passara. A indiferença de Lorena, a traição confessada, a desavença, a pernada pelas ruas da solidão, o perdão como única saída.

– Ela andou me traindo.

Pronto, saiu, assim, vomitado, sem que ele mesmo pudesse controlar o jorro de palavras, tão somente quatro palavras, que diziam tudo, que revelavam seu drama, sua derrota, sua humilhação.

Quatro palavras que, ditas daquele modo, tão casualmente, poderiam, esperava ele, abafar o escândalo, desmitificar a questão, banalizá-la. Afinal, aquilo podia acontecer com qualquer um. Não se tratava de ser bom ou ruim de cama; de ser ingênuo ou malicioso; de ser monogâmico ou polígamo. A traição dependia menos do traído que do traidor. Ou traidora, naquele caso.

– Caramba! – comentou Lafa, agora sim, virando-se de lado para observar Wagner com mais atenção. – E você aceitou isso?

– Não era uma questão de aceitar ou não. Ela se arrependeu, pediu desculpas, e a gente resolveu retomar a relação.

Pediu desculpas, Wagner? Pediu mesmo? Ou você agora ficou na dúvida? Havia pedido, sim, pronto. Se não pedira, pouco importava. Era só mais uma linha que ele acrescentava àquela nova versão dos fatos, que, a partir de então, seria a versão oficial sempre que o assunto fosse abordado. Afinal, cada um tinha a sua verdade, a sua interpretação subjetiva da realidade. Não havia verdades absolutas. E, se Lorena não pedira desculpas explicitamente, com certeza pedira de modo implícito, assim, meio enviesado.

– O amor é lindo – disse Lafa, rindo, antes de apagar o cigarro no piso molhado quando um dos funcionários da piscina entrou no solário.

– Não sei – retrucou, ríspido. – De qualquer maneira, as coisas nunca mais voltaram a ser o que eram antes. Até hoje sinto que a nossa relação deu uma esfriada. Mudou sutilmente para pior. E já não sei se a culpa é minha, ou se a minha reação não deixa de ser um reflexo natural ao que aconteceu.

– Isso passa – respondeu Lafa, enquanto os dois se levantavam, recolhendo mochilas e toalhas.

– Você está todo molhado! – observou Lorena, na porta da sala Gaveau, passando a mão pelos cabelos de Wagner.

– Vamos? – perguntou Lafa, retirando os bilhetes de um bolso interior do casaco.

Sem dinheiro para comprar entradas para o concerto, Wagner acabara aceitando o convite de Lafa. Eu compro para nós três, dissera, incluindo Lorena no programa.

Sala Gaveau. O sonho de Wagner começava a se realizar. Depois, só faltava a Sala Pleyel, já que a Érard não existia mais. Assim, Wagner planejava conhecer todas as salas de espetáculo nas quais Villa-Lobos se apresentara nos seus primeiros anos em Paris. Gaveau, Pleyel, Érard, nomes conhecidos no Brasil. As marcas dos pianos franceses nos quais as crianças dedilhavam suas primeiras notas. Marcas que, em Paris, mantinham salas de recitais, exclusivas para a divulgação de seus produtos.

Sozinho, deixando Lafa e Lorena na fila do guarda-volumes, Wagner avançou pelo saguão com a solenidade de quem entra numa catedral. Homens de paletó, pulôver e gravata; mulheres com cabelos laqueados, echarpes e pequenas bolsas de mão. O ar carregado, quase sufocante, hesitando entre o perfume e a naftalina. Um público de idade avançada, curvado pelo tempo, espremendo os olhos, ou procurando na bolsa os óculos, para ler o programa do concerto. Noite de música clássica latino-americana com obras de compositores argentinos, mexicanos, brasileiros, encerrando-se com o que havia de melhor: Heitor Villa-Lobos.

– Villa-Lobos não era espanhol? – ouviu Wagner, sem identificar qual dos três velhos atrás de si lançara a pergunta.

No interior da sala, cadeiras de madeira, originais, forradas com veludo amarelo, alinhavam-se na plateia, nos camarotes, nas frisas e no balcão, onde os bilhetes eram mais baratos.

– Plateia, fileira jota – disse Lafa, empurrando Wagner e Lorena para o corredor direito da sala, onde foram recebidos pela camareira que os levou até a fileira correta.

Lorena entrou primeiro, seguida por Wagner, que se sentou entre ela e Lafa. Sala pintada de branco, pé direito altíssimo, sem afrescos no teto. Lâmpadas nuas, coro recuado, abrigando os tubos de um gigantesco órgão. Um piano de cauda, cadeiras e estantes vazias, fantasmagóricas, esperavam pela orquestra no palco, enquanto, na plateia, o público se ajeitava em assentos que rangiam, sobre um assoalho deslustrado, coberto por uma passadeira surrada. Nas paredes laterais, manchas de mofo ou infiltração podiam sugerir, na penumbra da sala, o padrão de um desbotado papel de parede. Wagner esperava mais. Que pena. Parecia que nenhuma reforma fora feita na sala desde que Villa-Lobos se apresentara ali. Por outro lado, tinha sorte. Se a Érard já não existia mais, a Gaveau sobrevivia. Por pouco não fora demolida para dar lugar a um edifício-garagem. Fora salva, ao cair do pano, por um casal de músicos, milionários, que a comprou, prometendo uma longa e merecida reforma. Aquele era o concerto de despedida, até o fim das obras, sabia Deus quando. Por isso, Wagner aceitara o convite de Lafa. Era agora ou nunca. Uma oportunidade rara, que se tornara única, pelo destino incerto da sala. Mais de sessenta anos depois, ele estava ali, sentado, quem sabe, na mesma cadeira ocupada por Ravel ou Prokofiev, que prestigiaram o primeiro concerto de Villa-Lobos, como compositor e regente, na sala Gaveau.

Entre tosses e pigarros preventivos, o pianista entrou em cena, recebendo os aplausos da plateia. Havia ali, com certeza, gente que nunca ouvira falar de Heitor Villa-Lobos. Gente que só correra para comprar entradas ao saber que aquele jovem compositor brasileiro, um desconhecido, seria interpretado por um consagrado pianista. Uma oportunidade de ver e ouvir, ao vivo, o pianista que morava em Paris, mas que muito se ausentava, cumprindo uma intensa agenda de recitais em todo o mundo. Arthur Rubinstein curvou-se ligeiramente, agradecendo os aplausos, sem expressar mais do que um sorriso de lábios premidos. Depois se sentou ao piano, ajeitou a posição da banqueta, colocou as mãos sobre o teclado e inspirou. Um, dois, três, quatro, cinco. A plateia suspendeu a respiração, enquanto Rubinstein atacava o *Rudepoema*, executado pela primeira em vez em público, a peça que Villa-Lobos compusera exclusivamente para ele.

Aos poucos, um número após o outro, o palco fora tomado por músicos e instrumentos. Um duo, um quarteto, um septeto, até que Elsie Houston entrou em cena, acompanhada pelo piano de Lucília e pela orquestra completa, sob a regência do próprio Villa-Lobos. Uma breve salva de palmas para o maestro e a diva. Com saltos altos, um vestido verde-claro, cabelos amarrados em coque, Elsie encarou a plateia e, com um discreto aceno de cabeça, avisou a Villa que estava pronta. O maestro pediu atenção à orquestra, deu início à música, seguida por Elsie, que transmitiu ao público "A paz do outono", a melancolia da "Cantiga de viúvo", a sina do boiadeiro na "Canção do carreiro". No português incompreendido pelos franceses, a soprano interpretava as *Serestas* de Villa-Lobos, emprestando-lhes uma universalidade que transportava a plateia para uma terra longínqua, num tempo indeterminado.

Depois dos aplausos e dos buquês de flores, Elsie deixou a cena sendo substituída pelo coral que complementaria a orquestra na execução da peça final. Oitenta coristas, posicionados atrás dos músicos, já se ajeitavam em quatro fileiras quando Villa-Lobos voltou ao palco, sendo ovacionado pela sala. De novo, o maestro impôs silêncio antes de dar início àquela composição que intrigava o público, fazendo-o penetrar uma floresta encantada, ora um bosque banhado de luz, ora uma selva tenebrosa, habitada por pássaros exóticos, insetos ruidosos, animais ariscos. Até que a plateia, atenta, magnetizada, guiada pelo canto do azulão da mata, chega ao rio caudaloso, largo como um mar, revelado em toda a sua grandeza por trombones, violas e violinos. Pausa. Silêncio. A sala respira. O maestro prende o fôlego. O fagote, solo, conclama o resto da orquestra. O piano desperta, grave, seguido por flautas, metais, cordas. Revela-se agora, clara, explícita, a melodia que antes, ainda na floresta, era apenas sugerida. De repente, o reco-reco, a cuíca, o tantã invocam contraltos, tenores e barítonos. *Jequiri tumurutu taiapó camarajó caitá!* Os índios chegam à margem do rio, você está cercado, a música sobe de tom e, no seu clímax, o Brasil nativo encontra o Brasil urbano, fazendo o público suspirar, aliviado, com o canto suave das sopranos. *Se tu queres ver a imensidão do céu e mar*, preste atenção nessa música, cuja letra a plateia não pode entender, mas pode sentir a pungência da sua melodia. *Rasga o coração, vem te debruçar sobre a vastidão do meu penar*. Os homens agora, baixos e barítonos, completam a canção até que a percussão se cala. Um trompete, solo, guia as contraltos, enquanto os violinos, suaves, marcam o tempo em *pizzicato*. *Vê se podes ler, nas pulsações do meu coração, as brancas ilusões e o que ele diz no seu gemer*. Volta a orquestra, cadenciada pelo reco-reco, o tantã e a cuíca dos morros cariocas. Villa-Lobos transpira, os coristas se embalam, o coração do público dispara, tomado pela apoteose carnavalesca, indígena, a força visceral da selva e do povo brasileiro num grito uníssono, final, de coro e orquestra. Bravo! A sala se ergue, aplaude, celebra a magia da música brasileira.

Wagner, enfim, levanta-se, cabisbaixo, aproxima a boca do ouvido de Lorena, pede-lhe licença, sai às pressas da fileira. Sobe o corredor, procura o banheiro, a cabine, tranca a porta, soluça, chora.

– Eu insisto – disse Lafa após o concerto, quando, enfim, Wagner os reencontrou no saguão da sala Gaveau.

– Mas você já pagou as entradas! – disse-lhe Lorena, enquanto devolvia a Wagner o seu casaco.

– Noitada completa: concerto e jantar – retrucou Lafa.

Jantariam num restaurante japonês, para onde caminharam, com calma, depois que a chuva havia cessado. Wagner, calado, mãos nos bolsos, evitava as poças d'água, ouvindo a conversa entre Lafa e Lorena: o arroubo do maestro, o entusiasmo do coro, o êxtase dos franceses quando ouviram o *Choros número 10*.

– Tem gente que chama o *Número 10* de a *Nona sinfonia* dos brasileiros – comentou Wagner, quando Lafa já abria a porta do restaurante, cedendo-lhe a passagem.

Aboletados numa mesa de canto, perto da cozinha, pediram um combinado de sushis e sashimis, acompanhado por uma pequena garrafa de saquê.

– Foi nesse concerto de 1927, nesta mesma sala de onde a gente acabou de sair, que o Villa-Lobos finalmente conseguiu ter o reconhecimento que ele tanto queria – disse Wagner, segurando o hashi, como a batuta de um maestro. – Os críticos franceses adoraram. Eles encontraram na obra do Villa exatamente aquilo que eles esperavam de um compositor sul-americano: o exótico, o inusitado, o som da natureza indomável, das selvas tropicais, cheias de índios e animais selvagens!

– Segure assim – disse Lorena, ajudando Wagner, mostrando-lhe os pauzinhos seguros pelo polegar, o indicador e o dedo médio.

– De todos os críticos – continuou Wagner, imitando Lorena, tentando agarrar o sushi –, o mais importante era o Florent Schmitt. O cara tinha uma credibilidade tão grande junto aos leitores que uma crítica sua podia lançar ou destruir a carreira de qualquer um. Imaginem a cara do Villa-Lobos quando, no dia seguinte, leu a crítica do Schmitt na imprensa. O texto já começava chamando o Villa de "três quartos de Deus com olhos de brasa e dentes de crocodilo"! Depois, não poupou elogios. Mas sempre de um modo muito irônico. Disse que o Villa era um bárbaro, um selvagem. "Um sobrevivente da Idade da Pedra que, exorcizando os seus piores instintos, conseguia dominar, como poucos, a beleza musical!" – recitou, antes de morder a ponta do sushi, que se partiu, caindo sobre a mesa.

– Melhor você colocar o sushi inteiro na boca – aconselhou Lorena.

– No final, o Schmitt diz que você pode adorar ou detestar o Villa-Lobos, só não pode ficar indiferente – completou, apanhando a metade do sushi com a mão, enfiando-o na boca.

– O Florent Schmitt não era compositor? – indagou Lafa.

– Também! – respondeu Wagner, mastigando o salmão com arroz. – Mas ele teve uma história complicada. Era um cara de vanguarda na música, mas extremamente conservador na política. Detestava os comunistas. E ainda tinha simpatia por Hitler! Durante a Ocupação, o Schmitt chegou a fazer parte do grupo Colaboração. O nome já diz tudo. Um grupo de ricaços e intelectuais que apoiava a aliança da França com o Terceiro Reich. Por isso, depois da guerra, ele foi marginalizado pela classe artística. Como se nenhum deles tivesse colaborado com os nazistas!

– Vamos pedir mais saquê? – perguntou Lorena, enquanto terminava de esvaziar a garrafa no copo de Lafa.

– Depois que o Schmitt chamou o Villa de selvagem, publicamente, a fama se espalhou – disse Wagner. – E você pensa que ele se importou? Que nada! Depois do sucesso na sala Gaveau e da aprovação de um dos maiores críticos franceses, o Villa assumiu a selvageria. Se achava o único e autêntico compositor das selvas tropicais!

– Daí, o apelido "Índio de Casaca"! – sugeriu Lafa, já fazendo sinal para que trouxessem mais uma garrafa de saquê.

– Sim! – respondeu Wagner. – Só que, aqui na França, o Villa abusou. Quando uma jornalista perguntou de onde vinha a sua inspiração para compor uma música tão nativa, tão indígena, o Villa não bobeou: disse que, nas suas viagens pelo interior do Brasil, quando pesquisava os sons da floresta, ele tinha sido raptado por índios ferozes. Canibais!

– Cuidado… – disse Lorena, observando Wagner lambuzando seu sushi com um creme verde que estava à sua frente.

Villa-Lobos havia sido convidado a participar de uma expedição antropológica, contou Wagner. O grupo deveria explorar as selvas do Mato Grosso, na região próxima à fronteira com o Paraguai. Villa pretendia captar o canto das aves, o rugido das feras, enfim, os ruídos da floresta e, se possível, a música das aldeias indígenas. Queria mergulhar na sonoridade atávica brasileira, para absorvê-la e harmonizá-la, compondo algo realmente original, uma amálgama de sons nativos e urbanos. No meio da expedição, sob o calor úmido da mata, quando a floresta se fechava como um manto verde que cobria todo o céu, quando já se esvaíam as forças de antropólogos e carregadores, Bilu, a cadela que acompanhava Villa-Lobos, desapareceu. Bilu! Bilu! Nada. O cachorro ficara para trás, Villa tinha certeza. Volta, não volta, hesita, grita para o grupo à sua frente, que esperem um minuto. Ele volta já. Vai procurar a cadela. Villa retorna pela trilha aberta pelo grupo até que, à sua direita, ouve o ganido de um animal. Usando o facão para abrir uma nova picada, entra pela mata fechada até encontrar Bilu deitada, imóvel, cravada por uma flecha. Villa se ajoelha, examinando o corpo da companheira fiel. Morta. Levantando-se, olha para cima e se depara com um grupo de homens, inteiramente nus, com os corpos e cabelos pintados, flechas e lanças apontadas em sua direção. Está cercado. Guiado pelos índios, sob a ameaça das lanças, Villa carrega o corpo de Bilu sobre os ombros, penetrando na floresta, afastando-se cada vez mais do seu grupo de expedicionários. Depois de meia hora de caminhada, encharcado de suor, tropeça, cai sob o peso do animal, sem conseguir se levantar. Os índios recuperam o corpo de Bilu, chutam Villa, fazem graça, antes de o levantarem à força, empurrando-o para a frente do grupo. A trilha continua por mais duas horas até que chegam a uma clareira, um arremedo de aldeia. São nômades, julga

Villa, enquanto os índios o despem, rindo, apontando para sua barriga pálida, seus membros peludos, suas nádegas flácidas. O alvoroço atrai as crianças e as mulheres, que gritam, gargalham, alisando a pele de Villa, como se quisessem remover a tinta branca que a cobre. Depois, os homens o amarram a um tronco, enquanto as mulheres buscam toras, galhos e gravetos para montar uma grande fogueira. Ao cair da noite, quando, exausto, mantém-se de pé pela força das cordas que o amarram, Villa é cercado pelos índios, que cantam e dançam ao seu redor, como se consagrassem seu corpo aos espíritos da floresta, como se o preparassem para o grande banquete da aldeia.

Por três noites e três dias, Villa-Lobos foi celebrado, não como compositor, mas como o prato principal daquele rega-bofe inesperado. *Jequiri tumurutu taiapó camarajó caitá*, cantavam os índios, enquanto Villa, sedado pelo cansaço e pelas beberagens que lhe serviam, assimilava, de olhos fechados, tudo o que ouvia. *Jequiri tumurutu taiapó camarajó caitá!* Morreria o homem, mas não morreria o músico, curioso, fascinado pela melopeia daqueles silvícolas, prontos para encarnar a valentia daquele branco, comendo-o como churrasco malpassado. *Jequiri tumurutu taiapó camarajó caitá!* Não, Villa não morreria sem incorporar aquele som puro das matas, transmitido a milênios de geração em geração. Entorpecido, escutava, em suas últimas horas, a melodia instintiva, arquetípica, viva na autenticidade do canto espontâneo, original. Um canto único, intocado pela influência da música europeia, ocidental, morta de tão civilizada. *Jequiri tumurutu taiapó camarajó caitá!* Entregando-se à morte, livrando-se do terror, Villa-Lobos acionava os microfones da memória, para que, numa vida além, a toada nativa das florestas brasileiras eternamente o acompanhasse. *Jequiri tumu…* Numa síncope inesperada, a música se cala. Villa abre os olhos. Está cercado pelos índios, que estão cercados por homens brancos. Padres, franceses, missionários. Em nome de Deus, soltem este homem!

Villa estava salvo. Não seria mais comido. Mas digerira, por sua vez, a cantilena indígena, calcada no mais fundo da sua memória pelo trauma de ter sido temperado como um leitão.

– Isso tudo é verdade? – perguntou Lorena.

– Claro que não! – respondeu Wagner, abocanhando de uma só vez o sushi coberto com uma grossa camada daquele creme esverdeado.

– Cuidado… – repetiu Lorena.

– É picante… – avisou Lafa.

– Tarde demais – sussurrou Wagner, enquanto Lorena já pedia ao garçom um copo d'água.

– O Villa-Lobos inventou tudo isso?

– Ninguém sabe dizer o quanto ele inventou e o quanto foi fruto da criatividade da jornalista – respondeu, afônico, enxugando as lágrimas. – O fato é que os franceses acreditaram, levaram a coisa a sério! Quando a notícia chegou ao Brasil, a crítica não perdoou. Ridicularizaram o Villa, chamando-o de farsante, contador de lorotas. Outros preferiram criticar o concerto da sala Gaveau. Teve um crítico no Rio que arrasou o Villa: disse que era o "barulhista" que tinha envergonhado o Brasil, que tinha introduzido o reco-reco e sua música "carnavalesca" em Paris, como se os brasileiros fossem um "povo de negros", com uma arte que não passava de "batucada africana"!

– Esse crítico hoje seria preso por racismo – comentou Lorena.

– Com razão – respondeu Wagner, antes de se aliviar bebendo água, um gole, dois goles, três goles, virando o copo, até a última gota. – Mas é interessante notar a diferença entre a crítica brasileira, toda conservadora e provinciana, e a crítica francesa, que chamou o Villa de "três quartos de Deus, com dentes de crocodilo" – disse, depois de recuperar o fôlego e a voz. – E não foi só ele que saiu aclamado pela imprensa. A Elsie Houston também foi muito elogiada. O próprio Villa disse, na época, que a Elsie era a melhor cantora das suas *Serestas*.

Wagner chegou a colocar a mão no bolso, procurando a carteira, quando uma japonesa, vestindo um quimono, pôs a conta sobre a mesa no final do jantar. Lafa, porém, foi mais rápido, entregando o dinheiro à garçonete. Que Wagner não se preocupasse. Aquela era uma noite especial. Afinal, fora uma ótima ideia assistir ao concerto de encerramento da sala. Quando a sua situação fosse mais estável, Wagner poderia lhe retribuir a noitada. Wagner agradeceu, recolocando a carteira no bolso, sentindo-se um pouco envergonhado por Lafa ter pagado a sua conta, sobretudo diante de Lorena. Por outro lado, via agora em Lafa mais do que um conhecido com quem dividia um apartamento, ou de quem alugava um quarto. Via em Lafa um amigo, alguém com quem ele podia contar, alguém com quem ele podia se abrir, sabendo que, na hora de pagar a conta, pagava quem tivesse mais dinheiro. E se, então, a sua situação ainda era precária, tinha certeza de que, no futuro, poderia convidar Lafa para muitos outros concertos e jantares. E como era bom aquele tal de saquê! Que noite perfeita! Que concerto! Villa-Lobos em Paris! Poderia haver algo melhor? Só se o próprio voltasse do mundo dos espíritos para se apresentar ali, no palco da Gaveau. E pensar que ele, Wagner, poderia, até hoje, estar trabalhando no fórum, arquivando e distribuindo processos. No dia seguinte, começaria a procurar um novo emprego. Renovaria a matrícula do curso de francês, leria mais jornais e revistas, investiria cada vez mais naquela vida nova num país tão fascinante. Não tinha do que reclamar: o trabalho na pizzaria era temporário. Logo encontraria o seu caminho, uma nova carreira, uma razão de viver que complementasse a sua vida com Lorena. Sentia, naquela noite, entre o amor da companheira e a amizade de Lafa, que as coisas se ajeitariam em sua vida. Só precisava ter paciência. E como estava mais bonita a sua namorada! Estava mais gentil, pensou, sentindo a mão de Lorena alisando-lhe a perna sob a mesa.

17

Wagner abriu a porta, cedendo a passagem para que Camille pudesse sair do restaurante, cujo luminoso banhava a rua, dando um tom avermelhado ao asfalto molhado. Haviam comido sushis e sashimis, bebido saquê e, agora, conversavam, riam, caminhando pela calçada, passando sob a marquise da sala Gaveau. O jantar, a convite de Wagner, encerrara um longo dia de trabalho, que havia começado às dez da manhã na livraria brasileira do Quartier Latin.

– Este aqui? – perguntava Jean-Claude, o proprietário, mostrando um livro para Wagner, quando Camille entrou na loja.

Professor e aluna se cumprimentaram com beijos nos rostos, uma intimidade que Wagner conquistara depois de semanas de trabalho conjunto, em que a orientanda progredia a passos largos, revelando fatos novos, inusitados, ensinando ao orientador tudo o que ele mesmo não sabia. Descobertas que a incentivavam a aprofundar sua pesquisa, como se ela abrisse uma porta atrás de outra num labirinto de paredes cobertas por páginas de livros, jornais e revistas; um labirinto que, explorado com paciência e determinação, prometia lhe revelar a alma de Elsie Houston, a mulher que, na Europa, tanto trabalhara pela música brasileira, mas que, por motivos pouco conhecidos, terminara por cometer suicídio em Nova York.

– O livro da Elsie! – disse Camille, sorrindo, arregalando os olhos.

Wagner agradeceu a Jean-Claude, apresentando-lhe Camille, sua aluna, que tanto precisava daquela brochura, que o livreiro encomendara no Brasil a pedido do professor.

– Quase um encarte – disse Wagner folheando as poucas páginas da brochura grampeada, repleta de fotos. – Deixa a desejar. Mas o melhor está no final – continuou, levantando as sobrancelhas, antes de abrir a última página sob os olhos de Camille.

– Um CD!

– Quatorze canções gravadas pela Elsie. Raríssimas! O resto você pode encontrar na internet.

Wagner pagou a encomenda, despediu-se de Jean-Claude prometendo voltar em breve, precisava encomendar outros livros, enquanto Camille passava os olhos pelas primeiras páginas da brochura, ali mesmo, saindo da loja, impaciente para ler a única obra, por mais sucinta que fosse, publicada sobre a vida de Elsie Houston.

Na praça de l'Estrapade, seguiram à direita, atravessaram a rua de Saint-Jacques em direção ao Jardim de Luxemburgo, dividindo as calçadas estreitas com estudantes da Sorbonne e turistas que visitavam o Quartier Latin. Em plena primavera, o sol não chegava a aquecer os corpos, mas seus raios em diagonal, límpidos, como se houvesse acabado de chover, realçavam as fachadas dos edifícios, o que explicava, segundo Wagner, a sensação de leveza, de alegria e bem-estar que, naquele momento, enlevava-lhe o espírito.

– Aliás, descobri umas coisas interessantes sobre a Elsie em Berlim – disse Camille, quando os dois atravessavam o portão do parque.

Sim, era verdade que Elsie se encantara pela cidade. Mas, isso, segundo as pesquisas de Camille, fora uma impressão inicial, descrita em cartas para os amigos pouco depois que ela chegara à Alemanha. No outono, as praças e parques de Berlim ainda estavam coloridos pela folhagem das árvores, dourada, que caía pouco a pouco, cobrindo as aleias com um tapete amarelo, salpicado de vermelho e laranja. Sobre aquele tapete de folhas, Elsie caminhava apressada, vestindo casaco de pele e um chapéu sino, carregando seus papéis, correndo de uma aula para outra. Ora canto lírico, ora alemão, que ela estudava com a facilidade e o interesse de quem já falava várias línguas. Em casa, Elsie levava a vida modesta dos estudantes, comendo pão, salsichas, frutas, poupando dinheiro para assistir a apresentações musicais. Apesar das saudades da família e dos amigos, naquele mês de outubro, Elsie, ainda otimista, planejava ficar pelo menos dois anos na Alemanha.

– Nos sentamos aqui? – perguntou Wagner, encontrando um banco limpo, de frente para a sede do Senado, ao lado de Euterpe, que, equilibrando um pombo na cabeça, tocava a sua flauta.

Depois de dois meses de inverno, continuou Camille, com árvores desfolhadas, calçadas escorregadias e o termômetro marcando dois graus abaixo de zero, Elsie percebeu que, na Europa, as cidades têm caras que mudam de acordo com a estação. E Berlim, no inverno, sob a neve, a chuva ou o granizo, tinha cara de mau tempo em ópera de Wagner, quando o barítono, assustador, solava em cena, sob raios e trovões. Elsie queria ir embora, voltar para o Brasil, para aquela luz, aquele calor úmido dos trópicos. Além do mais, morria de saudades da mãe. Seu único consolo em Berlim, os espetáculos. Assistia, pelo menos, a três por semana. Óperas, concertos e recitais. Queria escutar e absorver tudo o que seu magro orçamento pudesse permitir, tentando esquecer, ao mesmo tempo, as saudades das chulas, modinhas e emboladas que a sua voz dominava com a segurança da familiaridade.

– Por isso, ela acabou voltando da Alemanha antes do previsto. Mas, como ela queria continuar a estudar canto lírico, arrumou as malas e foi para Buenos Aires. Lá, pelo menos, a mãe podia visitá-la. E foi ótimo, porque, na Argentina, a carreira dela de cantora lírica realmente deslanchou.

Wagner escutava, calado, com o respeito religioso de quem ouvia o canto das musas, como se Euterpe, ali, parada há séculos, houvesse se libertado da rigidez do mármore branco, incorporando-se em Camille. Como se, ao contar o que aprendera sobre Elsie Houston, Camille não falasse, mas recitasse, hipnotizando-o com sua voz macia, maviosa, cujo leve sotaque francês, traindo-se aqui ou ali com um erre mais forçado, um til pouco anasalado, só pudesse aumentar aquele poder de sedução, do qual, provavelmente, Camille tinha plena consciência. Quem diria? Tanto tempo depois, Wagner estava de volta a Paris, sentado num banco de parque, a poucos centímetros da filha da mulher que, voluntária ou involuntariamente, transformara de forma tão profunda a sua vida. Poucos centímetros que lhe doíam como um abismo na alma. Um abismo estreito, que ele poderia vencer com um gesto discreto, aproximando a sua mão da dela, tocando-a delicadamente. Tão fácil. Bastava comandar os músculos do braço, com o ímpeto da decisão já tomada. Poucos centímetros. Tão próximo de dar cabo da ansiedade que lhe consumia havia semanas, ou de botar tudo a perder. Com um gesto singelo, um inocente movimento de mão, Wagner poderia, enfim, abrir as cortinas para o segundo ato daquela ópera, italiana, que ele previa alegre, sedutora, com um final retumbante em que o elenco tomaria a cena. A heroína, o herói e o coro cantando juntos, exaltando o amor romântico e eterno. Mas, cuidado! Aquela, encenada no banco do parque, sob o olhar atento de um pombo, poderia se revelar uma ópera trágica, marcada pelo amor frustrado ou pela traição. O gesto, tão diminuto, poderia ser rejeitado, mal interpretado. Decepção, de um lado e de outro. A traição da confiança depositada por uma aluna em seu professor. O embaraço, a vergonha, o fim constrangedor do que não havia começado. Senão, escândalo, como Nando lhe prevenira.

– O grande escândalo na vida da Elsie Houston foi ter sido uma mulher muito além do seu tempo – dizia Camille, fazendo uma pequena pausa, um segundo de suspense, para despertar a curiosidade do professor, que, de repente, parecia distraído. – A gente sabe que, naquela época, passar pelo menos uma temporada em Paris fazia parte do processo de amadurecimento de todo artista brasileiro, desde que, claro, ele ou ela pudesse bancar a passagem. Mas, daquela geração, a Elsie foi a única que levou a experiência francesa, em carne e osso, para o Brasil!

– Como? – perguntou Wagner, dando corda à aluna.

– Voltou casada com um francês, com a bênção do Villa-Lobos, que foi o padrinho!

– Disso eu não sabia – disse Wagner, observando o deleite de Camille em revelar ao mestre tudo o que ela descobrira, em tão pouco tempo de pesquisa.

Benjamin Péret, o marido, era poeta, surrealista, cheio de ideias radicais, revolucionárias, continuou Camille, refazendo o laço do seu cachecol. Com ele, Elsie frequentava os grupos de vanguarda da arte francesa, que faziam os modernistas brasileiros parecerem alunos bem-comportados de um colégio de freiras. No Brasil, Péret ganhou fama e má reputação por seus modos irreverentes, pouco apreciados por uma sociedade católica, que idolatrava a civilização francesa por sua elegância e refinamento. Mesmo entre os artistas, poucos conseguiam esconder o embaraço quando Péret exclamava, alto e claro, um escabroso impropério, solto com a facilidade de quem o fala em língua estrangeira sem conceber, de fato, o peso da infâmia. Talvez por influência despercebida, ou por desejo consciente de se diferenciar daquela sociedade, Elsie seguia o vocabulário de Péret, chocando até mesmo os amigos menos pudicos quando encaixava no diálogo um bom palavrão. O hábito, efeito colateral de tudo de bom que aprendera na Europa, acabaria por lhe trazer vários dissabores, causando o afastamento de amigos, como Mário de Andrade e Manuel Bandeira, ambos perplexos com o repertório daquela soprano tão desbocada.

– Puta merda! – disse Wagner, fazendo Camille rir, contorcendo-se sobre sua pasta de papéis.

Ela ria como Lorena. Uma risada seca, como uma série de soluços, que lhe fazia perder o fôlego. Depois, abanava-se, enxugava os olhos, enquanto o riso perdia a força, antes de recomeçar, de repente, sem ter sido motivado. Que delícia! Como era bom ver Camille rir, gargalhar, insinuando-lhe os sinais positivos que ele tanto esperava. Quem dera Lorena houvesse rido daquela maneira. Mas não. Lorena era diferente. Tão igual, tão diferente. Ah, se ela soubesse... Se soubesse que a filha dela estava ali, a seu lado, ao alcance da mão. Tanto tempo depois, Wagner sentia como se a vida lhe desse uma segunda chance. Como se a vida, enfim, lhe revelasse seus estranhos desígnios. Não, o destino não lhe reservara o amor de Lorena, mas, sim, o amor de sua filha, tão mais nova, tão mais viçosa, no ápice da beleza feminina quando todos os hormônios estão em seu lugar, quando a natureza faz a mulher mais atraente, mais voluptuosa, pronta para o gozo de uma relação a dois, uma relação fechada, ensimesmada, sufocante no abraço desesperado da fusão corporal, suada, salgada, impossível.

Wagner cruzou as pernas, tentando disfarçar a ereção, sugerindo a Camille que deixassem o parque, que fossem dar uma volta. Havia algo que ele gostaria de lhe mostrar, disse, já se levantando, colocando as mãos nos bolsos. Do Jardim de Luxemburgo, tomaram o bulevar Saint-Michel, caminhando em direção ao rio Sena, passando pela porta da Sorbonne, que publicara um livro escrito por Elsie Houston, um livro sobre canções tradicionais brasileiras e suas influências africana, europeia e indígena.

– Mas isso foi bem depois, já na década de trinta, pouco antes da confusão com o Péret no Brasil – explicou Camille.

– Confusão?

– Ele foi preso!

O Péret, além de ser poeta, militava no movimento comunista, explicou Camille. No Brasil da era Vargas, ele fora identificado como agitador, subversivo, um trotskista que conspirava contra o regime. Poderia ter passado muito tempo nos calabouços da ditadura Vargas. Mas, como cidadão francês, tivera sorte. Fora detido e expulso do país.

– Mesmo sendo pai de uma criança brasileira! – lembrou Camille.

O filho de Elsie e Péret nascera pouco antes da expulsão. A princípio, o casal considerou levar o menino para Paris. Mas depois, por uma questão de segurança, decidiram deixá-lo com a avó em São Paulo.

– A vida da Elsie ficou bem complicada nos anos trinta – contava Camille, enquanto ela e Wagner chegavam à praça Saint-Michel, onde um ônibus de portas abertas regurgitava dezenas de turistas. – Ela passou anos viajando entre Paris e o Brasil, entre Rio e São Paulo, sempre cantando, se apresentando em recitais… Isso tudo, sem deixar de fazer o trabalho de divulgação da música brasileira na Europa. O problema, claro, era que isso não dava dinheiro! Por isso, a opção pelos Estados Unidos. Lá, pelo menos, a música latino-americana estava na moda.

– Venha aqui que eu quero lhe mostrar uma coisa – cortou Wagner, pegando Camille pelo punho, com a espontaneidade de alguém que toca um amigo, sem hesitar, porque a intimidade o permite. Guiando a aluna, sentindo a maciez da sua pele, a tesura de seus músculos, Wagner atravessou a praça, contornando a fonte, driblando os artistas que dançam, cantam, desenham para os turistas, quando não passam horas paralisados como estátuas, concorrendo com Miguel e o Demônio, como se a praça fosse um palco a céu aberto.

– Aqui! – disse Wagner, parado em frente ao prédio número onze.

– O compositor Heitor Villa-Lobos viveu neste edifício... – leu Camille, a placa instalada ao lado da porta. – Os saraus de domingo!

– Exato! Foi aqui que a Elsie entrou de vez na carreira do Villa-Lobos.

– Ou ele na dela – retrucou Camille.

Afinal, continuou a aluna, foi ela quem apresentou ao mundo as *Serestas* de Villa-Lobos, com um talento e uma competência musical que assombraram até o próprio compositor. Quanto da crítica elogiosa ao Villa não era fruto da voz daquela intérprete que sabia encarnar como ninguém todas as personagens do repertório brasileiro? Quanto do sucesso de uma música popular qualquer não depende do cantor ou da cantora? Mesmo que não fosse dona de uma grande voz, como alguns críticos reconheciam, Elsie, mais do que cantora, era uma intérprete de corpo inteiro, como uma atriz que materializava no palco as personagens do cancioneiro popular. Por isso, concluiu Camille, seu "fio de voz", como insistia Manuel Bandeira, deixou saudades. Mesmo depois do casamento com Péret e da volta para o Brasil, Elsie continuou a cantar nos saraus de domingo. A voz, agora um pouco fanha, ecoava nas paredes da sala do apartamento, emitida por um gramofone, no qual girava um disco de vinil a uma velocidade de setenta e oito rotações por minuto. Um disco que Elsie enviara do Brasil através de amigos em comum que frequentavam as macarronadas organizadas por Lucília ali, no apartamento da praça Saint-Michel. Enquanto almoçavam, Elsie cantava sem se importar com a balbúrdia entre anfitriões e convidados, todos músicos, que combinavam vinho francês com feijão e macarrão.

– Vamos comer alguma coisa? – perguntou Wagner.

Camille disse que não podia, já tinha compromisso com colegas da faculdade, mas, de qualquer modo, o veria à noite, às sete horas, na porta da sala Gaveau, onde assistiriam a um recital, parte de um festival de jovens pianistas, mais pelo interesse de visitar a sala do que ouvir a música. A ideia fora de Wagner, que achava interessante ilustrar a pesquisa de Camille com visitas aos locais frequentados por Elsie Houston, como o apartamento de Villa-Lobos e a sala Gaveau. Ou, pelo menos, era a explicação que ele formulava, sem convencer a si mesmo, evitando admitir que o convite não era inocente. E que ninguém na faculdade soubesse daquela manobra! Afinal, levar um grupo de alunos a um concerto era uma coisa. Convidar uma única aluna para ir ao concerto era outra. Na sala dos professores, seria difícil convencer seus colegas da retitude de seus métodos pedagógicos. Aula particular? Levando aluna para passear? Você e ela sozinhos? Maldito Nando, que lhe botara aquela paranoia na cabeça! Justo quando ele, Wagner, supunha a França um país tão liberal.

Despediram-se, então, com beijinhos, sorrisos e acanhados toques de mãos, antes que Camille descesse as escadas da estação do metrô e Wagner subisse o bulevar Saint-Michel, fechando o zíper do seu casaco, pois o sol desaparecera, o céu se fechara e um vento frio confirmava que haveria chuva. Próximo à Sorbonne, entrou numa padaria, pediu um sanduíche de presunto com manteiga, para viagem, observando os alunos e alunas da faculdade, uma algazarra de gente jovem, que comprava o mesmo sanduíche, com ou sem salada, acompanhado de um refrigerante.

De volta à sua sala, comeu o sanduíche enrolado num guardanapo, lendo as novas páginas escritas por Camille, enquanto espanava com a mão as migalhas de pão que caíam sobre o papel. Esforçando-se para ler o texto com imparcialidade, sem o associar a Camille, a filha de Lorena, sem o associar à mulher que lhe roubava a concentração, que lhe provocava uma ereção em pleno parque, Wagner se dava conta de que, afinal, a aluna escrevia bem. Melhor ainda, como estudante, Camille se destacava pela responsabilidade, dedicação e profunda inteligência. Entendera a pauta proposta, melhorando-a, por iniciativa própria, com questionamentos intermináveis que a levaram a buscar fontes não apenas na Sorbonne e nas bibliotecas, mas também no acervo preservado por uma Associação dos Amigos de Benjamin Péret, que Wagner nem sequer conhecia.

Aquela era a aluna que, pela primeira vez em quinze anos de carreira, Wagner desejava sexualmente. Não que outras não o houvessem atraído. Em Londres, e mesmo em visitas anteriores a Paris, sempre fora grande a proporção de mulheres nos cursos de história da arte e da música. Sempre atraentes, pelo simples fato, muitas vezes, de serem jovens, alegres, radiantes. Camille, contudo, sobressaía-se entre todas pela maturidade, pelo interesse e curiosidade que demonstrava por tudo que pudesse aprender. Ou disso queria convencer-se Wagner. Talvez pela dificuldade em sondar suas próprias motivações, ocultas nos mais profundos recônditos da sua psiquê. Talvez pela dificuldade em assumir que, sim, como insinuara Nando, havia algo naquela relação a dois que sugeria uma relação a quatro. Wagner, Camille, Lorena e Lafa.

– Eca! – deixou escapar, contorcendo a boca, sentindo um arrepio que o fez encolher os ombros, abanar a cabeça, tentando arejar os pensamentos. Depois, levantou-se da cadeira, colocou os papéis de Camille na pasta e saiu da sala batendo a porta.

Só quando saí da piscina, por volta das seis da tarde, notei que Wagner havia telefonado para o meu celular várias vezes, sem deixar recado. Sem pressa, esperei até chegar em casa para retornar a chamada.

Depois do banho, telefonei-lhe enquanto fervia a água para cozinhar o macarrão. O papo não se alongaria, eu supunha. Não costumávamos conversar por telefone. Preferíamos usar o celular para ligações breves, para marcar encontros, nos quais poderíamos falar pessoalmente.

– Ô, Nando, procurei você a tarde toda! – disse Wagner atendendo a chamada.

– Estava na piscina. Vida de freelance...

– Hoje tenho um encontro...

– Que beleza!

– Com a Camille. Você lembra? A aluna.

– *Oh là là...*

– Queria lhe perguntar uma coisa...

– Diga.

– Vinho tinto ou vinho branco?

Não, Wagner não passou a tarde me procurando para perguntar se deveria oferecer à sua aluna, paquera, namorada, ou fosse lá o que Camille fosse naquele momento, vinho tinto ou branco quando ela chegasse à sua casa. Isto é, se tudo corresse conforme o planejado. Tampouco telefonou para perguntar todas as outras trivialidades que me perguntou em seguida, esperando, quem sabe, que eu mudasse de assunto, endurecesse o tom e voltasse a abordar o âmago da questão. Poxa, Wagner, você vai realmente fazer isso? Vai realmente se envolver com a filha de Lorena? Mas essas foram as perguntas que, por pudor ou excesso de respeito à opção do amigo, eu preferi não fazer. E porque não as fiz, até hoje me arrependo. Até hoje me culpo por não ter dito o que, de algum modo, poderia ter evitado a morte daquele que fora, sempre, um dos meus melhores amigos.

– Branco ou tinto?

– Branco! – respondeu Camille, sentada no sofá, retirando o CD do seu encaixe na contracapa do livro de Elsie Houston.

Wagner voltou da cozinha, trazendo duas taças de vinho, colocou-as sobre a mesa de centro antes de se sentar no sofá, ao lado de Camille, próximo o suficiente para sentir o seu aroma, ouvir a sua respiração.

– Vamos ouvir? – sugeriu ela, pousando a mão na perna de Wagner. Um sinal verde, um gesto inesperado, que, de repente, acelerava todo o roteiro elaborado para aquela noite.

Reticente, sem querer perder aquele contato da mão quente sobre a coxa, Wagner se levantou, introduziu o CD no aparelho, fazendo Elsie cantar, ensinando que *o coração das muié não é feijão nem café*. Camille sorriu, arregalou os olhos, sentindo o arrepio na pele, por escutar pela primeira vez a voz da mulher sobre quem ela tanto lera. Depois se levantou e, no ritmo da canção, começou a dar passos miúdos, cadenciados, balançando os ombros e os quadris com a competência e a malemolência que Wagner considerava inata do povo brasileiro. Percebendo sua surpresa, Camille lhe estendeu a mão, sempre sorrindo, convidando-o a acompanhá-la. Wagner riu, balançou a cabeça, aproximando-se, desajeitado, tentando seguir os passos de Camille, passando o braço pela sua cintura, apertando-a contra si.

Entre o abraço e o beijo, o beijo e o sofá, o sofá e a cama, Elsie lembrou, várias vezes, que tem pena dos *homi* que não sabem o que é o coração das *muié*. Em seguida, quando procurou sua pomba rola que havia fugido lá do *pombá*, Wagner e Camille já estavam no quarto, onde o professor despia a aluna, onde a aluna despia o professor, sem sofreguidão, com a calma e a delicadeza que prolongavam o prazer da descoberta, com o movimento lento de mãos, braços e pernas, ora soltos, ora entrelaçados. Wagner acariciava o rosto de Camille, passando os dedos pelas sardas que lhe cobriam o nariz, mordendo o seu queixo, beijando-lhe o pescoço. Despia sua calcinha, mordendo suas nádegas, acariciando as costas de Lorena.

Revirava-a, beijando o seu púbis, encostando o ouvido no ventre de Camille. Mãe e filha numa só mulher. A beleza somada à experiência. O vigor, à maturidade. Ainda assim, faltava-lhe algo. Camille não era tímida, verdade. Sabia atrair, cativar, conquistar. Mas, depois, faltava-lhe a iniciativa, o gesto mais ousado, mais desinibido com o qual Lorena despertara em Wagner o gozo, a luxúria, que ele, até então, ignorava. Camille, deitada, nua, deixava-se tocar, explorar, sem objeções. Mas não provocava, não tocava, não explorava. Fazia, com a respiração ofegante, os olhos fechados, o papel da fêmea a ser amada, acarinhada, idolatrada. Wagner, o homem maduro, o prestigiado professor, o representante do patriarcado, que se ajoelhasse aos pés da cama, subjugado, perante o sexo da aluna, com metade da sua idade, que, por ironia dos deuses, assumia então o papel principal, transformando o dominador em dominado. Carreira, dinheiro, reputação, que fosse tudo para o inferno! Esforços em vão, simples meios para se alcançar o único e verdadeiro objetivo do homem: a volta ao paraíso, a origem do mundo. Nada poderia, então, interromper o elã do professor Wagner Krause, reduzido tão somente ao seu estado bruto, com as nádegas expostas e o membro intumescido, como um macaco despelado. Aquela talvez fosse a diferença mais marcante. Que Camille fosse menos extrovertida que Lorena, não passava de um detalhe. A maior diferença estava no poder que emanava de Camille. O poder gerado pela distância entre as idades. Antes, Wagner e Lorena se completavam, um saciando a sede do outro em partes iguais. Você me oferece isso, eu lhe ofereço isto. Com Camille, o desequilíbrio era claro. Você me oferece isso, e eu... Bem, veja se você aceita o que eu tenho a lhe oferecer. Longe da sala de aula, longe da posição de prestígio e poder, Wagner não passava de um homem de meia-idade que, por sorte, ou por quilômetros de braçadas na piscina, conseguia se manter relativamente saudável. Um ventre pouco saliente, os ombros largos, a postura ainda ereta. Camille, por sua vez, era a simetria das formas, a tonicidade sem ginástica, o vigor sem aditivos, sem vitaminas ou complementos.

– Venha… – sussurrou, puxando Wagner pelos cabelos, abraçando-o com as pernas.

Como não ir? Como não obedecer àquela mulher, tão jovem, tão dona de si e de todos os homens que a rodeiam? Venha, disse ela, como se o mundo estivesse de cabeça para baixo. Camille mandava, dava as cartas, fazia agora do seu professor, aquele mestre tão admirado pelos estudantes, o que bem entendesse. Coubera a ela, e somente a ela, cativar Wagner. Coubera a ela se destacar entre todas as alunas como a preferida do mestre. Coubera a ela o prêmio de ser recebida em sua casa, de ocupar o seu quarto, colonizar a sua cama. O prêmio de revelar para si mesma o lado mais íntimo do prestigiado mestre, agora sem as máscaras acadêmicas e sociais, caídas como as folhas que cobrem o chão da floresta. Desmascarado, o professor voltava ao ser primordial, movido por instinto, guiado pela genética. Puro animal, selvagem, canibal.

Enganava-se, porém. Naquele caso, o professor doutor Wagner Krause, mesmo que não tivesse plena consciência disso, portava ainda sua derradeira máscara. Aquela que expressava paixão descabida, desejo lascivo e infame por uma aluna, ocultando dela e de si mesmo algo mais profundo, mais antigo. Algo indefinido que vinha do passado, como sensações despertas por uma velha canção, um aroma familiar, uma visão. Um sentimento que, aos poucos, imiscuía-se na desordem de seus pensamentos, enquanto Wagner penetrava o corpo de Camille, vagarosamente, suavemente, sem pressa. Um sentimento indizível que, de algum modo, parecia-lhe abjeto, vergonhoso. Um sentimento que, paulatinamente, desanuviava-se, tornando-se cada vez mais claro. Como se o movimento de seus quadris, agora mais intensos, agora mais rápidos, não pare, não pare, pudessem descortinar, no palco vertiginoso da sua mente, o ato-chave daquele drama. Ouvindo os suspiros e gemidos de Camille, mais altos, mais suplicantes, quase como um choro, a ópera chegava ao seu clímax, onde Wagner se via em cena, com olhos de brasa e dentes de crocodilo, comendo, devorando, fodendo a filha de Lorena Serra.

18

– Vingança! Só pode ter sido – disse Wagner segurando um copo de plástico com vinho, conversando com o rapaz que o encarava, encostado na parede da cozinha. – O livro foi publicado nos anos setenta. O Villa já tinha morrido há muito tempo. Acho que foi um desabafo da família dela. Um desabafo muito sutil. Uma espécie de catarse do rancor guardado há décadas.

Com o álibi de celebrar a vida de Villa-Lobos, explicava Wagner, o livro, assinado por um parente de Lucília, fazia uma retrospectiva da carreira do compositor até o momento em que o casal se separou. Dali em diante, o texto focava na vida de Lucília, revelando ao mundo aquela pianista, professora de música, esposa dedicada e fidelíssima. A mulher que fincara os alicerces para que Villa-Lobos pudesse construir a sua carreira; a mulher que o apoiara incondicionalmente, fazendo enormes sacrifícios, sendo, no entanto, relegada a um papel secundário pela grande maioria dos biógrafos e historiadores.

– Não chega a ser uma história original – comentou o rapaz, falando alto para ser ouvido acima do alarido, e da voz de Michael Jackson, que, lá na sala, negava que Billie Jean fosse sua namorada.

– O mais irônico foi que a Mindinha, a nova companheira, tinha sido apresentada ao Villa-Lobos pela própria Lucília. A ideia era empregá-la como assistente do marido. Aí, já viu, né? Lourinha, bonitinha, com vinte e cinco anos, o velho Villa não resistiu, olá, como vai, muito prazer, e o resto é história – disse Wagner, dando espaço para que uma mulher chegasse à pia para lavar um copo.

A festa celebrava os trinta anos de Lafa. Amigos, colegas, desconhecidos, brasileiros e franceses espremiam-se na sala, no corredor e na cozinha, para onde Wagner levara aquele vizinho que havia descoberto Villa-Lobos através da biografia de Lucília, a mulher abandonada.

– Você sumiu! Vamos pra sala, dançar – disse-lhe Lorena, interrompendo a conversa, com uma voz pastosa, puxando-o pelo braço.

Wagner pediu desculpas ao vizinho, permitindo que Lorena o guiasse, esquivando-se de corpos e copos, com licença, passando por caras conhecidas e outras jamais vistas até chegar ao salão, onde Lafa arranhava o assoalho, imitando os trejeitos de Michael Jackson, cercado por um grupo de amigos. Wagner e Lorena entraram na roda, Lorena dançando no embalo da música, Wagner tentando segui-la, mexendo braços e pernas como se o ritmo fosse outro, e não o daquele pop cadenciado em que Michael Jackson insistia que o garoto não era seu filho. Da roda, surgiu um braço esticado, uma mão que pinçava um baseado, oferecido a Lafa, que tragou profundamente antes de o passar a Lorena, que, depois da sua tragada, o passou a Wagner, que, vacilante, segurou a bagana por alguns segundos antes de levantar os ombros e tragar a fumaça, retendo-a no pulmão, como lhe ensinara Lorena. Sem abrir mão do baseado, tragou pela segunda vez, mais fundo, segurando a respiração, até que sentiu uma catucada no ombro, lembrando-lhe que precisava passar a bagana adiante, não era só sua, diziam os olhos da menina de cabelos azuis que lhe sorria, estendendo-lhe a mão. Cara, como eram legais os amigos do Lafa!

Mesmo os colegas da universidade, professores, mais velhos, entravam na onda, numa boa. E a Lorena? Cada dia mais gata! Era o seu amor, a sua amiga, a sua companheira fidelíssima – mulher da sua vida, pensou Wagner, passando o braço pela cintura dela, beijando Lorena no pescoço, quase perdendo o equilíbrio com o balanço do corpo que ela não parava de sacolejar.

– Bora dançar! – gritou Lorena, tentando se desvencilhar do abraço.

Wagner parou, concentrou-se, prestou atenção à música, tentando entrar em seu compasso, agora que um rock francês, que ele nunca escutara, levava os convidados a pularem, juntos, fazendo-o sentir o chão tremer, deixando-o preocupado, cara, isso vai dar merda.

– O chão vai cair! – disse, segurando o braço de Lorena.

– O quê?

– O chão! Vai cair! – repetiu, gritando em seu ouvido, apontando para baixo.

Lorena riu, Wagner riu, que loucura, se o chão caísse, eles cairiam todos na sala do vizinho. Imagine o cara, assistindo à televisão, puto da vida com aquela zoeira no andar de cima, louco para chamar a polícia e, de repente, o teto cai, e a galera continua dançando na sala dele, ou na sala de baixo, se o piso dele também ceder. Contorcendo-se de tanto rir, Wagner fez um sinal para Lorena, pediu um tempo, foi à cozinha, dá licença, com licença, pisei no seu pé, foi mal, abriu a geladeira, encontrou a garrafa de vodca que Lafa guardava no congelador. Precisavam celebrar. Não só o aniversário de Lafa, mas também a inscrição de Wagner na Sorbonne, agora que decidira voltar a estudar, recomeçar do zero numa nova faculdade, fazendo aquilo que realmente amava, estudando musicologia, enquanto trabalhava na pizzaria ou, melhor ainda, na recepção de um hotel, uma dica de um amigo baiano de Lafa, que prometia horários mais flexíveis e um salário melhor. Onde estão os copos? De plástico não, porra! Cadê os copinhos de vidro? E não era um hotel qualquer, lhe garantira o baiano. Um hotel que tinha tradição em hospedar a elite brasileira. O hotel onde dom Pedro II batera as botas e onde, Wagner mal podia acreditar, Villa-Lobos se hospedava com Mindinha, quando já era um grande compositor, celebrado em todo o mundo. Cara, que loucura! Iria lá no dia seguinte, deixaria um currículo, já preparado, assim, meio anabolizado. Dá licença, deixe eu passar aqui, por favor. Um currículo que informasse sua larga experiência em hotéis do Rio de Janeiro, e aquela, agora verídica, de servir pizzas e cervejas numa pizzaria do Marais.

– Tô chegando! – gritou Wagner, suspendendo a garrafa sobre as cabeças dos convidados que dançavam na sala. – Para você, para você e para mim – disse, entregando os copos a Lafa e Lorena, servindo-lhes, deixando cair vodca no chão, antes de levantar o seu copo para um brinde – A 1993! O ano em que eu vou me casar com essa mulher!

Foi aí que Lorena vomitou. Ou melhor, primeiro ela bebeu a vodca, num só gole. Depois bebeu mais uma dose, arrepiou-se toda, fez uma careta e continuou a dançar, pular, rodopiar até parar, encarando o chão, percebendo Wagner girando ao seu redor, o mundo virando lá fora, o chão rodando sob seus pés. Empurrando Wagner, usando a cabeça para abrir caminho entre os convidados, Lorena correu para a latrina, porta trancada, escancarou a porta do banheiro, vomitando na pia, enquanto um sujeito mijava no box do chuveiro, sem olhar para trás.

– O que foi? – Wagner, colocando a mão nas costas de Lorena, enquanto ela tentava afastá-lo para que ele não a visse vomitando.

– De novo? – Lafa, na ponta dos pés, tentando ver o que estava acontecendo.

– De novo o quê?

– Ela já tinha vomitado ontem! Assim, de cara limpa, nem tinha bebido nada – respondeu, dando espaço para que o sujeito que mijava pudesse sair do banheiro.

Lorena lavou o rosto, enxugou-se com uma toalha, saiu pelo corredor, lívida, vacilante, enquanto Wagner a tomava pelo braço, vá deitar um pouco que isso passa. Na cama, encolheu-se como um feto, abraçando o travesseiro, resmungando qualquer coisa que Wagner não entendeu, concentrado que estava na missão de lhe tirar os sapatos.

– ... tem que conversar...

– Hum? O que foi que você disse?

– O Lafa...

– O que é que tem o Lafa?

– ...

– Durma. Amanhã você me conta.

Wagner deu-lhe um beijo na testa, cobriu-a com o edredom, antes de sair, fechando a porta suavemente. Cara, que doideira! Na sala, sentou-se no sofá, ao lado de Lafa, que lambia uma seda, enrolando outro baseado. À sua frente, dois rapazes e duas meninas abraçavam-se numa roda, cantando com gestos dramáticos, mão no coração, uma balada qualquer, que fazia Wagner se lembrar de suas aulas de francês, quando a professora os fazia ouvir canções de Johnny Hallyday, aquele Elvis Presley gaulês, que não morreu de overdose e, aos cinquenta anos, continuava a rebolar os quadris causando desmaios entre as francesas de todas as idades.

– Cadê a Lorena? – perguntou Lafa, erguendo o cenho, esforçando-se para manter os olhos abertos.

– Dormiu – respondeu, pegando o baseado da mão de Lafa para dar mais um tapa.

Dormiu mesmo? Lá no quarto, sozinha, coberta pelo edredom... E se estivesse passando mal, perguntou-se Wagner. Se vomitasse, deitada, poderia se sufocar no próprio vômito. Não foi isso o que aconteceu com Jimi Hendrix? Ou foi com Janis Joplin? Não sabia. Mas não podia ficar ali parado, no sofá, enquanto Lorena morria no quarto. Levantou-se, esbarrou numa garota, derrubando vinho no seu vestido, *désolé*, bote talco que sai, chegou ao quarto, sentou-se na cama, certificando-se de que Lorena respirava. Tudo bem. Voltou para a sala, mas, antes que pudesse se sentar, a garota do vestido manchado o segurou pelo braço, dizendo que a polícia estava na porta. Queria falar com o dono do apartamento. O dono do apartamento, ou melhor, o inquilino, era o Lafa, mas ele não estava em condições de falar com ninguém. Com Lorena nocauteada, sobrava para ele, Wagner.

– Diga para a polícia que o dono do apartamento não está.

– Diga você! – respondeu a garota, dando-lhe as costas.

Wagner atravessou a sala, o corredor, respirando fundo, tentando recuperar o equilíbrio, ele não havia bebido tanto assim, umas cervejas, uns copos de vinho, um pouco de vodca, além dos tapinhas que deu no baseado.

– Pois não? – perguntou, tentando manter a pose diante daqueles três homens armados, uniformizados, com algemas na cintura e coletes à prova de bala.

Que Wagner baixasse o volume da música, e encerrasse a festa imediatamente. Já eram quase três horas da manhã, e os vizinhos estavam reclamando.

– Sim, senhor, pode deixar – respondeu Wagner, aliviado, batendo continência para os policiais, antes de fechar a porta.

Porra, encerrar a festa? A festa era do Lafa! Como é que ele ia botar aquela gente toda para fora? Seria indelicado. O volume da música, ele até tentou abaixar, mas as vaias causaram ainda mais barulho. Que merda… E o pior não era isso. O pior era que a polícia podia voltar. Os caras tinham visto que ele estava chapado. Puta merda, iam chamar a delegacia de entorpecentes, a tropa de choque. Iam cercar o prédio. Ninguém entra, ninguém sai. Ele não podia ser preso. Brasileiro, com passaporte alemão, acusado de tráfico de drogas em Paris? Que vergonha! O que diria seu pai? Como é que o velho ia arrumar dinheiro para tirá-lo da cadeia? Imagine o seu Jorge, vindo lá do Brasil, para visitar aquele filho da puta na prisão. Logo agora que ele não assoviava mais. Ah, seu Jorge. De repente lhe bateu a maior saudade do velho. Vontade de se sentar num canto, no escuro, e chorar. Ah, pare com isso! Vai ficar com essa cara de bunda no meio do corredor? Melhor arrumar as coisas, evitar problemas para todo mundo. Onde é que o Lafa guarda os bagulhos dele? Se a polícia voltasse, eles estariam fodidos. Todo mundo preso. Não, Wagner não podia deixar isso acontecer.

— A polícia vem aí – disse, sacudindo Lafa, que dançava em câmera lenta, de olhos fechados.

— Ah, vá tomar no cu! Você e a polícia!

Fodeu! Melhor eliminar as provas. Que cada um fosse preso com o seu bagulho, tudo bem. Mas se encontrassem os bagulhos do Lafa, malocados no quarto, iam pensar que o apartamento era ponto de vendas do tráfico. Abriu a porta do quarto, acendeu a luz, porra, apague essa luz, agora não dá, preciso encontrar um negócio aqui nas gavetas do Lafa, pode continuar, estou de costas, não estou vendo nada, disse, olhando para duas meninas, que cobriam os seios nus com o edredom. Na primeira gaveta, Wagner encontrou cuecas e meias. Na segunda, camisetas de malha, dobradas, dois cintos enrolados e mais cuecas. O cara tem cueca pra caralho. Na terceira, a última, viu uma caixa de sapatos, abriu-a, encontrando aspirina em comprimidos, ervas num saquinho plástico, pó branco numa caixinha de papelão, um vidro de xarope para tosse e uma pedra de haxixe do tamanho de um dedal. Uau! O cara é malandro, pensou, apanhando a caixa, antes de fechar a gaveta, apagar a luz e sair do quarto. Na latrina, abriu o frasco de xarope, derramando todo o seu conteúdo no vaso sanitário. Se a polícia chegasse, não haveria provas. Jogou na privada as aspirinas, as ervas, o pó e, por fim, a pedra de haxixe, antes de acionar a descarga, que, num redemoinho avermelhado pelo xarope, levou todas as drogas de Lafayette pelo cano abaixo. Não satisfeito, jogou pela janela da latrina, sobre a área de serviço do prédio, a caixa de sapatos, o frasco de xarope, tudo que pudesse conter indícios. Pronto. Que viesse a polícia. Lafa não teria nada a esconder. A festa continua!

– Inacreditável – disse Lafa, chegando à cozinha no dia seguinte, ao meio-dia, quando Wagner já colocava a cafeteira na boca do fogão. – Você dá uma festa, só convida amigos e alguém rouba uma caixa de remédios! Puta que pariu! – completou, passando a mão pela testa. – Você não tem um remédio para dor de cabeça, não?

Wagner disse que sim e, sem encarar Lafa, foi ao quarto, pisando na ponta dos pés para não acordar Lorena, pegou a cartela de analgésicos na mesa de cabeceira e voltou para a cozinha, entregando-a a Lafa.

– Que caixa era essa? Tinha algo de valor?

– De valor? Não, nada. Uma pedrinha de haxixe, em caso de emergência. O resto era chá para digestão, bicarbonato de sódio, sei lá, essas coisas… Que merda!

Wagner percebia que a irritação de Lafa extrapolava a perda de uma caixa de remédios, mesmo que ela contivesse uma pedrinha de haxixe. Desconfiaria dele? Por que tivera que bisbilhotar a gaveta de Lafa? Por que jogara tudo fora? Que mancada! Metera-se onde não era chamado. Que viagem!

– E a Lorena?

Wagner respondeu que ela dormia, como uma pedra, mas ele não tinha alternativa. Também estava com dor de cabeça, sentia-se nauseado, mas precisava trabalhar. E logo num sábado, quando o movimento na pizzaria era intenso. Com turistas almoçando ou jantando a qualquer hora, a cozinha só fechava à meia-noite. Ele só voltaria de madrugada, disse, tirando da torradeira duas fatias de pão, quase queimadas, colocando-as numa bandeja, junto à manteigueira. Depois se serviu de café, colocou a caneca na bandeja, levando tudo para a sala, onde se sentou na poltrona, cercado por garrafas vazias, copos amassados, cinzeiros transbordados, um cenário de *A guerra dos mundos* sem Tom Cruise. Antes de sair para o trabalho, ainda recolheu alguns copos e garrafas, esvaziou cinzeiros na lixeira, mas sabia, sentindo um peso nos ombros, que o pior sobraria para Lafa e Lorena: limpar a cozinha, o banheiro, a latrina, além de varrer e passar um pano úmido em todo o apartamento.

Sem fazer barulho, trocou-se no quarto, reparando nos cabelos de Lorena, esparramados sobre o travesseiro. Observou sua testa, sua pele lisa, as sobrancelhas densas, bem delineadas. Imaginou seus olhos, fechados, ainda maquiados, agora cobertos pelo edredom, que se movia ligeiramente a cada respiração. Que fascinante e, ao mesmo tempo, constrangedor, observar alguém dormir, principalmente quando se tratava da mulher amada, ali, naquele sono profundo, inocente e vulnerável, bela pela metade, sem a sua presença de espírito, o seu caráter enérgico, que se, em alguns momentos, chocava Wagner, em outros, nos mais difíceis, o obrigava a se levantar, a se aprumar, seguindo em frente apesar das dificuldades. Lorena, a menina, Lorena, a mulher, a sua mulher. Quis lhe dar um beijo na testa, mas, temendo acordá-la, recuou, levantando-se, apanhou sua mochila e saiu do quarto.

No hall de entrada do edifício, parou para abrir a mochila, certificando-se de que não havia esquecido os livros, o guia de ruas e o currículo que levaria para o hotel. Depois, retirou o molho de chaves do bolso, abriu a caixa de correspondência, encontrando duas cartas para Lafa, que ele botou de volta no escaninho, e uma para ele, da Sorbonne. Abrir ou não abrir? Agora ou mais tarde? O coração batia forte, pedindo que ele acabasse logo com aquele mistério, que abrisse o envelope e pronto! Se fosse boa notícia, ótimo, se fosse má notícia... Enfim, a vida era assim, não se podia ganhar todas, quem sabe na próxima, e todos aqueles chavões que diz o coração quando a mente se deprime e a imaginação é parca. Não, Wagner não o abriria agora. Precisava se preparar. Primeiro, o trabalho. Lá, quando tivesse o seu intervalo, comendo uma pizza com Raj, poderia abrir a carta, de maneira casual, como se não fosse a mensagem que redefiniria sua vida, ou, pelo menos, seus próximos quatro anos.

Na rua, caminhou com atenção sobre a neve compacta, que havia embranquecido a cidade durante a madrugada. Desceu as escadas da estação do metrô, tomou a linha três e saltou em République. Precisava, antes de tudo, passar na biblioteca pública para entregar um livro sobre Villa-Lobos, cuja data de devolução já havia expirado. Curioso como aquele vizinho, na cozinha de Lafa, interessado por música erudita, havia descoberto Villa-Lobos pelo avesso, começando pela biografia de Lucília Guimarães, a esposa traída. Um livro que apresentava ao leitor a parte queixosa, sem apresentar a causa da separação, o contexto daquele drama a três. Não que Mindinha, a nova companheira, fosse uma espécie de vilã, uma oportunista que se agarrara ao músico, com o dobro da sua idade, quando ele já era famoso, reconhecido internacionalmente. Pelo contrário. Se Mindinha já o conhecera consagrado, ela atravessaria com Villa-Lobos outros momentos difíceis, quando o companheiro já sofria de câncer na bexiga, passando a viver com uma bolsa coletora. Após a morte de Villa-Lobos, Mindinha continuou trabalhando pela difusão da sua obra, sendo uma das principais responsáveis pela inauguração do museu dedicado a ele. Talvez, em histórias de amor como aquela, não houvesse vilões, nem vítimas. Talvez, na vida, houvesse tão somente desilusões amorosas, paixões não correspondidas, promessas não compridas. Estudando a vida de Villa-Lobos com a imparcialidade de um acadêmico, podia-se concluir que, certamente, a relação com Lucília alcançara o seu termo. E, se não fosse uma, o pivô daquela separação teria sido outra mulher. Quem sabe até menos dedicada do que Mindinha. Verdade que o término da relação, por carta, enviada de Praga, onde Villa-Lobos participava de uma conferência internacional, não fora dos mais elegantes. Faltou-lhe caráter, talvez, para enfrentar a situação, conversando diretamente com Lucília, olhando-a nos olhos, explicando-lhe o que se passava na sua cabeça e no seu coração. Faltou-lhe a hombridade, a franqueza, para dizer adeus, com dignidade, à mulher que tanto o ajudara nos primeiros anos da sua carreira.

– Dois francos, por favor – disse a moça, atrás do balcão.

Wagner pagou a multa pelo atraso na devolução dos livros, pegou mais dois emprestados, um sobre Rubinstein, outro sobre Florent Schmitt, o crítico e amigo de Villa-Lobos.

Da biblioteca, voltou ao metrô, tomou a linha oito, saltando, vinte minutos depois, na Madeleine. Pelas indicações do amigo, a rua do hotel, a rua de l'Arcade, ficava próxima à estação. Parado na esquina, Wagner consultou as páginas do guia, localizou-se, atravessou o bulevar, ladeando a Igreja da Madeleine, aquela construção inusitada, sem torres ou campanário, que mais parecia um banco ou uma estação de trem. Quando chegou aos fundos do prédio, dobrou à esquerda, encontrando a rua de l'Arcade, uma transversal estreita, com tráfego em mão única. Na porta do hotel, uma placa lembrava da estadia de dom Pedro II, o imperador do Brasil, que ali passara seus últimos dias, enquanto outra, logo abaixo, celebrava a preferência que o compositor Heitor Villa-Lobos sempre dera ao estabelecimento. Se, pela fachada, parecia antigo, do tempo do imperador, lá dentro, o hotel tinha uma recepção moderna, bem iluminada, com paredes pintadas em tons neutros, que não chegavam a formar um ambiente acolhedor, mas passavam um ar de eficiência e respeitabilidade.

Wagner explicou à recepcionista que vinha por recomendação do Baiano, o brasileiro, que ela reconheceu como o Emanoel, logo pegando o telefone para chamar um senhor Martin, que, pelo que Wagner percebeu, devia ser o gerente ou proprietário. Sentando-se no sofá da recepção, Wagner fechou os olhos, tentando sentir o aroma do charuto e da água-de-colônia que Villa-Lobos usava na época em que frequentava o hotel. O sofá, obviamente, era novo. As paredes estavam pintadas e talvez nem correspondessem mais ao desenho original daquele espaço. De qualquer modo, por aquele ambiente haviam transitado Villa e Mindinha, entrando e saindo do hotel, quando não tocando o piano de cauda que, com certeza, ficava na recepção.

Não, o piano ficava no bar, do outro lado da parede, de onde vinha agora o som de teclas, dedilhadas por alguém, que tocava, parava, hesitava. Wagner cruzou a porta que separava a recepção do bar, encontrando, ao piano, uma mulher loura, de cabelo armado, laqueado, vestido leve, florido, que não combinava com o frio que fazia lá fora. Ele já está descendo, disse a mulher, em português, sem levantar os olhos das teclas. Ele sempre se atrasa. O pessoal da Eschig fica danado. Só não se atrasa quando tem concerto. Aí, ele é o primeiro a chegar. Quer ordem, disciplina, é sempre muito exigente com os músicos. Mas, hoje, não. Hoje ele está tranquilo, vamos almoçar com o Sabino e o Veríssimo. Há tempos não se veem! Ele quem?, ia perguntar Wagner, quando sentiu atrás de si um cheiro de charuto mesclado com perfume masculino. Vamos?, perguntou uma voz, aproximando-se; um homem mais velho, de testa larga, com cabelos fixados pela brilhantina, usando paletó, colete e gravata; a pasta numa mão e um charuto na outra. A mulher se levantou, fechando a tampa do piano, enquanto o homem passava por Wagner, cumprimentando-o com um breve sorriso, antes de dar o braço à esposa, abrindo a porta da rua para que ela passasse primeiro.

– Desculpe-me pela demora – disse, em francês, um homem que lhe estendia a mão.

Wagner despertou, sorriu, levantando-se para responder ao cumprimento do senhor Martin, uma cabeça calva, olhos miúdos, profundamente azuis. Um aperto de mão elegante, suave, de quem usava creme hidratante nas mãos. Os dois conversaram, falaram de Baiano, quer dizer, Emanoel; da vaga que surgira na recepção; da experiência de Wagner em grandes hotéis do Rio de Janeiro. Wagner disse que vira a placa do lado de fora do hotel, cogitando se o senhor Martin não teria conhecido Villa-Lobos.

– Se eu o conheci? – retrucou, sorrindo. – Esse hotel está na nossa família há três gerações. Villa-Lobos me carregou no colo! E eu já não era mais bebê! Já tinha uns seis anos. Nunca me esqueci do aroma dele. Perfume temperado com charutos Cohiba! Deixava a recepção perfumada o dia inteiro.

Percebendo o interesse e o conhecimento de Wagner, Martin o pegou pelo braço, oferecendo-lhe uma visita ao hotel. Mostrou-lhe o piano que Villa usava, no bar, agora dedilhado por uma menina loura, que, sorrindo, olhou Wagner de soslaio como se houvesse sido flagrada fazendo uma travessura.

– Minha neta – disse Martin, antes de apontar a mesa a qual Villa se sentava, quando tomava o café da manhã, geralmente recebendo os amigos. – Só não podemos visitar o quarto preferido dele, que hoje está ocupado por hóspedes. Mas tenho algo ainda melhor para lhe mostrar – disse, levando Wagner de volta à recepção, tomando um corredor, onde uma placa apontava o Auditório Heitor Villa-Lobos.

À direita, num pequeno hall recuado, Martin abriu uma porta dupla, revelando um grande espaço acarpetado, com grossas cortinas de veludo e outro piano, sobre um estrado, no fundo do salão.

– Aqui fazemos nossos recitais e, uma vez ou outra, alguém se apresenta tocando Villa-Lobos.

Circuito completo. Depois da praça Saint-Michel, onde Villa compartilhara com Lucília as dificuldades dos primeiros anos, depois da sala Gaveau, onde alcançara o reconhecimento da crítica ao lado de Elsie Houston, Wagner, finalmente, conhecia o hotel no qual Villa-Lobos se hospedara na sua melhor fase, quando já podia bancar suas próprias viagens, para gravar sua obra na Europa, regendo ele mesmo orquestras consagradas, então acompanhado pela fiel Mindinha, que lhe lembrava o horário dos remédios, censurava-lhe pelos abusos à mesa, garantia-lhe o cumprimento da sua agenda de compromissos onde quer que fosse.

Na recepção, Wagner se despediu do senhor Martin, agradecendo a oportunidade de conhecer as dependências do hotel frequentadas por Villa-Lobos, esquecendo-se por inteiro de que estivera ali para se candidatar a uma vaga de trabalho na recepção. Pouco importava. Sentia a missão cumprida. Com ou sem Sorbonne, Wagner já se via dizendo adeus às pizzas, à bandeja e ao avental. Quatro semanas. Fora o tempo que trabalhara na pizzaria de Giuseppe, no Marais. Ao todo, fazia seis semanas que estava em Paris. Em pouco tempo, conseguiria o seu novo emprego, tinha certeza. São Villa-Lobos, auxiliado pelas almas caridosas de Lucília e Mindinha, não o desampararia.

– Veio à toa – disse-lhe Raj, quando Wagner entrou na cozinha da pizzaria. – A mãe do Giuseppe morreu. Lá na Itália. A gente vai fechar daqui a pouco.

Bem que Wagner achara estranho que Giuseppe não estivesse no caixa, de onde não arredava pé, mesmo em dia de jogo da Itália.

Mais estranho ele acharia, se pudesse antever as consequências daquele drama familiar na sua própria vida. Como assim? Como a morte de uma velha, de noventa e três anos, vestida de preto, curvada pelo peso de um luto antigo, que ia à missa todos os dias, num vilarejo perdido no sul da Itália, como poderia a sua morte influenciar a vida de um jovem brasileiro que tentava dar novo sentido à sua existência em Paris? Talvez porque a Morte, assim mesmo, com maiúscula, não ceifasse somente essa ou aquela vida aleatoriamente, mas, como efeito colateral, ora benigno, ora maligno, ela pudesse traçar um risco transversal nos caminhos seguidos por centenas, quiçá milhares de pessoas, afetadas direta ou indiretamente por aquela perda. Um risco que, traçado na terra batida, criava uma encruzilhada, oferecendo a todas aquelas pessoas o direito de escolha. Morreu, e agora? Vendo a casa? Mudo-me de cidade? Fico viúva ou procuro outro companheiro? No caso de dona Giulietta, a mãe de Giuseppe, sua morte, tão longínqua, deixava Wagner numa encruzilhada simples, cuja escolha do novo caminho era tão trivial que, provavelmente, foi feita de modo inconsciente, sem que ele pudesse refletir sobre isso, sem que ele pudesse prever suas catastróficas consequências. Recebida a notícia de Raj, podia voltar para casa imediatamente, a tempo de ajudar Lafa e Lorena a limpar o apartamento. Senão, podia afugentar a culpa, aproveitando o dia de folga para passear, abrindo a carta da Sorbonne no aconchego de um bar, diante de uma xícara fumegante de café. Melhor ainda, podia aproveitar a viagem para almoçar e, só então, decidir o que fazer. Ali, na escolha daquela última opção, Wagner entrou em sincronia com outra versão de si mesmo, que, em outra dimensão, nascia naquele instante. Assim selava o seu destino, como havia meses o selara na escolha casual de um assento numa viagem de ônibus entre Búzios e o Rio de Janeiro.

Wagner pediu a Raj que lhe fizesse uma pizza, pequena porque seu estômago ainda estava um pouco revirado. Depois de ter comido, enquanto tomava café, tirou o envelope da bolsa, releu a frente e o verso: Wagner Krause, Université Sorbonne, o selo francês, carimbado havia dois dias. Com a ponta de uma faca, abriu o envelope e, cuidadosamente, retirou a carta, semicerrando os olhos, para não ver antes da hora a notícia que tanto esperava. *Prezado senhor Krause, temos o prazer de lhe informar que sua candidatura para uma vaga no curso de Musicologia foi aprovada...*

Wagner se levantou, deixando cair o guardanapo no chão e, ainda segurando a carta, deu um abraço apertado em Raj.

– Quem morreu foi a mãe do Giuseppe – disse o indiano, encolhendo os ombros.

Sem lhe responder, Wagner deu-lhe um beijo na bochecha, saiu pela porta dos fundos do restaurante, querendo voltar para casa a pé, disparando pela neve, correndo de braços abertos como se fosse um avião na arrancada da decolagem.

Não, não podia, naquele momento, encontrar Lorena. Precisava de tempo para se acalmar. Estava excitado demais. Queria lhe dar a notícia com calma. Sim, voltaria a pé. Seria a melhor coisa a fazer. Andaria alguns quilômetros, aproveitaria a caminhada para refletir, fazer planos, degustar o prazer daquele novo sonho, daquela nova oportunidade, que lhe fazia renascer, agora sim, com um objetivo concreto, um projeto de longo prazo, em sintonia com seus prazeres e aspirações. Não seria fácil, claro. Seriam mais quatro anos de estudos, anos de vida modesta, dedicando-se às aulas, aos livros, e, ao mesmo tempo, trabalhando em qualquer lugar, no hotel de Villa-Lobos, quem sabe, para pagar as contas até o final do curso. Lorena compreenderia, com certeza. Ela o apoiaria, compartilharia com ele alguns anos menos abastados em troca da realização pessoal, que deveria estar acima de tudo. Apesar dos silêncios, apesar de um certo afastamento, estava convencido de que o relacionamento com

Lorena estava mais forte, mais sólido do que nunca. Era sua Lucília, a companheira, disposta a tudo para que os dois crescessem juntos, com um projeto de vida que transcendia a rotina, o trabalho pelo trabalho, a sina de quem adiava a felicidade para as férias ou para o fim de semana. Então, livre, em Paris, finalmente compreendia as palavras de Nando, que, recebendo da vida o milho, dele fizera pipoca. A vida como desafio, e não ameaça.

Primeiro, segundo, terceiro, quarto andar, Lorena, cadê você? Wagner abriu a porta do apartamento em silêncio, querendo surpreendê-la, Lorena não o esperava tão cedo, talvez ainda dormisse, o corredor continuava sujo, um copo de plástico no chão, ninguém se levantara, Lafa voltara a se deitar, mas havia ruídos, vozes ou qualquer coisa, um rádio, que vinha do seu quarto. Lorena estava acordada, concluiu, tirando os sapatos, caminhando com cautela, ouvindo então, com mais nitidez, vozes abafadas, suspiros, gemidos, porta entreaberta, Wagner se aproximou, curioso, coração acelerado, respiração presa, Lorena, sim, Lorena de quatro, Lafa, sim, Lafa de joelhos, por trás de Lorena, martelando seus quadris, um ritmo frenético, contra o corpo dela, contra a tatuagem dela, sim, Lorena, a tatuagem, Lorena, o cabelo, a pele, o gemido, sim, Lorena e Lafa, nus, selvagens, na cama que Lorena e Wagner dividiam desde que ele chegara a Paris.

19

– Ele é carioca, professor de história da música brasileira no departamento de Estudos Latino-americanos do King's College, em Londres, uma das universidades mais prestigiosas do mundo. Pós-doutorando da Sorbonne, ele está fazendo uma série de conferências, aqui em Paris, sobre o compositor Heitor Villa-Lobos. Assunto que, na Europa, domina como ninguém. No programa de hoje, temos o prazer de receber o professor Wagner Krause – anunciou Adriana Gressin, a redatora-chefe do serviço brasileiro da Radio France Internationale. – *Bonjour*, professor!

– *Bonjour*! – respondeu Wagner aproximando-se do microfone.

Havia semanas Adriana me telefonava, pedindo que eu levasse Wagner aos estúdios da rádio. Sabendo que nos conhecíamos, e supondo que ele estaria interessado, Adriana prometia uma entrevista especial, na qual Wagner pudesse falar mais do que os sete minutos habituais daquele programa de entrevistas. No fim de setembro, *Magdalena*, o único musical composto por Villa-Lobos, seria montado no teatro do Châtelet, durante uma curta temporada. Por isso, a redação queria entrevistar alguém que pudesse relembrar a trajetória de

Villa-Lobos em Paris, além da sua atribulada relação com a Broadway e com Hollywood.

A princípio, Wagner demonstrou pouco interesse pela entrevista, disse-me que estava muito ocupado, orientando vários mestrandos. Sobretudo, temia não ser capaz de resumir a carreira de Villa-Lobos em tão pouco tempo no ar. Depois, quando lhe expliquei que a entrevista poderia ser um pouco mais longa, relativizou, concordando, desde que fôssemos juntos até os estúdios da rádio. A falta de tempo, que me soou como uma certa soberba de Wagner (afinal, o que lhe custava abrir mão de uma hora ou duas para conceder uma entrevista?), revelou-se, nos dias seguintes, uma desculpa pouco convincente para encobrir o seu interesse mais imediato: passar o maior tempo possível ao lado de Camille.

Depois daquele dia em que Wagner me ligara para saber que vinho oferecer à garota, nós passamos algum tempo sem trocar mensagens. Eu não queria lhe telefonar para não parecer curioso, alcoviteiro ou pervertido. Além do mais, eu conhecia Wagner Krause. Sabia que, depois da excitação inicial, depois da insegurança que antecedera o encontro, ele, provavelmente, se fecharia como uma ostra, escondendo a pérola que o grão de areia provocara. Chegaria ao ponto de não mais tocar no assunto, como se eu de nada soubesse.

Para minha surpresa, contudo, foi Wagner quem abordou o tema antes que eu pudesse lhe perguntar qualquer coisa. Numa segunda-feira, na hora do almoço, telefonou-me para dizer, assim, sem maiores preâmbulos, que nunca fora tão feliz. De repente, tinha a impressão de que tudo fazia sentido, de que o seu destino se fechava num círculo perfeito, passando-lhe uma sensação de plenitude diante do mistério da vida. Eu ri, satisfeito com a felicidade do amigo, mas, ao mesmo tempo, perguntava-me se Wagner não havia bebido, ou se não havia, de fato, perdido um pouco a noção da realidade. Depois, inverti o foco do meu sarcasmo, perguntando-me se eu não estava com inveja daquele homem de cinquenta anos, saboreando as delícias de uma relação com uma mulher tão mais jovem; ou, ainda, se não se tratava de ciúmes da minha parte, ao ver que uma aluna afastava Wagner de mim, privando-me da sua companhia, quando eu sabia que sua estada em Paris não se prolongaria por muito tempo.

Não pense, no entanto, que Wagner me telefonou para revelar, de maneira explícita e despudorada, suas conquistas amorosas e, muito menos, os detalhes íntimos daquela nova relação. Na verdade, depois da primeira noite com Camille, poucas vezes citou o nome dela. Falava mais em destino, realização pessoal, o ato final de um drama, tudo de uma maneira um tanto vaga, obscura, fazendo-me pensar em livros esotéricos, crendices na força do universo, projetos bem-sucedidos de autoajuda. Claro que, nas entrelinhas, estávamos falando de Camille. Mas era como se ela não fosse a personagem principal, e, sim, a coadjuvante naquela história. A narrativa de Wagner, transbordante de contentamento, soava-me como se Camille, o nome quase não dito, não passasse de um instrumento, um meio através do qual se concretizava um plano maior. Não estou sugerindo que Camille fosse apenas um objeto sexual, mulher-objeto, descartável, como se o plano maior fosse a vaidade de uma conquista ou o prazer de um orgasmo sem compromisso. Não. Digo apenas que, na função de objeto, seu corpo não era fonte de prazer, mas ponte para a realização de um outro projeto, fosse lá ele qual fosse.

– Sabe quando você anda na rua e, de repente, todas as pessoas parecem amáveis? Até a caixa do supermercado sorriu para mim! Deve ser contagioso o bem-estar, não? – perguntou-me quando nos falamos pelo celular.

Foi nesse momento, em que Wagner parecia tão satisfeito, tão realizado, que eu aproveitei para lembrar a ele do convite da rádio.

Claro, vamos lá!, respondeu, sem hesitar, como se fosse a primeira vez que eu tocava no assunto.

– Vale lembrar que essa montagem aqui em Paris, no Châtelet, comemora os setenta anos da estreia de *Magdalena* em Los Angeles. Só depois, o musical foi montado na Broadway, numa temporada de três meses, que não teve muito sucesso, na verdade – explicou Wagner aos ouvintes da RFI.

– E com Hollywood? Ele teve mais sucesso? Conte para gente como foi essa aventura do Villa-Lobos no cinema americano – pediu Adriana.

– Hollywood, para o Villa, foi uma *desventura*! – respondeu, sorrindo. – A Metro-Goldwyn-Mayer tinha encomendado a ele a trilha sonora de um filme chamado *A flor que não morreu*, com Anthony Perkins e Audrey Hepburn. Um filme sensacionalista, que mostrava indígenas da Amazônia, canibais, caçando o Perkins a pauladas, loucos para degustarem a Audrey Hepburn. Em matéria de selvageria e canibalismo, o Villa podia se sentir em casa. Só que a MGM acabou não aprovando a trilha que ele compôs! Fizeram modificações na música, e o Villa, obviamente, ficou aborrecido. Mesmo assim, o nome dele foi mantido nos créditos, o que foi lamentável, porque o filme foi um retumbante fracasso de crítica e bilheteria! – concluiu, rindo. – Pelo menos, da trilha original, se salvou a "Melodia sentimental", que o Anthony Perkins não cantou, mas foi gravada pela Bidu Sayão, Zizi Possi, Bethânia e várias outras.

– "Melodia sentimental" que a gente vai ouvir agora na voz de Maria Bethânia – emendou Adriana, fazendo um sinal para o operador de som, que, atrás de uma janela envidraçada, trouxe a voz de Bethânia para o estúdio.

Depois da entrevista, Wagner e eu almoçamos no restaurante da rádio, cercados, à mesa, por jornalistas russos e iranianos, que, assim como os brasileiros, transmitiam o noticiário pautado pela RFI para os seus países. Wagner parecia distraído, interrompendo a conversa várias vezes para consultar o seu celular.

– Caiu um avião no Vaticano. Morreram mil pessoas, inclusive o papa – testei.

– Hã-hã – respondeu, sem levantar a cabeça, digitando na tela do telefone.

Depois me pediu desculpas, explicando que marcara um encontro com Camille, mas ela não sabia como chegar ao prédio da rádio.

– Caiu um avião onde?

– Ela vem aqui?

– Vem! Nós vamos alugar um carro e, amanhã, bem cedo, vamos viajar para a Bretanha. Vou visitar a sogra – disse Wagner, sem me encarar, novamente olhando para a tela do celular.

– Sogra?! Quer dizer, a Lorena?

– É! – respondeu, levantando os ombros, mas não os olhos.

– Você não acha isso de mau gosto?

Wagner se surpreendeu com a minha pergunta. Guardou o telefone, dizendo que não via mal algum naquilo. Lorena era alguém que ele conhecera havia muitos anos. Depois, haviam perdido contato. Não eram amigos, nem sequer podiam se considerar conhecidos. Ele estava tendo, agora, uma relação amorosa com uma mulher que, por coincidência, era filha dela. Wagner achava que Lorena, sempre dotada de um espírito rebelde, libertário, não teria motivos para censurar ou criticar a relação da sua filha com um homem mais velho.

– A não ser que esse homem seja um ex-namorado dela...

– E daí? Que diferença isso faz? – encerrou Wagner, levantando-se da mesa antes de mim, dizendo que Camille já devia estar na recepção.

Francamente, Camille não me impressionou. Não que não fosse uma mulher atraente. Para os olhos de um cinquentão, todas as mulheres de vinte anos são intrinsecamente belas. Mas, pelo que eu lembrava de Lorena, e pelo que Wagner havia me dito sobre a semelhança entre as duas, eu devo ter superestimado os encantos da sua nova namorada.

– O famoso Nando! – disse Camille, com um largo sorriso, ignorando o meu comedido aperto de mão para me dar dois beijos nas bochechas.

Na volta para o centro de Paris, Wagner insistiu que dividíssemos um táxi, com Camille sentada entre nós dois, um pouco apertada, no banco de trás. Trajando calças jeans e um grosso casaco de nylon, ela me lembrava Antoine, que, havia tempos, andava desacompanhado. Que estranho seria se Camille apresentasse a meu filho uma amiga, que se tornasse sua namorada. Iriam os dois casais juntos ao cinema? Sairiam de férias? Antoine, a namorada, Camille e Wagner, aquele senhor, professor, entre três jovens universitários? Não. Nesse caso, claro, cabia a Wagner introduzir Camille no mundo dele, e não ela, no dela. Por isso, a maturidade dela tinha um peso tão importante na relação.

– Você já foi à Bretanha? – perguntou-me Camille, quando o táxi já margeava o rio Sena.

Respondi que não, lançando um olhar fugaz para Wagner, sentindo-me irritado por ser obrigado, de repente, a participar daquela pantomima, não podendo dizer à Camille que eu não conhecia a Bretanha, mas a mãe dela eu conhecia muito bem.

– Parece que é uma região muito bonita – completei, para encher o vazio da minha resposta.

– Talvez, um dia, você possa vir com a gente.

– Não! Quer dizer, sim! É que... Como freelance, eu... eu tenho dificuldade em agendar férias. Sempre tem um trabalho de última hora que não dá para recusar... – e aquele táxi que não chegava nunca. – Acho que vou descer aqui! – cortei. – Esqueci que preciso pegar uns livros na biblioteca da embaixada.

O táxi parou poucos metros adiante, estiquei o braço para apertar a mão de Wagner, dei dois beijos em Camille, abri a porta e saltei, sentindo o alívio de ter escapado da boca do inferno. Tinha vontade de socar Wagner, com todo o amor e toda a gana que se sova um irmão irresponsável. Aquele que desaparece por dias, enlouquecendo a família, ou que abandona a faculdade a seis meses da graduação. Família. Wagner, para mim, era parte da minha família. O irmão que eu não tivera. E, como tal, fazia-me sentir vergonha por tabela. Vergonha somada à raiva que sentia dele, e de mim mesmo, incapaz que eu era de lhe passar um sabão, de lhe dar uma bronca, enfim, de lhe censurar explicitamente. Depois de duas décadas sem ter notícias um do outro, Wagner retomara em minha vida o lugar que lhe pertencia por direito adquirido e irrevogável. O destino nos repusera em contato para que déssemos continuidade àquela amizade inquebrantável, selada num pacto de sangue, com polegares espetados pela ponta do compasso na aula de geometria. Maduro, continuava a ser o mesmo Waguinho da Conde de Agrolongo, sempre gentil, moderado e, principalmente, íntegro. O mesmo Waguinho que, pacífico, sabia apartar brigas entre os arruaceiros da escola, sem perder um botão da camisa sequer. O mesmo Waguinho que, vacilante perante aqueles que o ofendiam, preferia esperar a ocasião certa para a desforra. Naquele momento, porém, ele me desapontava. Naquele momento, quando, sem jamais poder imaginar, eu o via pela última vez, Wagner agia como um reles cafajeste.

– Banco, retrovisor, cinto de segurança. Tudo no lugar. Só falta uma coisa.

– O quê? – perguntou Camille.

DENTES DE CROCODILO   279

– Como se liga o carro?

Camille riu.

– Há quanto tempo você não dirige?

– Eu sou do tempo em que os carros tinham chaves, que a gente esquecia na ignição, trancando o carro com elas dentro.

– Hoje em dia você aperta esse botão e acelera.

Wagner apertou o botão, pisou no acelerador, dando partida ao motor, para sair da garagem da locadora. No escuro da manhã de inverno, acendeu os faróis, enquanto Camille acionava o GPS, procurando o trajeto mais rápido para a Bretanha. *A cem metros, vire à direita.* Asfalto molhado, esquinas desertas, semáforos que trocavam de cor, interrompendo a marcha do carro, sem que ninguém atravessasse a rua. Cruzaram a cidade em direção ao Sena, tomaram a margem direita do rio, antes de cruzá-lo pela ponte de Bercy. *Na rotatória, saia pela segunda saída.* Em poucos minutos, subiam a rampa da via Periférica, uma espécie de fronteira do tempo, separando a Paris histórica, de um lado, e os subúrbios modernos, do outro. Na pista, desimpedida, Wagner pisou mais fundo no acelerador, ganhando velocidade, enquanto Camille conectava seu celular ao painel. De repente, Elsie Houston entrou no carro, soltando o "Guriatã de coqueiro", que bateu as asas e foi-se embora.

– Afinal, você descobriu por que a Elsie se matou?

– É difícil saber o motivo exato – respondeu Camille. – Li muitas coisas, mas não passam de opiniões, especulações, nada de concreto. Tem até uma história absurda que envolve a Elsie numa intriga internacional, com espiões da União Soviética! Tudo por causa da militância comunista do Benjamin Péret!

Na verdade, talvez, Elsie sofresse de depressão, cogitou. Mas esse seria apenas o diagnóstico médico da questão, sem levar em consideração as circunstâncias em que ela vivia e os fatos que marcaram seus últimos dias. Na sua tese, Camille pretendia demonstrar a importância de Elsie para a divulgação da música brasileira no exterior, desde a sua participação no concerto de Villa-Lobos, na sala Gaveau, até sua morte, nos Estados Unidos, dezesseis anos depois. Um período que cobria o relacionamento com Benjamin Péret, o nascimento do filho no Brasil, a prisão e deportação do companheiro, a separação do casal na Europa e os últimos anos de Elsie em Nova York. Camille apostava que o suicídio fora a consequência de um somatório de adversidades, que lhe roubara a esperança, a força para reagir, a vontade de viver. Primeiro, a deportação de Péret, logo após o nascimento do filho. Agindo bem ou mal, Elsie optara por seguir o companheiro na Europa, delegando à sua mãe a criação do menino.

– Que fim levou o garoto?

– Cresceu no Brasil, normalmente. Depois, chegou a ser piloto de uma companhia aérea, que hoje não existe mais.

– Uma mãe que deixa o filho para trás – pensou Wagner, em voz alta. – Uma culpa que, seguramente, deve ter seguido a Elsie pelo resto da vida.

– É, mas não dá para julgar assim tão rápido. Talvez fosse uma solução temporária. Talvez ela pretendesse levar o filho para a Europa quando ela e o Péret já estivessem bem acomodados em Paris, quando eles pudessem oferecer alguma segurança, algum conforto, para a criança.

Segunda questão, continuou Camille, a própria separação do casal. Levando em conta o espírito insolente e malcriado de Péret, que nem Mário de Andrade suportava, só uma grande paixão, um amor incondicional, faria Elsie se agarrar àquele homem, que lhe provocava embaraços sociais e o afastamento dos amigos. Agora, que Wagner imaginasse o sofrimento de Elsie, quando soube, segundo os rumores, que Péret, lutando na Guerra Civil Espanhola, enrabichara-se por uma pintora catalã, também surrealista, chamada Remedios Varo. Pior: Péret voltou para a França de braços dados com Remedios, passando a frequentar o mesmo grupo de amigos e artistas que ele, antes, frequentava com Elsie.

– Por isso, não me surpreende que, no mesmo ano, a Elsie tenha feito as malas e se mudado para Nova York. Depois de perder o grande amor de sua vida, ela não podia suportar a humilhação de encontrar o Péret em Paris, agarrado à espanhola.

– Mas por que Nova York e não o Brasil, onde ela poderia rever o filho?

– Sabe Deus! – respondeu Camille. – Mas, se ponha no lugar dela: a Elsie e o Péret nunca conseguiram ter uma situação financeira estável. O cara era poeta, surrealista, comunista. Ganhar dinheiro era coisa de burgueses, certo? Só que, uma vez que ele arrumou outra, *au revoir, mon amour*! A Elsie deve ter ficado na pior, sem um centavo no bolso!

Filha de americano, falando inglês com perfeição, ela pode ter visto nos Estados Unidos a sua última chance de se consolidar como cantora, sendo capaz de se sustentar dali por diante, podendo até, quem sabe, mandar buscar o filho no Brasil, explicou Camille. Em Nova York, o público de boates e cabarés apreciava a música latino--americana com seus tambores, maracas e marimbas. A oferta de Elsie se encaixava perfeitamente naquela demanda, desde que ela aceitasse encarnar o lado exótico que os gringos queriam ver.

– E aí, na minha opinião, surge o terceiro fator que vai contribuir para o suicídio – disse Camille descalçando as botas, apoiando os pés, em meias coloridas, na tampa do porta-luvas. – A Elsie sofria de "excesso de inteligência"! Veja só: para sobreviver nos Estados Unidos, para ganhar o acarajé de cada dia, ela precisava se vestir de baiana, interpretando uma personagem estereotipada que, provavelmente, ela desprezava. Lembre-se: a Elsie era muito mais do que uma cantora! Era uma pesquisadora, intelectual, autora de livros, que conhecia profundamente a música popular brasileira. A fantasia e a resignação, como alternativa à penúria, podem ter colaborado para que ela entrasse em depressão em Nova York.

Mas nada é tão ruim que não possa piorar, continuou Camille. Pouco depois de chegar aos Estados Unidos, quando já conquistava o seu lugar ao sol, entre as sombras dos arranha-céus de Manhattan, Elsie foi eclipsada por um fenômeno imprevisto: Carmen Miranda. Carismática, talentosa, sem o compromisso acadêmico, Carmen trazia do Brasil uma imensa bagagem artística, que lhe abria as portas da América, que, assombrada pela guerra declarada na Europa, investia mais do que nunca na política de Boa Vizinhança com os sul-americanos. Carmen se tornava, assim, a embaixadora da cultura, da alegria, da patuscada brasileira. Sendo branca, podia até estrelar filmes em Hollywood, um feito que, na América daquela época, uma mulher negra ou indígena, como Elsie, jamais poderia alcançar. Assim, sob a sombra das bananas e balangandãs de Carmen, o espetáculo de Elsie, que evocava um ritual de macumba, iluminado por velas, foi se apagando aos poucos, perdendo o interesse do público.

– Agora, você soma tudo isso: o filho distante, a traição do companheiro, as dificuldades financeiras e, principalmente, a falta de reconhecimento do seu trabalho. Menos exuberante, é verdade, mas muito mais autêntico! É de se matar, não? – indagou Camille, quando Elsie pedia ao moreno que a pegasse, que a jogasse no chão, apertando-a com força em seu coração.

– E ela não tinha ninguém em Nova York?

– Tinha um namorico, ao que parece, com um suposto conde belga. Um tal de Marcel Courbon, que nem o Google conhece.

O nome dele só entra na história porque, segundo os jornais, foi ele quem descobriu o corpo dela, ao lado dos vidros de barbitúricos que ela tomou. De qualquer maneira, seja lá quem for esse Courbon, o amor dele não foi suficiente para evitar o pior. A Elsie morreu sozinha, no apartamento onde ela morava, na Park Avenue.

Tu dizes que o amor não dói. O amor dói no coração, lembrou-lhes Elsie.

A quinhentos metros, pegue a saída dezessete, respondeu o GPS.

Wagner reduziu a velocidade, acionou a seta, esperando pela saída que os levaria a Laval, onde almoçariam, fazendo uma pausa, antes de retomar a estrada para percorrer a segunda metade do trajeto.

– A sua mãe sabe a que horas vamos chegar?

– Ela pediu que a gente chegasse por volta das cinco, ou mais tarde. Antes, ela vai estar ocupada – respondeu Camille, depois do almoço, quando os dois se sentaram numa ponte de pedra sobre o rio que corta a cidade, tendo o castelo de Laval à esquerda e o sol por detrás, aquecendo-lhes as costas.

– Você acha que ela pode se chocar, ou ficar chateada, com a nossa diferença de idade?

– Problema dela! – retrucou, levantando os ombros, enquanto fazia, com o celular, uma foto do castelo, sentindo que a rispidez da resposta poderia convencê-lo da sua maturidade e firmeza de caráter, ainda que, talvez, não convencesse a si própria.

Apesar do cinismo de Wagner durante o nosso almoço na rádio, o objetivo oficial da viagem, claro, não poderia ser simplesmente "visitar a sogra". Ou, pelo menos, não foi assim que ele a propusera a Camille. Depois de algumas semanas juntos, dormindo no apartamento dele, encontrando-se todos os dias para almoçar, quando não para discutir a pesquisa sobre Elsie Houston, Wagner sugerira à namorada que fizessem uma viagem, que passassem alguns dias fora de Paris, uma experiência importante para qualquer casal no início de um relacionamento. Seria uma boa oportunidade para estarem juntos, longe da Sorbonne, sem que precisassem se policiar, evitando olhares indiscretos. Num cenário longínquo, poderiam compartilhar momentos e circunstâncias que quebrariam a rotina, revelando-lhes o caráter de um e de outro perante situações inesperadas, divertidas ou nem tanto. Camille, porém, discordava. Não que não gostasse de viajar ou que não desejasse viajar com ele. Mas aquele argumento, da revelação do caráter, valia, a seu ver, para casais jovens, mais convencionais, que pretendiam ficar noivos antes do casamento, realizado na igreja, decorada com flores, perante o padre e centenas de amigos, o que, definitivamente, não era o seu caso.

– Você tem razão – disse Wagner, argumentando que aquele, obviamente, não era o motivo principal.

Mas, de qualquer modo, era inegável que mudanças de ares poderiam lhes trazer novas ideias, novas inspirações, enfim, novas perspectivas sobre aquele relacionamento e sobre o que eles poderiam esperar dele.

Camille sugeriu, então, uma viagem à Toscana ou, se o tempo fosse curto, e o orçamento, apertado, poderiam ir até Bordeaux ou Marselha.

– Por que não a Bretanha? – perguntou Wagner.

Camille apertou os olhos, arregaçando as abas do nariz, numa careta de reprovação, esperando que Wagner sugerisse outro destino e não aquele que, para ela, soava como voltar para casa. Wagner argumentou que nunca fora à Bretanha, tinha curiosidade de conhecer a região que tantas pessoas elogiavam como selvagem, romântica, pouco descaracterizada pelo turismo em massa que se espalha pelo resto da França.

– Além do mais, você vai poder me mostrar um pouco do seu mundo, da sua infância, onde você namorava escondida ou brincava na pracinha – insistiu, rindo.

Camille respirou fundo, suspirou, cedendo à proposta de Wagner, imaginando que, afinal de contas, aquela viagem poderia ser, de fato, interessante. Até então os dois haviam vivido uma relação intensa, fechada, em que ela havia se afastado dos amigos para estar com ele o maior tempo possível. Uma viagem à Bretanha poderia dar início a uma nova etapa no relacionamento, permitindo a Wagner conhecer melhor a sua história, na região em que ela, tantas vezes, passara as férias de verão.

Uma semana se passaria antes que Wagner, estudando o mapa da Bretanha, deitado na cama ao lado de Camille, detalhasse melhor os planos daquela viagem. Sairiam de Paris numa quinta-feira, de manhã bem cedo, fariam uma escala numa cidade qualquer, antes de seguir viagem para Vannes, onde ficariam hospedados num hotel, aproveitando para explorar a região durante o fim de semana. Na noite de domingo, voltariam para casa.

– O mais tarde possível! Pra gente não pegar engarrafamento na volta pra Paris – aconselhou Camille.

– A sua mãe não mora naquela região? Perto de Vannes?

– Sim. Em Ploemeur. Fica a uma hora de Vannes.

– Se você quiser, podemos passar na casa dela. Coisa rápida. Só para dar um alô. Há quanto tempo vocês não se veem?

Camille meneou a cabeça, talvez, quem sabe, depois pensaria naquilo. A princípio, a ideia não lhe entusiasmava. Dias depois, sentada à mesa da biblioteca, perante uma pilha de livros sobre Benjamin Péret e o movimento surrealista, a questão voltou-lhe à cabeça. Rabiscando a folha do caderno, tentando desenhar o rosto de Wagner, aquele homem da idade de seus pais, o professor Krause, cujo amor e dedicação a colocavam acima de todas as outras alunas, que não poderiam sequer imaginar o porquê, Camille dialogava, de modo quase inconsciente, com uma voz que, no fundo da sua mente, interrogava-a, acompanhando o movimento da lapiseira sobre o papel. Não tinha do que se envergonhar. Ela era muito mais nova do que Wagner. Logo, era normal que Wagner não tivesse mais pais, e ela ainda os tivesse. Apresentar seus pais, ou melhor, sua mãe, naquele primeiro momento, não poderia macular sua imagem perante o namorado. Macular? Sim, quer dizer, não poderia passar-lhe a imagem de uma Camille infantilizada, que ainda dependia emocionalmente de papai e mamãe. Não era culpa dela, se era jovem e seus pais ainda estavam vivos! Portanto, que ela se tranquilizasse. Poderia lhe apresentar seus pais sem temer constrangimento algum. Até porque, sendo acadêmicos, e da mesma geração de Wagner, ela tinha certeza de que todos teriam muito em comum.

Quanto ao seu relacionamento com a mãe, talvez houvesse chegado a hora da reconciliação ou de uma primeira tentativa de reconciliação, aproveitando a oportunidade de estar muito bem acompanhada. Precisava, claro, estar preparada. Além das divergências passadas, que ainda evocavam mágoas, Lorena poderia se espantar com a diferença de idade entre ela e Wagner, provocando uma situação embaraçosa para todos. De um modo ou de outro, a proposta, agora, a excitava. Ansiava por ver a reação da mãe.

Camille surpreendeu Lorena quando, por telefone, avisou que passaria alguns dias em Vannes e, por que não, poderia visitá-la, para tomar um café, se ela estivesse disponível. Estaria acompanhada de um amigo, eufemismo que Lorena compreendera com uma certa satisfação, afinal, havia mais de um ano, desde a última desavença entre as duas, que a filha não lhe apresentava ninguém, sequer uma amiga, e muito menos um namorado.

Dentes de crocodilo   287

– Pare, pare! Encoste aqui! – disse Camille, indicando que Wagner parasse o carro no acostamento.

– Que foi?!

– Já devíamos ter chegado a Ploemeur. Você reiniciou o GPS?

– Sim... Botei para Plomeur...

– Por isso a gente está indo pro lugar errado!

– Não é Plomeur?

– Não. É Ploemeur! – corrigiu, fazendo um bico com os lábios. – Plomeur, sem bico, fica no fim do mundo. O meu pai fez a mesma coisa quando eles vieram comprar a casa. Só que ele foi até o fim. Um erro de quase cem quilômetros...

Camille corrigiu os dados no aparelho, enquanto Wagner manobrava, retomando a estrada de mão dupla, que mal dava espaço para a passagem de dois carros. *Retorno a quinhentos metros.*

Ploemeur não chega a ser uma cidade, mas tampouco é um vilarejo. Seria, como dizem os franceses, uma comuna, com pouco menos de vinte mil habitantes e dezenas de praias de areias douradas e águas serenas, quase paradisíacas, se o clima da Bretanha não fosse tão casmurro. Lorena morava longe do centro, numa zona residencial, com casas esparsas e terrenos desocupados, a poucos metros da praia. Sem tráfego ou alma viva que atravessasse as ruas, Wagner acelerou, descontraído, sem prestar atenção a um menino que, num patinete, surgia, correndo pela direita, cruzando o caminho do carro. Cuidado! Wagner pisou no freio, com força, esticando o braço direito para proteger Camille, como se ela não estivesse usando o cinto de segurança. O carro parou, levantando uma nuvem de poeira, a poucos centímetros do menino, que, espantado, estacou no meio da rua, segurando o seu patinete, encarando o motorista, sem poder vê-lo através do para-brisa empoeirado. Wagner via com clareza a criança, seus olhos arregalados, seus lábios trêmulos, como se quisesse chorar. Saiu do carro, mas, antes que pudesse se aproximar, o menino montou no patinete, dando-lhe impulso, correndo, ganhando velocidade. Sentindo o vacilo das pernas e um incômodo nó na garganta, Wagner voltou para o carro e, sem dizer palavra, passou a conduzir mais devagar, tentando não deixar Camille perceber o tremor de suas mãos.

– É ali, depois daquele poste, na primeira à direita – avisou, aliviada por poder dizer algo que quebrasse a tensão.

Wagner estacionou em frente à casa, não querendo avançar pelo terreno, mesmo que houvesse uma entrada para automóveis, no final da qual um carro pequeno, compacto, estava guardado numa garagem. Depois, saiu do carro, permitindo que Camille passasse à sua frente, abrisse o portão, enquanto a porta da casa se abria e uma mulher de cabelos muito curtos, inteiramente grisalhos, sorria para Camille, sorria para ele, até que o sorriso se transformou, de um modo quase imperceptível, num ricto amarelado, reforçado pelos olhos, que não mais transmitiam alegria, mas, sim, surpresa, misturada com uma indisfarçável curiosidade e um princípio de horror.

– Eu não tive tempo de preparar nada especial. Me desculpem – disse Lorena, já na cozinha, esfregando as mãos, trêmulas, com o rosto crispado, numa espécie de angústia dolorosa, como se ela estivesse sendo coagida ou ameaçada por algo. – Querem café?

– Qualquer coisa, mãe! – respondeu Camille, percebendo o desconforto criado, só agora se dando conta do seu erro.

Não devia ter levado Wagner, aquele namorado tão mais velho, para conhecer a mãe. Principalmente depois de todo aquele tempo, em que as duas pouco se falaram, sempre por telefone. Merda! Pela primeira vez, percebia a mãe fragilizada, sem a força costumaz da mulher que a criara, entre carinhos e desavenças, com aquele equilíbrio raro entre o rigor e a liberdade.

– Não vamos demorar – completou Wagner, sorrindo, sentando-se à mesa da cozinha, satisfeito de ver que Lorena optava pela discrição, preservando sua dignidade, diante daquela situação que, com certeza, parecia-lhe absurda, se não cruel ou repugnante.

– Vocês fizeram boa viagem? – perguntou Lorena, de costas para os dois, colocando a cafeteira na boca do fogão, ganhando tempo, esperando o momento certo para fazer as perguntas menos discretas que poderiam lhe revelar a dimensão exata da calamidade que se anunciava.

– Ótima! Mas quase fomos parar em Plomeur, como o papai. O Wagner cometeu o mesmo erro no GPS – respondeu, tentando descontrair o ambiente, mas ninguém riu.

Desviando o olhar, Camille buscou apoio num livro de receita esquecido sobre a mesa, num calendário pendurado na parede da cozinha, qualquer coisa que lhe pudesse ajudar a arejar aquela atmosfera densa, quase tóxica. Sentia-se sufocada pelo silêncio de Wagner, o visível embaraço da mãe, a falta de assunto entre os dois, quando ela apostava que se entenderiam perfeitamente.

Enfim, Lorena pediu licença, disse que já voltava, saiu da cozinha, entrando na sala, indo, provavelmente, até o seu quarto.

– *Voilà*! – disse Camille, em voz baixa, sorrindo, levantando os ombros, como se estivesse encabulada. – Essa é a minha mãe!

– Muito bonita, ela. Se parece muito com você.

– Camille, desculpe, filha, mas eu não estou me sentindo muito bem – disse Lorena, voltando para a cozinha. – Você não poderia ir até a vila para me trazer um remédio? Eu procurei nas minhas gavetas, mas acho que acabou.

– Mas você está bem?

Era só um enjoo passageiro, coisas da pressão, disse-lhe Lorena, entregando-lhe um papel amarrotado, uma receita antiga que ela encontrara no armário do banheiro, enquanto Wagner se levantava, pronto para acompanhar Camille.

– Não, não! Não se incomode! – disse Lorena, empurrando Wagner de volta para a cadeira com mais força do que ele esperava. – Você pode ficar. O café já está pronto. Camille vai lá num instantinho. A farmácia é logo na entrada da vila.

Wagner voltou a se sentar, Camille pediu-lhe a chave do carro, dizendo que já voltava, enquanto ele observava o rosto de Lorena, aquele rosto que ele tanto amara, que agora voltara à sua vida, não na forma presente, que lhe encarava com a pele encarquilhada, os olhos cansados, os cabelos brancos do desalinho e da resignação, mas, sim, na sua forma renovada, renascida no frescor da filha daquela mulher, sua herdeira genética, que trazia no sangue a beleza e a inteligência da mãe.

20

Londres, 5 de setembro de 1993.

Grande Nando!

Espero que você esteja bem. Desculpe-me pela falta de notícias. Nesse ínterim, quase seis meses, muita coisa mudou do meu lado da poça d'água. Vou colocando você em dia, aos poucos.

Londres é uma cidade fantástica, nunca pensei que viria para cá. A ideia, você sabe, era ficar em Paris. Mas, depois de tudo o que aconteceu, eu preferi abortar o projeto França e recomeçar do zero. Afinal, não tinha nada a perder.

Mas, antes, fui para a Alemanha. Lembra que meu pai tinha uns primos por lá? Pois é. Eu já havia pedido a ele o endereço dos primos. O velho não gostou da ideia e nunca me mandou. Acho que até hoje está aborrecido comigo. Mas não desisti. Pedi ajuda à Catarina. Ela me mandou o endereço e ainda me lembrou que os primos se chamavam Huber, e não Krause. Florian e Bertha Huber, um casal. Fiz uma pesquisa na estação de trem, ainda em Paris, e descobri que, com algumas baldeações, eu poderia chegar bem perto da casa deles, num lugarejo chamado Kromlau. Nessa época, eu ainda estava passando uns dias na casa de um colega de trabalho, um indiano muito gente boa que eu conheci na pizzaria. Ele me deu abrigo quando as coisas com a Lorena degringolaram.

Enfim, numa quinta-feira, peguei um trem para Frankfurt, de onde peguei outro para Dresden. Ali, enquanto esperava o próximo embarque, comprei pilhas novas para o toca-CDs, já me preparando para a segunda parte da viagem, bem menor, mas igualmente demorada por causa das mil e uma paradas que o trem faria. Lá vai o trem com o menino, lá vai a vida a rodar. Era o Edu Lobo cantando nos meus ouvidos. Foram catorze estações até chegar a Cottbus, onde peguei o último trem, fazendo ainda umas cinco paradas pelo caminho. Lá vai ciranda e destino, cidade, noite a girar. De trem em trem, eu atravessei a Alemanha toda, num ziguezague ferroviário que me tomou vinte e quatro horas. Tudo isso para chegar à casa de uns primos que eu não conhecia e que nem sabiam que eu estava a caminho!

Depois do espanto inicial, o Florian e a Bertha me abraçaram com força, quase me sufocando, como se eu fosse um filho que eles não viam há muito tempo. Eu tinha chegado bem na hora do jantar. Sem fazer cerimônias, eles botaram mais um prato na mesa, me convidando a sentar. Comemos uma salada de frango com batatas, sendo observados pelos olhos gulosos de Kimba e Belinda, duas cadelas compridas, com as patas bem curtas, parecendo duas salsichas peludas. A Bertha, que trabalha como contadora de uma firma local, fala um pouco de inglês, o suficiente para me explicar que o Florian é veterinário e cuida, principalmente, do gado leiteiro da região. Isso ela me disse fazendo um gesto com as mãos, como se estivesse espremendo as tetas de uma vaca. Eles têm um casal de filhos da nossa idade. Meus primos! A Sabine, que é enfermeira, mora em Berlim. E o Jörg (Jorge, como meu pai) mora aqui *em Londres, fazendo sabe Deus o quê, como dizia a Bertha, toda nervosa. Bobagem! Hoje, moro com o primo Jörg, e posso garantir: o cara é brilhante. Tinha mesmo que sair de Kromlau para poder se desenvolver.*

Por falta de um adeus, eu leio e releio a carta que Wagner me enviou, a última carta que recebi dele antes de perdermos contato. Eu a encontrei na caixa de papelão na qual guardo toda a correspondência de parentes e amigos, dezenas de envelopes coloridos, selados e carimbados, cartas escritas à mão, em papel de seda ou folhas arrancadas de cadernos, relíquias de um tempo em que esperávamos duas semanas para ter notícias de alguém que morava no outro lado do Atlântico. Naquela última carta, Wagner já não falava tanto de Lorena. Provavelmente tentava esquecê-la, se pudesse. Já havíamos conversado sobre o assunto logo após a separação, quando, pela primeira e única vez, Wagner me telefonara de Paris, com voz embargada, falando com frases curtas, pontuadas por longas inspirações, como se prendesse a respiração para represar as lágrimas. Foi uma conversa rápida, acelerada pelo tique-taque dos impulsos telefônicos, que me deixava nervoso, preocupado com o preço que Wagner pagaria pela chamada, antes que ele me acalmasse, dizendo que encontrara uma cabine telefônica defeituosa, que permitia ligações para todo o mundo sem cobrar um centavo; o problema era a fila, uma dúzia de imigrantes que, atrás dele, resmungava e pigarreava, enquanto esperava a sua vez de ouvir a voz distante da mãe, da mulher, dos amigos. Da cabine, Wagner me contou que se separara de Lorena, que as coisas não haviam dado certo entre os dois, mas não entrava em detalhes, não me dava a entender a razão do rompimento. Meses depois, quando me enviou aquela carta, a situação já parecia outra. Disse-me que estava feliz em Londres e que só lamentava não ter aproveitado a vaga que lhe fora oferecida pela Sorbonne.

Parece loucura, eu sei. Mas Sorbonne, Paris, França, tudo isso ficou associado demais ao meu relacionamento com a Lorena. Eu não ia aguentar morar naquela cidade sem poder estar ao lado dela. Paris se tornou, para mim, uma espécie de campo minado. Cada rua, cada praça, cada esquina pela qual Lorena e eu passamos, escondia uma mina de lembranças que explodia na minha cara, me fazendo estremecer. Eu sei. Parece piegas, mas é assim que eu me sinto. Um mutilado do amor.

Mas agora, game over, my friend! *Londres é uma outra história. Quem me sugeriu vir para a Inglaterra foi a prima Bertha. Ela era mais comunicativa que o Florian. Não que ele não fosse simpático, mas, em alemão, eu não entendia nada do que ele tentava me dizer. Com a Bertha, a comunicação fluía melhor. Acabei ficando na casa deles uma semana. O que me deu tempo de entender a preocupação dela com o filho, o Jörg, que, pelo que ela dizia, sempre foi meio rebelde. Depois, quando sugeriu que eu fosse para Londres, suspeitei que quisesse que eu tomasse conta dele, ou que eu me tornasse informante dela, para saber o que o filho andava aprontando. Mas, quando eu cheguei à Inglaterra, foi ele quem tomou conta de mim! O Jörg trabalha como DJ, adora futebol e tudo que diz respeito ao Brasil. Por isso, adotou este primo que ele nem sabia que existia.*

Através do Jörg, eu conheci a Raquel, uma espanhola que faz música eletrônica. Não, nada a ver com rave! Música eletrônica, ou melhor, eletroacústica, é coisa séria, erudita mesmo. Ela ficou chocada quando eu lhe disse que não tinha a menor ideia de quem era Jorge Antunes. Segundo ela, um brasileiro, um dos pioneiros da música eletroacústica na década de sessenta.

Raquel colocou a mão no meu ombro, enquanto eu observava, em silêncio, o caixão de Wagner na sala de cremação. A tampa aberta, Wagner, irreconhecível, o rosto com aquela expressão séria, sisuda, que só os mortos têm, transmitindo um ar de dignidade e indiferença, como se, para ele, o fim não fosse triste nem alegre. A expressão do nada, do rosto sem máscaras, do bicho morto, de volta à animalidade primordial, em vão escamoteada pelo terno, o colete e a gravata, que Wagner jamais usara. Ao redor, cerca de trinta pessoas, entre amigos, professores e alunos, além de três crianças, dois irmãos gêmeos e um menor, cujos pais eu não conseguia identificar. Abraçando-me, Raquel pousou a cabeça sobre meu ombro, como se eu fosse um velho amigo.

– Wagner me falava tanto de você. Vivia dizendo: "Um dia ainda me encontro com ele" – disse, enxugando os olhos, verdes, imensos, com um lenço de papel. – Pena que vocês tenham se visto por pouco tempo.

– Pena que, nesses anos todos, ele nunca tenha me procurado pela internet...

– E você? Procurou por ele? – retrucou, com um sorriso resignado, sem malícia, que resumia um mundo de comunicação profusa, de conexões imediatas, pleno de boas intenções eternamente procrastinadas.

Raquel era ruiva. Mais ruiva que Wagner, eu diria. Pena que, aos cinquenta anos, seus cabelos tivessem perdido o esplendor encarnado que, provavelmente, atraíra Wagner na sua juventude. Então, manchados por fios grisalhos, ela os mantinha amarrados num rabo de cavalo, preso por um simples elástico. Sem maquiagem, com a pele muita branca, Raquel me passava um cansaço infinito, uma fadiga de ombros caídos, fruto menos da idade que da morte do amigo e ex-companheiro, com certeza.

– Doze anos! Ficamos doze anos juntos. E, mesmo depois da separação, continuamos a nos ver com frequência. Como irmãos que se amam, não podendo conceber a vida sem a presença do outro – explicou-me, já na cozinha da sua casa, servindo-me mais uma xícara de chá.

– Vocês começaram a namorar logo que ele chegou aqui?

– Que nada! Passei mais de um ano paquerando o Wagner. Ele era muito difícil. Muito gentil, mas, ao mesmo tempo, muito fechado emocionalmente. E ainda tinha aquela história da garota brasileira, com quem ele se mudou para Paris. Qual era o nome dela?

– Lorena.

– Isso! Lorena. Só depois de um tempo juntos, ele me contou a história toda.

– E você não ficou com ciúmes?

– Um pouco, no início. Depois, passou. Nós tínhamos uma relação muito honesta, transparente mesmo. Muito generosa também. Graças ao apoio, ao incentivo que eu recebia do Wagner, eu consegui fazer o doutorado. Consegui transformar a paixão pela música eletroacústica no meu ganha-pão. E, francamente, acho que eu fiz o mesmo por ele. Nós amadurecemos juntos. Um apoiando o outro, sempre. Às vezes, acho que nosso amor era mais fraternal que erótico. Os dois ruivos! Tinha gente que pensava que éramos irmãos.

– Vocês nunca pensaram em ter filhos?

– Filhos?! Hum... Essa talvez tenha sido a única razão da nossa separação. Wagner estava louco para ser pai...

– Então?

– Eu não queria! Nunca quis. Cheguei a fazer dois abortos. Mas, na terceira vez, eu cedi. Nós já estávamos juntos há tanto tempo... Achei que, talvez, houvesse chegado a hora de fazer uma concessão. Relacionamento é isso, né? Uma concessão aqui, outra ali, e o casal vai se acomodando, se amalgamando, tocando a vida de uma maneira cada vez mais harmoniosa. Por isso, eu cedi, mas o destino não.

Sem querer parecer indiscreto, eu me calei, enquanto Raquel, cabisbaixa, mexia o seu chá com uma colher, como se mexesse um café açucarado, fazendo o atrito do metal com a louça ecoar no silêncio da cozinha.

– Nove meses. No final, aquela barriga enorme – disse ela, mostrando o tamanho da barriga com a mão. – O Wagner andava a mil, excitadíssimo, parecia que era ele quem ia ter o bebê. Depois, o grande nada.

– ...

– Você sabe o que é circular de cordão?

– Não.

– É quando o cordão umbilical se enrola no pescoço do bebê – explicou, enquanto eu fazia uma careta de dor.

– Não, não é perigoso, não. É muito comum até. Só que eu dei azar – disse, levantando os ombros. – Um obstetra menos experiente, o cordão ficou obstruído, e o bebê morreu no parto. Lucília, era o nome dela. Em homenagem à mulher do Villa-Lobos. Lucília Krause. Foi cremada também. Nós plantamos uma árvore sobre as cinzas dela. Uma cerejeira. Wagner sempre visitava a árvore. Mais do que eu. No verão, ele chegava a levar um regador para o parque, para ter certeza de que a árvore vingaria.

– E vingou?

– Está lá, imensa! No Hampstead Heath. Já tem mais de dez anos.

Eu, Raquel e Jörg moramos perto do Hampstead Heath – dizia a carta de Wagner –, *um parque gigantesco, bem selvagem, bem diferente dos parques parisienses, com aquelas árvores podadas, como se a copa fosse quadrada. Agora, no verão, voltei a nadar. Na piscina? Não! No lago do parque, a céu aberto e sem cloro! Imagine, com toda a modernidade de Londres, há um lago para homens e outro para mulheres! Questão de moral e bons costumes. A Raquel nada de um lado, e eu, do outro, acompanhado por patos e gansos, que ficam me olhando com cara desconfiada.*

Meu inglês já melhorou bastante. Estou fazendo um cursinho intensivo. No ano que vem, devo começar a estudar para valer. Perdi a Sorbonne, mas não perdi a vontade de voltar à faculdade. Musicologia, história da música, algo nessa direção. Só lamento que Villa-Lobos não seja tão conhecido por aqui. Quem sabe não será essa a minha missão? Reintroduzir o Villa no repertório clássico ouvido pelos ingleses?

Enquanto isso, aproveitando a breve experiência em Paris, comecei a trabalhar numa pizzaria, bem no centro de Londres. Nem pediram para ver o meu passaporte. As coisas aqui fluem melhor do que na França. Tudo é mais simples, com menos burocracia, menos papelada.

Agora, você vai ficar surpreso: perdi a vergonha e, noutro dia, comecei a tocar o violão na estação do metrô! As moedas que caem no chapéu não pagam nem um café, mas esse não é o objetivo. O grande barato é poder exercitar os dedos em público, vendo as pessoas que passam, sorrindo, curtindo a música. São meus quinze minutos de fama, todo fim de semana!

De resto, só quero tocar a vida, tentando esquecer o tempo perdido em Paris.

Nossa, Nando, escrevi demais! Fico por aqui, com saudades, à espera da sua carta. Não suma!

Mas eu sumi. Aquele ano foi particularmente difícil para mim. Minha avó havia morrido, minha mãe entrou em depressão, eu pedi demissão do *Jornal do Brasil*. O assassinato de oito crianças e adolescentes foi o estopim que faltava para explodir o meu barril de pólvora. Ali, diante dos corpos, eu cheguei à conclusão de que a vida de repórter não era para mim. Assaltos, sequestros, chacinas, eu não reconhecia mais o Brasil. Ou, talvez, o país, finalmente, me revelasse a sua barbárie intrínseca, a sua violência hereditária, exposta ao mundo em toda sua glória nos degraus ensanguentados da Igreja da Candelária. O Brasil estava em guerra consigo mesmo. Eu não tinha capacete, colete à prova de balas, nem esperanças de que as coisas pudessem melhorar. Partir, como Wagner o fizera, como eu mesmo já o havia cogitado, tornou-se, enfim, um projeto real, um objetivo claro, no qual eu investi todo o meu tempo, todas as minhas energias. Curiosamente, jamais considerei a possibilidade de me juntar a Wagner em Londres. Por pudor, talvez, ou por orgulho. Eu sabia que, trabalhando numa pizzaria, dividindo um apartamento com outras duas pessoas, num país cuja língua ele ainda não dominava, Wagner não precisava de um amigo recém-chegado do Brasil que, tão desorientado quanto ele, dependesse da sua ajuda para sobreviver. Mas havia também uma ponta de orgulho ferido da minha parte. Afinal, Wagner fizera tudo aquilo que eu queria ter feito quando eu me queixava da vida sem tomar iniciativa alguma. Enquanto eu reclamava, ameaçava, sonhava, ele agia! Portanto, tratei da minha partida sem pensar em Wagner, sem contar com a sua ajuda, sem lhe escrever a carta que ele tanto esperava. Sem querer, ou querendo de modo inconsciente, permiti que o nosso forte laço de amizade se desfizesse, provocando aquele afastamento que só seria remediado um quarto de século depois.

Tentando me concentrar no que realmente me interessava, voltei a pensar em cinema, na possibilidade de cursar um mestrado, num lugar onde eu pudesse trabalhar para me manter. Sequer passava pela minha cabeça pedir ajuda à minha mãe ou às minhas irmãs, que, fazendo bolos e doces para festas, mal conseguiam pagar as contas. Cheguei a considerar a Califórnia como destino, mas, por questões de dinheiro e burocracia, a Europa me oferecia melhores condições. A escolha, então, ficava fácil. Os franceses não haviam somente dado à luz o cinema. Haviam também inventado a palavra cinefilia. Na França, eu pressentia, eu me sentiria em casa.

– Volte sempre – disse Raquel, sorrindo, apertando minhas mãos, quando nos despedimos na estação, em Londres, onde eu pegaria o trem de volta para Paris.

Sim, eu voltaria, com certeza. Com Raquel, aquela mulher que eu acabara de conhecer, eu me dava conta do quão pouco eu sabia sobre a vida de Wagner, meu melhor amigo. O quão pouco eu sabia dos seus anos londrinos, da sua transição de garçom de pizzaria a professor de uma das mais renomadas universidades do mundo. Em Raquel, eu vislumbrava a possibilidade de poder, de algum modo, rever Wagner, ouvir suas histórias, conhecer melhor o seu passado. Queria poder senti-lo novamente a meu lado, escutando sua voz serena, que só se excitava quando o assunto era a vida de Villa-Lobos, Lucília, Mindinha. Talvez Raquel pudesse fazer aquilo por mim, como eu esperava poder fazer o mesmo por ela. Ela me apresentaria o Wagner londrino, eu lhe revelaria o Waguinho, o menino da Penha. Manteríamos, assim, nosso amigo vivo, de uma forma multidimensional, todos os Wagners juntos no mesmo lugar, não só os Wagners que existiram, mas também aqueles que poderiam ter existido, aqueles que, nas encruzilhadas da vida, escolheram a esquerda quando Wagner escolhia a direita, ou a direita quando Wagner escolhia a esquerda.

— Fico me perguntando se a morte de Wagner teria algo a ver com a sua temporada na Sorbonne. Será que ele teria… Será que ele teria chegado a esse ponto, se jamais tivesse saído de Londres?

Raquel levantou os ombros, curvando os lábios para baixo.

— Quem sabe?

Mal o trem emergiu do túnel, do lado francês do canal da Mancha, o meu celular começou a bipar. Três chamadas perdidas e uma mensagem.

Notícias do Wagner? Estou muito preocupada. Me ligue assim q puder por favor. Bjs!

Como poderia dizer a Camille que Wagner havia morrido? Como poderia dizer a Camille que Wagner cometera suicídio? Por que razão? Não sabia, ou melhor, até aquele momento eu não sabia. Eu especulava, tinha minhas suspeitas, mas tudo me parecia folhetinesco demais para ser verdade. Não, não era possível. Por outro lado, eu não conseguia enxergar nenhum outro motivo plausível que pudesse tê-lo levado àquele extremo. Problemas na Sorbonne? Nada que ele houvesse compartilhado comigo. Problemas financeiros? Não, Wagner não se importava com dinheiro. Depois que veio para a Europa, só queria estudar e mais nada. A posição de professor, pesquisador de uma grande universidade, não passava de um meio para se chegar a um fim: estudar, aprender, descobrir, sempre. A moeda corrente na vida de Wagner era o conhecimento (o melhor legado de Lorena em sua vida, pensava eu). O que, então? O que empurrara, até a beira do precipício, aquele homem que, tão ferrenhamente, desdenhava do livre arbítrio? Talvez Wagner tivesse um lado obscuro, um pessimismo secreto, que eu nunca percebera. Talvez sofresse de depressão. Seria possível, isso? Alguém que nunca apresentou sintoma algum sofrer, de repente, uma crise de depressão tão violenta que o leva ao suicídio? Eu não tinha a menor ideia. E teria que informar Camille do pouco que eu sabia, sem ter resposta alguma para as perguntas que ela, inevitavelmente, me faria.

– Como assim, morreu?!
 – Ele voltou para Londres e cometeu suicídio.
 Camille sentou-se no sofá, segurando a mochila com uma mão e fechando a boca com a outra. Sentei-me ao lado dela, colocando a mão em seu ombro, sem conseguir abraçá-la. Ela chorou, com soluços e espasmos, cobrindo o rosto com as mãos como se não pudesse encarar a realidade.
 – Por quê?! – conseguiu balbuciar entre dois soluços.
 – Não sei. Ninguém sabe, na verdade. Ele não deixou nada escrito – disse, levantando-me do sofá para lhe buscar um copo d'água.
 Respondendo à sua mensagem, eu havia pedido a Camille que viesse ao meu encontro, no meu apartamento. Sem termos a menor

intimidade, tendo eu a obrigação de lhe dar uma notícia tão ruim, achei que, na minha casa, ela estaria mais à vontade para chorar, desabafar, fazer quantas perguntas quisesse. Eu tinha tempo, e queria, eu mesmo, sondá-la, tentar obter alguma informação que pudesse me ajudar a esclarecer o trágico fim de Wagner.

– Ele entrou em contato com você, depois que sumiu? – perguntei, entregando-lhe o copo.

– Não...

– A sua mãe não disse mais nada?

– Não.

– Estranho, né?

– Ela só disse que ele saiu para ver o mar, no fim da rua. Depois, a gente foi atrás dele, mas ele tinha desaparecido – respondeu, tirando um lenço de papel da mochila para assoar o nariz.

Camille dormira na casa da mãe, continuara a procurar Wagner no dia seguinte, temendo que um acidente, um surto, algo de ruim houvesse lhe acontecido. No terceiro dia, foi ao comissariado de Ploemeur, onde descobriu que o desaparecimento de adultos não é caso de polícia. Maiores de idade têm o direito de sumir no mundo, por livre e espontânea vontade, sem ter a polícia no seu encalço, disse-lhe o agente de plantão. Camille podia, no máximo, deixar registrado o desaparecimento num boletim de ocorrências.

– Como você soube que ele morreu?

– Pelo Facebook – respondi. – Entrei em contato com os amigos dele em Londres.

– E você não me disse nada?!

Como explicar a Camille, que, pelo que ela mesma havia me dito, enfrentava a primeira morte da sua vida, como lhe explicar que, às vezes, a morte de um próximo, de um parente, de uma pessoa amada, pode nos transformar momentaneamente. Pode nos entorpecer, anestesiar, aniquilando nossa capacidade de reação, jogando-nos no mais profundo poço da apatia e da desolação. Como lhe explicar que havia três dias eu não tomava banho? Que havia três dias a louça se acumulava na pia da cozinha porque, assim como o banho, todas as trivialidades, tudo perdera sentido? Como lhe explicar o vazio provocado pela perda daquele que eu considerava como um irmão? Um irmão perdido, reencontrado e, novamente, perdido.

– Não pude – respondi abaixando a cabeça, ouvindo o recrudescer do seu choro, como um fio de voz que começava no tom mais agudo, quase inaudível, até se tornar um lamento grave, encharcado de lágrimas que ela aparava com os punhos.

Depois, mais calma, assoou o nariz outra vez, abriu a mochila, retirando dela uma folha de papel dobrada em quatro.

– O que é isso?

– Abra – disse ela, entregando-me o papel.

Com cuidado, desdobrei a folha, descobrindo a impressão de um e-mail, endereçado a Camille Serra por uma Marina Houston.

– Quem é Marina?

– É a neta da Elsie Houston, que mora em São Paulo.

Passei os olhos pelo curto e-mail, algumas linhas apenas, nas quais a neta de Elsie demonstrava surpresa e satisfação por ter sido encontrada por Camille. Propunha ainda que as duas agendassem uma reunião por Skype para conversar sobre a sua avó. Estava à inteira disposição da pesquisadora, dizia, antes de se despedir com um cordial abraço.

– Como você a encontrou? – perguntei, devolvendo-lhe o papel.

– Eu mandei um e-mail para a USP, e uma professora de lá me passou o contato – respondeu, ensaiando um sorriso. – Tive sorte. Queria fazer uma surpresa para o Wagner. Tenho certeza de que ele ficaria feliz e... – interrompeu-se, premendo agora os lábios para evitar uma nova onda de choro.

Sim, Wagner ficaria contente em saber que sua pupila e amante avançava rapidamente na sua pesquisa, tendo agora encontrado uma herdeira de Elsie, que, com certeza, teria guardado cartas, fotografias e documentos, um baú do tesouro para qualquer pesquisador. Mais do que contente, Wagner teria muito orgulho dessa aluna que parecia seguir seus passos, com a mesma dedicação, a mesma obstinação que ele demonstrava ter no seu trabalho acadêmico, e até mesmo antes, quando não passava de um garoto apaixonado por música clássica.

Eu dobrei a carta de Wagner, a pus de volta no envelope, guardando-a na caixa de correspondência. Camille saíra do meu apartamento havia pouco mais de uma hora. Partira sem ter obtido respostas para suas indagações, para nossas indagações. Partira sem que pudéssemos saber, eu e ela, que jamais nos veríamos novamente. Quanto a mim, tendo registrado tudo o que acontecera ou, pelo menos, tudo o que eu pudera apurar, desde a chegada de Wagner a Paris até aquela visita de Camille, só me restava uma última coisa a fazer: visitar Lorena em Ploemeur.

21

Sábado, dia de piscina. Dia de piscina cheia. Se não me sentisse tão culpado, nadaria às quartas-feiras, dia em que a piscina está mais vazia. Mas, no meio da semana, com um blog voraz que exige ser alimentado todos os dias, com pedidos de artigos vindos do Brasil e um romance que avança à velocidade do crescimento da unha, suspender tudo isso para nadar parece-me um luxo desmerecido, uma infame heresia. Por isso, só no sábado, depois de uma semana de trabalho, eu mergulho entre atletas, aposentadas, crianças com braçadeiras que, jogando-se na piscina, brincam de gato e rato com o salva-vidas, que, nervoso, patrulha as bordas com seu apito.

Este sábado, porém, parece-me diferente. Apesar da algazarra das crianças ecoando na claraboia, da velha nadando cachorrinho, do sujeito que nada com pés de pato, apesar de, como sempre, estarem todos lá, a piscina não é a mesma. Como nenhuma outra piscina será a mesma sem a presença de Wagner Krause em minha vida.

Sento-me na borda, coloco a touca, lambo o interior dos óculos de natação antes de os ajustar aos olhos, dando ao mundo um tom azulado, embaçado, contorcido nas extremidades. Inspiro profundamente, deixo meu corpo cair dentro d'água, exalando o ar pelas narinas, deixando-me submergir no silêncio que me cerca, no silêncio de Lorena.

Plomeur ou Ploemeur? Pela internet, descobri que as duas cidades ficam na Bretanha. Relutante, telefonei para Lorena outra vez para tirar a dúvida. Na primeira chamada, ela atendera o telefone com uma voz cansada, mas gentil, fazendo um esforço de memória para se lembrar de mim. Sim, sim, Fernando, o amigo do Wagner, da Penha, que estava sempre com ele. Depois, no entanto, percebi a desconfiança dominando o cansaço. Lorena soava seca, respondendo às minhas indagações de forma lacônica, até chegar à sua pergunta que, por uma sutileza no tom de voz, uma impaciência ou irritação quase imperceptível, passou-me a impressão de que ela me cortava, tentando, daquele modo, abreviar a conversa.

– Mas, então, Fernando? Em que posso lhe ajudar?

– Eu não sei se a Camille lhe disse, mas o Wagner faleceu.

– ...

– Alô? Lorena? Está me ouvindo?

– Sim, sim... Só estou chocada. Não, a Camille não me disse nada. Morreu de quê?

– Uma coisa meio chata... Ele cometeu suicídio.

De novo, o único silêncio que ninguém suporta, o silêncio telefônico, a conversa suspensa, a falta de referência visual para saber o que o interlocutor está fazendo ou pensando. O silêncio que me angustia, me tortura, eu deveria ter escrito um e-mail, pensei.

– Por quê? – perguntou, finalmente, o que todo mundo pergunta, como se as causas de um suicídio pudessem ser explicadas, sintetizadas, reduzidas a um único porquê.

Respondi-lhe que Wagner não havia deixado nada escrito, nenhum bilhete ou carta. Agora, se ela não se importasse, considerando que ela fora uma das últimas pessoas a ver Wagner vivo, eu gostaria de visitá-la, quer dizer, realmente, se não a incomodasse, se não fosse um grande inconveniente, eu tinha mesmo que ir à Bretanha para tratar de alguns assuntos, de repente, pensei, passava lá para que pudéssemos bater um papo...

Lorena não hesitou. De novo, sua voz mudou de tom. Assumiu um ar interessado, voluntarioso, caridoso, quase. Disse-me que eu era bem-vindo, que estava à minha disposição. Bastava lhe telefonar, avisando a data e a hora, de preferência na parte da tarde.

– Ploemeur, com "e" – confirmou ela, já na segunda chamada.

O que me surpreendeu em Lorena, depois de tantos anos sem a ver, foi a contradição de tudo o que eu esperava. Ela continuava magra, aprumada, mas seu rosto parecia ter sofrido mais a ação do tempo que o rosto de Wagner. Rugas e sulcos de expressão deformavam, sem piedade, o frescor e o encanto que eu conhecera. O ponto forte, a meu ver, eram os cabelos, cortados muito curtos, rentes ao crânio, completamente grisalhos. O corte, somado a um queixo elevado, emprestava-lhe um semblante altivo, quase soberbo, que, com certeza, ela herdara da mãe, ou, pelo menos, do que eu conhecia da sua mãe pelas descrições feitas por Wagner. Mas a contradição ia além da aparência. Não, Lorena não se fartara de Paris, como Camille dissera a Wagner. Não, Lorena não trocara a carreira acadêmica por uma vida bucólica no interior, plantando tomates orgânicos. Enquanto Lafa lecionava na Universidade do Texas, Lorena dava continuidade às suas pesquisas de campo. Por isso, se mudou para um vilarejo nos confins da Bretanha, onde crianças de diferentes idades frequentam a mesma sala de aula. Esse era o foco da sua pesquisa em antropologia da educação – o desenvolvimento intelectual das crianças matriculadas nas chamadas escolas de "turma única".

– Os alunos são filhos dos agricultores locais. O que parece um improviso francês para remediar a falta de professores no interior pode ser visto, por outro lado, como uma metodologia de vanguarda no campo da educação – explicou-me, quando saímos de sua casa para caminharmos na praia.

Lorena, calçando botas, vestindo calça de veludo e um anoraque amarelo, guiou-me pelo caminho que, segundo ela, Wagner teria tomado no dia em que ele e Camille a visitaram. Na praia deserta, a brisa não chegava a desarranjar as pequenas dunas, que atravessamos com dificuldade até chegar à beira d'água, onde pudemos caminhar sobre a areia compacta da maré baixa, sob a luz dourada do entardecer.

– Você ficou chateada com a visita do Wagner? – arrisquei.

– Chateada?! O que você acha? Eu não via o Wagner há décadas! De repente, o cara aparece aqui de braços dados com a minha filha! – respondeu, sem me encarar, olhando para as ondas que se quebravam ao longe.

– A Camille me disse que, quando ela voltou da farmácia, o Wagner já não estava mais aqui. Você e ele tiveram algum desentendimento? Alguma discussão? – insisti, temendo que Lorena se aborrecesse, dando a conversa por encerrada.

– "Desentendimento" talvez não seja a palavra certa... Mas é verdade que eu dei um chega para lá nele!

Segundo Lorena, Wagner jurara inocência. Alegou que, a princípio, não tinha a menor ideia de quem era Camille ou de quem ela pudesse ser filha. Depois, quando soube do parentesco, era tarde demais.

– Disse que já estava *apaixonado* – debochou Lorena, imitando o que ela considerava ser a voz de um Wagner cínico e perverso. – Não podia ter me telefonado? Não podia ter me prevenido da situação antes de chegar aqui com a cara mais deslavada do mundo?!

Minha próxima pergunta, já na ponta da língua, não chegou a ser formulada. Eu temia provocar Lorena, atiçando ainda mais a sua ira. Claro, eu concordava com ela. Eu também achava descabido que Wagner houvesse se envolvido com a filha de uma ex-namorada. Por outro lado, a questão poderia ser relativizada. Os argumentos de Wagner, se verdadeiros, não eram tão banais assim. Apaixonou-se, por absurda, porém plausível, coincidência, pela filha da antiga companheira. E daí? Esta era a pergunta censurada. E daí, Lorena? Quem lhe concedeu o título de bastião da ética e da moralidade? Quem lhe deu o direito de censurar os atos de Wagner? E quem lhe deu o direito de se intrometer na vida amorosa da sua filha, uma jovem madura, que, ao que tudo indica, agia com plena consciência de seus atos? Caberia a você, Lorena, que se atribui o direito à intervenção, caberia a você conversar com Camille; contar-lhe toda a verdade, permitindo que ela, e somente ela, tomasse a sua decisão. Sim, toda a verdade: escute, filha, o Wagner não é um homem adequado para você. Wagner me conhece! Foi meu namorado! E ele sabia que você era minha filha...

– O canalha, que Deus o tenha, fez isso por vingança! – completou Lorena, quebrando o silêncio, sem que eu nada lhe houvesse perguntado.

– Vingança?! – indaguei, ao mesmo tempo em que, passando em revista todas as minhas conversas com Wagner, tentava entender a lógica daquela acusação.

– Óbvio! Ele nunca lhe contou? Nós terminamos por causa do Lafa! Porque eu estava apaixonada pelo Lafa e não conseguia me decidir entre os dois. Eu era muito nova! Eu estava indecisa, eu gostava dos dois, cada um à sua maneira. Era como se um complementasse o outro.

Fiquei em silêncio, observando Lorena se abaixar para apanhar uma pedra, negra e lisa, sentindo que ela ainda precisava falar.

– O Wagner era amoroso, mas o Lafa era brilhante! O Wagner era confiança. O Lafa era mais segurança. O Wagner era aventura, o caminho aberto, tudo por fazer. O Lafa era o caminho já traçado, a certeza de um futuro promissor, de uma carreira acadêmica. Eu me sentia estimulada pelos dois. Por um lado, a estabilidade. Por outro, o desafio do desconhecido.

– E, no final, você preferiu o Lafa?

– Não preferi ninguém! Continuei com as minhas dúvidas até o último dia, quando o Wagner descobriu tudo – encerrou, dando-me a impressão de que aquele "tudo" confinava, em tão somente quatro letras, um mundo de atos e palavras censuradas pelo pudor de Lorena.

– Daí, a vingança?

– Claro! Aquele filho da puta! – respondeu, lançando a pedra com força contra a marola que avançava em nossa direção.

A raiva de Lorena me surpreendia. O choque, a mágoa, o aborrecimento, tudo aquilo me parecia são e compreensível. A raiva, no entanto, aquele sentimento que não perdoava sequer o morto, parecia-me exagerada. Era como se Lorena não me revelasse toda a verdade, como se houvesse algo mais, algo omitido, submerso sob aquela cólera incontida.

– Não acredito que o Wagner fosse tão ardiloso, que pudesse ter feito isso por vingança – lancei, ignorando minhas intuições mais recônditas, minhas mais antigas memórias a respeito de Wagner Krause, o rancoroso mico-leão-dourado da Conde de Agrolongo. – O que me intriga nessa história toda é que ele tenha desaparecido logo após ter vindo aqui. Mas, ao mesmo tempo, não se pode justificar que o Wagner tenha cometido suicídio só porque você lhe passou um carão, uma lição de moral. Não, isso não faz o menor sentido!

– Vamos entrar? Está ficando frio demais – disse, abraçando-se, ignorando o meu comentário.

Mas eu podia compreendê-la. Admitir que, sim, Wagner cometera suicídio por causa da discussão entre os dois seria, de algum modo, admitir uma certa responsabilidade por sua morte. Eu deveria ter cautela. Se quisesse saber mais, se quisesse descobrir até que ponto aquela visita a Ploemeur havia contribuído para a morte de Wagner, eu precisava caminhar com atenção entre aquelas areias movediças de verdades e meias verdades. Além disso, eu não viajara quinhentos quilômetros para enfrentar Lorena em sua casa. Não estava ali, em nome de Wagner Krause, para tirar satisfações. Estava ali como amigo, como vítima indireta e secundária de uma tragédia para a qual eu precisava de uma explicação. O luto e a superação da dor demandam isso. Demandam a elucidação, a clareza dos fatos, para que possamos dar alguma coerência à incoerência da condição humana. Sobretudo em casos de suicídio, que nos desnudam perante o espelho do egoísmo, da miopia, da falta de sensibilidade para perceber o estado crítico do parente, do vizinho, do amigo. Já não se tratava então de culpar ou não Lorena pelo gesto de Wagner, mas de tentar redimir a minha própria culpa. Onde *eu* havia errado? Em que momento Wagner me dera todos os sinais do drama que o afligia sem que eu os pudesse ter notado? Se a discussão com Lorena em Ploemeur não fora o pivô do seu suicídio, o que fora então?

    – A Camille diz que não sabe de nada – comentei, quando Lorena, ao meu lado, abria a porta da sua casa. – O Wagner, quando a gente se viu pela última vez, parecia feliz, realizado. Fico me perguntando se, depois, quando viajaram para cá, eles não tiveram uma briga na estrada… Alguma coisa que ela não tenha me contado. Alguma coisa tão importante que tenha feito o relacionamento dos sonhos virar um pesadelo. A Camille…

    – Deixe a Camille fora disso! – cortou Lorena. – A Camille é vítima nessa história! Será que você não está vendo, Fernando?! – exclamou, agarrando-me pela gola do casaco. – A Camille é filha dele, porra! Filha do Wagner! – gritou, sacudindo-me com uma força imprevisível, antes de encostar a cabeça em meu peito, permitindo escapar um gemido de dor, um soluço, as lágrimas, até que se deixou cair, vagarosamente, agachando-se no vão da porta, segurando a cabeça com as duas mãos.

Calado, eu a ajudei a se levantar, abracei-a como um autômato, sentindo-me ausente, como se aquela cena se desenrolasse num palco distante, no qual eu não passasse de um mau ator. De repente, uma náusea, uma sensação de perda de contato com a realidade, como se todas as minhas certezas mais antigas, mais concretas e inabaláveis, se desmoronassem diante dos meus olhos. Wagner, o amigo, o irmão, que tanto rejeitava a ideia de ter filhos, fizera de tudo para os ter quando morava em Londres. Wagner, que tanto louvava a vida sem compromisso, sem herança genética, que, segundo ele, o mantinha até mais jovem, fora pai sem o saber. E quando finalmente o soube, recebeu no peito todo o impacto daquele drama, daquela tragédia, cujas dimensões ele jamais poderia ter imaginado. Wagner Krause havia violado, involuntariamente, o mais sagrado dos tabus. Wagner, pai de Camille. Wagner, amante de Camille. Pai e filha, amantes.

– Posso ir ao banheiro? – perguntei, enquanto Lorena, na cozinha, procurava uma toalha de papel para assoar o nariz.

Eu precisava estar sozinho, por um minuto ao menos. Precisava me olhar no espelho, respirar, vomitar. Apoiando as mãos na pia, eu sentia a boca salgada, o abdome em espasmos, mas só conseguia botar para fora o café que, mais cedo, eu tomara com Lorena.

Mais calma, sentada à mesa diante de um copo d'água, Lorena me contou que estava grávida quando Wagner a deixou em Paris. A princípio, achava, sem ter certeza, que o filho fosse de Lafa. Um pressentimento vacilante, uma ilusão fabricada, que escamoteava seus desejos mais inconscientes. Se estivesse grávida de Lafa, querendo ou não manter a criança, tudo seria mais fácil. Enfim, houve a separação, Wagner desapareceu no mundo, e Lafa assumiu a gravidez.

– É, e sempre foi, um pai maravilhoso. Abraçou a causa, sem pestanejar, sabendo que a Camille podia não ser filha dele.

– Mesmo depois que ela nasceu?

– *Mais ainda* depois que ela nasceu.

– E você contou isso tudo para o Wagner?

– O que você queria que eu fizesse?

Sétima sinfonia de Beethoven. Hoje, sábado, dia dos erês, as crianças que protegiam Wagner, altero levemente a minha rotina. Não conto minhas raias por títulos de filmes. Adoto o modelo wagneriano. Conto por sinfonias. A sétima, a oitava, a nona, mesmo que eu não as conheça ou não as possa murmurar debaixo d'água como Wagner, com tanta afinação genética, o fazia. Concentro-me na sequência e, caso conheça alguma das músicas, tento tocá-la na vitrola da memória. Wagner riria de mim, se já não está rindo, lá onde estiver, tomando uma taça de vinho com Villa-Lobos, enquanto escutam Elsie Houston, que ainda acalenta Camille, quando ela sente a falta do amante.

– Talvez seja melhor que você e a Camille não se vejam mais – sugeriu Lorena, quando eu já vestia o casaco para partir.

– Eu não tenho razões para me encontrar com ela. A não ser que ela me procure...

– Pois é. Pode acontecer – reconheceu. – Nesse caso, eu lhe peço, pelo amor de Deus, que nunca, jamais, em momento algum, você conte a verdade para ela.

O pedido de Lorena era sincero, quase comovente. Ali, a raiva, agora desnecessária, já que nada mais se ocultava, cedia a vez à vulnerabilidade, ao desespero expresso por um pedido de mãos juntas sobre o peito, como se orasse. De repente, era outra mulher. Chocada, pega de surpresa, sem ter com quem dividir aquele drama, nem sequer cogitando compartilhá-lo com Lafa, Lorena desabafou comigo, criando uma aliança inusitada, baseada na cumplicidade entre dois estranhos; uma aliança jamais concebida nesse hiato de tempo que nos havia separado, e que, provavelmente, continuaria a nos separar.

Confesso que, embora reconhecesse a legitimidade do pedido de Lorena, eu sentia uma leve tentação de rever Camille. Dela eu poderia extrair um pouco mais de Wagner, como o fizera, sem obstáculos, com Raquel.

– Ela não pode nem suspeitar dessa história – reforçou Lorena, segurando a porta aberta, como se falasse sozinha.

Depois, encarou-me, sem nenhuma hesitação:

– Conto com você.

Aquele "conto com você", enfatizado por Lorena com uma leve batida de punho no meu peito, como se fôssemos amigos, afastou, porém, a possibilidade de que, algum dia, eu pudesse reencontrar Camille. Contando comigo, Lorena não estava me proibindo de rever sua filha. Não tentava impor sobre um estranho aquilo que ela sabia ser impossível. Contando comigo, ela apelou para o que há de mais frágil e, ao mesmo tempo, mais forte nas relações humanas: a palavra. Uma fragilidade que, por si só, é a garantia da sua força. A palavra que só pode ser *dada*, nunca vendida ou comprada. A palavra que só germina no caráter de quem o tem. Eu tinha, e ainda tenho, minhas fraquezas, covardias e mesquinharias. Muitas. Mas, ali, diante daquele pedido de mãe, eu vislumbrava com clareza a linha que me separava da torpeza, da ação vil e repugnante. Eu sabia que nunca mais veria Camille, com a mesma certeza de que eu nunca mais veria Wagner.

Décima segunda sinfonia de Beethoven.

– Beethoven só compôs nove sinfonias – sopra Wagner, rindo, em meu ouvido.

Choros número 12 de Villa-Lobos.

– Agora melhorou.

Ainda nado mais algumas raias, perdendo-me nas contas, pensando em Wagner, pensando em como ele ficaria feliz por saber que Camille encontrara a neta de Elsie Houston. Saio da piscina, volto para casa a pé e, antes de subir os cinco andares pelas escadas, abro a caixa de correspondência na portaria, encontrando um envelope da embaixada. A programação cultural de julho: os concertos e palestras de sempre, fora a lista das rádios que tocam bossa-nova, samba e axé. Há eventos para todos os gostos. Na cinemateca, vão exibir *Deus e o Diabo na terra do Sol*, com música de Villa-Lobos. Glauber Rocha era fã. Um filme que une a minha paixão pelo cinema à de Waguinho por Villa. Vou convidar Florence. Ela vai gostar.

PROCURE AJUDA

Caso você tenha pensamentos suicidas, procure ajuda especializada como o CVV – Centro de Valorização da Vida (www.cvv.org.br) e os CAPS – Centros de Atenção Psicossocial da sua cidade. O CVV funciona 24 horas por dia (inclusive aos feriados) pelo telefone 188 (ligação gratuita), e também atende por e-mail, *chat* e pessoalmente. São mais de 120 postos de atendimento em todo o Brasil.

Agradecimentos

A personagem de Wagner Silveira Krause deve muito do seu conhecimento sobre a vida e obra de Villa-Lobos ao professor Paulo Renato Guérios, da Universidade Federal do Paraná, cuja dissertação de mestrado, *O caminho sinuoso da predestinação: um estudo antropológico da trajetória de Heitor Villa-Lobos*, serviu-lhe de base para as suas conferências e argumentos em *Dentes de crocodilo*.

Camille Serra, por sua vez, muito aprendeu sobre Elsie Houston lendo a dissertação de mestrado *Elsie Houston: cantora e pesquisadora brasileira*, defendida, na Universidade Estadual Paulista, pela professora Isabel Cristina Dias Bertevelli, que, gentilmente, a colocou à nossa disposição.

A Isabel e Paulo Renato, seremos, autor e personagens, sempre muito gratos.

Aliás, foi Isabel, que tem a nobre missão de ensinar música a crianças com deficiência visual, quem me apresentou a Jacqueline Péret, neta de Elsie Houston e Benjamin Péret, a quem eu agradeço por ter gentilmente tirado minhas dúvidas, quando, em Londres, almoçamos num restaurante vegetariano.

Já na fase de redação, muito devo aos amigos Nina Victor, Adriana Vidal, Sérgio Rizzo, Bernard Chotil, Patrícia Melo, Selmy Yassuda e Lili Mayon, que leram e melhoraram o manuscrito de *Dentes de crocodilo* com suas críticas, observações e sugestões. Na agência literária LVB&Co, agradeço o apoio de Luciana Villas-Boas e sua equipe, assim como o de Leila Name e Izabel Aleixo, da editora LeYa Brasil.

De resto, sou eternamente grato à minha companheira, Marie du Roy, minha *sine qua non*.

Merci, Marie!

Em www.leyabrasil.com.br você tem acesso a novidades e conteúdo exclusivo. Visite o site e faça seu cadastro!

A LeYa Brasil também está presente em:

 facebook.com/leyabrasil

 @leyabrasil

 instagram.com/editoraleyabrasil

 LeYa Brasil

ESTE LIVRO FOI COMPOSTO EM DANTE MT STD,
CORPO 11 PT, PARA A EDITORA LEYA BRASIL.